庶女出頭天 2

文創風 110

七星盟主 著

目錄

第四十三章　詭計失敗

大殿之上一片混亂，尖叫聲打鬥聲此起彼伏，真真是教人揪心。在這種危機四伏的境況之下，司徒錦絲毫不敢大意。畢竟她只是一介弱女子，她可不認為自己有什麼本事可以制止這種打殺，還是保住自己的小命要緊。

「護駕，護駕！」

高臺上，那些身穿黑色衣服的刺客來了一波又一波，不斷撲向那萬人之上的帝王，嚇得宮女太監們拚命呼救。

眼看著那尖刀就要刺進聖武帝的前胸，龍隱立刻放棄與人糾纏，及時趕到皇帝身邊，替他擋下那致命一擊。「保護皇上和娘娘們先暫避後殿！」

龍隱冷著一張臉，果斷地作出了判斷。那些還在猶豫的侍衛們聽到他下令，立刻將聖武帝和其他妃嬪護送著往後殿去。

那些黑衣人見皇帝被救，下手越發狠了。原先那些到處誅殺大臣的刺客，全都放棄了身邊的獵物，朝龍隱圍了過來。還有不少人尾隨皇帝的侍衛而去，想要做最後的拚死一搏。

這些殘暴不仁的黑衣人，一看就是死士。他們一旦出動，就是至死方休。若不能達到目的，他們同樣死路一條，所以此刻拚了性命，也要將聖武帝斬殺。

表面上這些人都以刺殺皇帝為目標，但其中有些人卻是來自修羅殿。他們收了周氏的好處，想要藉機除去司徒錦，只不過目前場面混亂，一時也尋不到目標，只好且戰且走。

說起來司徒芸與周氏並沒有大膽到敢行刺皇上，只不過想利用修羅殿那些殺手引起一些動亂，好取司徒錦性命，畢竟刀劍不長眼，若真有什麼，也沒人會懷疑到她們頭上。只是修羅殿的人卻剛好搭上那些刺客，成了大殿上混亂場面的製造者。

儘管御林軍也出動了，但面對這些不怕死的高手，實力差距還是頗大。眼看著宮廷侍衛就要堅持不住，龍隱只得放棄外邊的廝殺，飛身前去護著聖駕。

「真是膽大妄為！」聖武帝雖然有些狼狽，身上的袍子也被扯得微縐，但依舊維持帝王的氣勢。

「皇上……臣妾好怕！」後宮的妃嬪們哪裡見過這等陣仗，全都嚇得六神無主。尤其是那個小家小戶出身的寧貴嬪，恨不得撲到聖武帝的懷裡尋求庇護。

皇后娘娘冷眼瞧了那寧貴嬪一眼，心中憤然。都什麼時候了，這個賤婢居然還想著勾引皇上，真是可惡至極！

而從始至終，沒有驚慌失措的，就只有齊妃娘娘了。她本就身子弱，早將性命置之度外，這樣的情境之下，她反倒是最冷靜的。「皇上，臣妾會一直陪著您的。」

聖武帝望了望身邊這幾個女人，最終還是把視線落在了一臉蒼白的齊妃身上。「愛妃，妳的身子可還撐得住？」

面對皇帝柔情的詢問，眾妃子全都深吸一口氣。

果然，薑還是老的辣！齊妃依然是皇上的心頭肉，不管在任何時候，皇上最先關注的，還是她。

寧貴嬪緊咬著下唇，憤恨地瞪著這個病殃殃的女人。憑什麼她可以得到皇上全心全意的照顧，而聖寵一時的她卻在此刻被忽略了，她不服！

狠下心來，寧貴嬪悄悄利用護甲套上鋒利的尖端在如玉的胳膊上使勁兒一劃，頓時流血不止。「皇上，臣妾受傷了……」

看著寧貴嬪可憐兮兮的模樣，眾妃子臉上露出不屑。

居然用苦肉計，真是夠賤！可是就算她們再嫉妒，也做不來那些事。畢竟世家大族出身的女子，都有著自己的驕傲。

「皇上……」寧貴嬪見皇帝只是淡淡地瞥了她一眼，眼眶頓時更紅了。

齊妃看了一眼寧貴嬪，便笑著對聖武帝說道：「皇上，寧貴嬪妹妹受傷了，還是先召御醫吧？」

「還是齊妃姊姊想得周到。」莫妃見機插話，不甘被人忽視。

齊妃沒再開口，神色依舊淡然。

皇后見狀，正準備吩咐宮女去宣召御醫，卻被皇帝給喝止了。「這種情況之下，外面早已亂成一團，到哪裡去找御醫？先給寧貴嬪止血，一會兒再宣召御醫也不遲。」

說完，他便不再把注意力放在這群女人身上，一雙幽深的眸子盯著不遠處的黑衣刺客，閃爍不定。

鬼鬼祟祟的司徒芸，一邊小心地躲藏刺客，一邊注意司徒錦的一舉一動。儘管她也是個嬌滴滴的官家女子，但此時刺客全都圍向了皇上和后妃們，她一顆心就安定了下來，一心想著如何不知不覺地處置司徒錦，再弄成意外的樣子，這樣大家就不會懷疑到她身上了。

離她不遠的司徒錦，絲毫沒有察覺到周圍的不對勁，一雙澄清的眸子，始終在一個人身上。

看著他與那些刺客近身搏鬥，她的心就莫名緊張。雖然知道他的本事，但是那些刺客不要命的做法，卻教人膽戰心驚，讓她不由得為他擔心。

「司徒小姐，這裡太危險了，不如由本殿護送妳去安全的地方躲避吧？」不知何時，太子龍炎來到了司徒錦身邊，他身後跟隨著十幾個身強力壯的侍衛。

見到這個今世沒有多少交集的男人，司徒錦先是微微一愣，繼而才想起來行禮。「臣女多謝太子殿下護惜之情。只是……如今情勢危急，臣女的性命微不足道，殿下應該去護駕才是明智之舉。」

聽了她一番言辭，龍炎的臉色有些不好看。作為一朝太子，自然是要以江山為重，可是那些刺客如此凶猛，他的這些侍衛如何會是他們的對手？與其白白前去送命，倒不如趁此機會，來個英雄救美，也好讓這個女子對他感激不盡，將來可在龍隱世子面前承一份恩情。

可是這個女子簡直不知好歹，居然敢違背他的一番苦心。

司徒錦雖然不知道這太子殿下是如何想的，但過去的種種記憶，讓她對這個男人早就看得透澈，也不想與他再有瓜葛，故而冷漠以待。前世，他不但沒有相信她，為她求情，反而不分青紅皂白治了她的死罪。這樣的男人，她無論如何都不會與他有任何牽扯。

「太子殿下，救命啊……」

一直在一旁靜觀其變的司徒芸，見到太子龍炎忽然靠近司徒錦，先是小小驚訝了一下，繼而改變了想法，打算先勾搭上這個她夢寐以求的男人，再來收拾司徒錦這個賤人。於是她將衣服和頭飾弄亂，然後從龍炎身後的柱子跑了出來。

「殿下，救命啊……」人剛到龍炎的面前，司徒芸便假意昏了過去。

龍炎一向憐香惜玉，見一個大美人暈倒，立馬伸手過去扶。雖然不太記得這個女子是哪一家的千金，但是能夠出現在這圍場的，身分一定不會低到哪裡去。所以心思在千迴百轉後，終於決定暫時放棄司徒錦，改去救護那個美貌的司徒芸。

「醒醒……來人，傳御醫！」龍炎見她昏迷不醒，便對身後的侍衛吩咐道。

那些侍衛都是太子府的人，自然聽從他的命令，乖乖去人群中找人了。而司徒錦也稍稍鬆了一口氣，打算離開。「多謝太子殿下體恤，臣女還要去尋太師大人，臣女的大姊姊就交給殿下了。」

說完，也不給龍炎拒絕的機會，便朝著別處而去。

龍炎暗暗咬牙的同時，也想起了懷裡的這個女子。當日在太子妃甄選的時候，他似乎還稱讚過她的美貌。沒想到後來，他的母后居然將司徒芸的名字從太子妃的人選中除去，讓他深感遺憾。可是既然是皇后娘娘作主，他也不好多說什麼，只得暫時放下了。

如今美人在懷，龍炎卻覺得當初那種悸動似乎淡了不少。儘管司徒芸依舊美麗，可是想著剛才慧玉公主所說的那些話，他就不禁皺起了眉頭。

他是喜好美人，可是一個當眾出了醜的美人，可不在他的考慮之列。他是未來的儲君，如果讓人知道他喜歡一個不知禮義廉恥的女子，那他的威信何在？

想到這些，他便將司徒芸給放了下來，交到一旁侍衛的手裡。「等御醫診斷之後，立刻將她送回司徒大人身邊。」

話音剛落，司徒芸便悠悠醒轉。她怯怯地伸出手，拉著龍炎的衣袍，輕聲道：「太子殿下，臣女害怕……」

司徒芸自然不知道這太子殿下的想法，只知道一味地裝可憐博同情。

看著這樣如花似玉卻碰不得的美女向自己撒嬌，龍炎心情煩躁不已。「本殿還要去護駕，來人，扶司徒小姐下去歇著。」

不給司徒芸任何機會，龍炎便大步朝著後殿去了。

此刻，想必那些刺客已經被龍隱殺得差不多了，也該輪到他出場了。這樣想著，龍炎腳步便又加快了幾分。

司徒芸眼看龍炎對她毫不留戀，頓時覺得內心的希望破滅了。偏偏那些刺客又沒能如她的願除掉司徒錦，讓她更為氣惱。

司徒芸的眼神充滿憤恨，又生出一計來。事情不會就這樣結束，她一定要讓司徒錦死在這裡！

看到最後一個刺客被斬殺在眼前，聖武帝的神色總算是緩和了不少。

「父皇，兒臣救駕來了！」就在此時，龍炎帶著十幾個侍衛闖進了後殿。

聖武帝眉頭微皺，沒有任何表示，反倒對龍隱吩咐道：「將這些人拖下去，別髒了朕的宮殿！另外，去查查這些刺客的身分。」

龍隱抱了抱拳，出去了。

龍炎愣在當場，臉色有些尷尬。

皇后見到兒子衣冠整齊，臉色紅潤，心裡稍微安定了些。「炎兒，你可有受傷？」

「兒臣不曾受傷，讓母后受驚了。」龍炎見討不了皇帝的喜歡，只好轉移目標，向皇后獻媚了。

皇后娘娘就這麼一個兒子，自然是心疼得不得了。先是好好地檢查了他一番，這才露出淡淡的笑容，道：「還好、還好，本宮的炎兒無事。」

「母后。」龍炎立刻扶著皇后在一旁的椅子裡坐下，做起了孝順兒子。

聖武帝卻是火眼金睛，沒有被他這番行為感動，而是大聲地質問道：「剛才刺客來刺殺朕的時候，你幹什麼去了？」

龍炎心裡打了個突，有些膽怯地回道：「父皇，兒臣……兒臣帶著侍衛與那些刺客做殊死搏鬥，耽誤了救駕，還望父皇恕罪。」

皇后聽了兒子這番話，一顆心又提了起來。「好險好險！幸好炎兒你本事大，否則本宮可要怎麼活？」

說著，皇后娘娘竟然掉下幾滴淚來。

那唯恐天下不亂的寧貴嬪卻在此時開口了。「咦，太子殿下和侍衛的衣服乾乾淨淨的，不見任何血跡，不像是……」

所有目光頓時齊刷刷地落到太子龍炎及其侍衛身上，意味深長。

聖武帝冷哼一聲，拂袖而去。這樣睜眼說瞎話，他如何能不生氣？他堂堂大龍的太子，居然貪生怕死，這教他的顏面何在？

「母后……」太子龍炎不斷地向楚皇后求救。

楚皇后也是一臉蒼白，只得將苦水往肚子裡吞。帝王本就多疑，如今兒子做出這樣的事情來，她這個母儀天下的皇后，也跟著自慚形穢。

「你們下去歇著吧，本宮想要一個人靜一靜。」

皇后都下逐客令了，妃嬪們也就不便繼續逗留，只得恭順地請了安，退出了殿宇。而寧貴嬪離去之時，還頗為得意地笑了笑，為剛才自己機靈的表現嘆服不已。

一場虛驚過後，便是皇帝的勃然大怒。皇家圍場居然進了刺客，這等事要是傳出去，豈不被別的國家笑死！

「你們怎地如此怠忽職守？居然讓賊人混進來！」

「都是臣的疏忽，讓那賊子混了進來，望皇上開恩。」負責戍守圍場的四品都尉路大人頭皮發麻地從列隊中站出來，匍匐在地。

聖武帝看了看這個留著山羊鬍子的男子，覺得陌生。「你是何人？官居幾品？朕為何覺得你眼生得很？」

那路大人一邊抹著額頭上的冷汗，一邊回答道：「臣……臣乃四品都尉路正弦。」

聖武帝眉頭微蹙，他身旁隨侍的大太監便湊上前去，在他耳邊耳語道：「此人是太子殿下提拔上來的，乃太子府路側妃的兄長。」

皇上問起這路正弦來歷的時候，龍炎就有些站不住了，此刻被皇帝的目光掃到，更是不敢抬起頭來。

這路正弦正是他頗為寵愛的路側妃的娘家人，有一次在路側妃處歇下之時，禁不起她一再懇求，所以就向兵部推薦了此人。那兵部尚書本是個左右搖擺不定之人，見是太子推薦，便將此人安插到圍場，做了都尉。

如今皇帝險些被刺，他自然是脫不了關係。

「父皇，兒臣一時不察，識人不清，請父皇責罰！」為今之計，只有棄車保帥。

龍炎這一番解釋，並沒有博得聖武帝的信任，反而對這個兒子厭惡起來。原本因為得依仗楚家來平衡朝中勢力，因此對他的言行睜一隻眼閉一隻眼，可這個兒子愈來愈不像話，真讓他失望到了極點。

「皇上，此事與太子殿下無關，都是那賊人太過狡猾，扮成五皇子的模樣混了進來！」太子一黨的官員見情勢對太子不利，全都站出來為他求情。

「是啊，皇上，太子殿下只是一時不察，並無大錯，請皇上明察！」

聖武帝看著這些臣子，心中煩躁不已。

平時讓他們拿主意的時候，一個個都悶不吭聲，如今自己的靠山受到威脅，他們就知道站出來了。

「都給朕閉嘴！在此吵吵嚷嚷，成何體統！」

一頓呵斥，立馬就讓那群人乖乖閉了嘴。

相對於太子一黨的吵鬧，三皇子一黨就更加沈穩了。幾個人交換了一下眼神，三皇子龍駿便緩緩地站了出來。「啟稟父皇，那賊子易容成五皇弟，混進圍場來，真是其心可誅。只是到現在都不見五皇弟現身，兒臣恐他有不測，自請前去尋找。」

誰都知道皇上溺愛自己的小兒子，如今三皇子將五皇子抬出來，也不知道打的什麼主意。只不過他這投其所好的一番話，果然立刻引起聖武帝關注。

「駿兒說得不錯！你趕緊帶人去尋，務必要將你五皇弟找到！」聖武帝溺愛幼子，自然是恩准了他的請求。

龍駿見聖武帝給予他信任的眼神，心裡頓時一陣歡喜。「兒臣謹遵父皇旨意。」說著，便大步踏出了行宮，帶了大隊的人馬出去尋人了。

原本他還有些擔心，等得到了皇帝的恩准，這才放了心。畢竟龍夜深得聖武帝喜愛，他就這樣將龍夜給牽扯進來，萬一父皇誤解他的意思，還不治他一個誣衊皇弟的罪名？

好在父皇沒有想到另一層意思上去，只派了他去尋人。如此一來，他既在聖武帝面前展現兄弟情深，讓父皇對他高看一眼，也獲得了表現的機會，贏得了一部分人的尊重和支持。

至於龍炎，經過今日一事，早已失了民心，太子的位置岌岌可危。

想到以後可能扳倒太子，龍駿臉上的笑意就再也掩藏不住。他隱忍了這麼多年，像隻狗一樣在太子身邊受盡了委屈，今日總算是揚眉吐氣了一回。

看著龍駿離去的身影，龍炎一雙眼睛都要噴出火來。

好一個龍駿！竟然藉此機會博出位，真可惡！

「太子殿下，看來這三皇子並非池中之物啊……」太子身邊的謀臣見到這一幕，不禁暗暗為他擔心起來。

三皇子龍駿這麼些年來，一直周旋在太子周圍，鞍前馬後恭敬有加。但沒有想到，在這個關鍵時刻，他卻冒出頭來，不僅沒有為太子說上一句話，還在皇帝面前爭取到了一個絕佳的表現機會。

此人必定會成為太子繼位的最大阻礙！

龍炎聽了這些幕僚的話，心裡便有了計較。龍駿如今敢明目張膽地跟自己對上，看來是留不得了。

眼中的陰狠一閃而過，他緩緩地閉上了眼睛。

「來人，撤去路正弦的都尉之職，貶為庶民，永世不得錄用！」將心中的憤怒發洩了出來，聖武帝的心情漸漸平復。

聽到聖武帝的話，龍炎的心跳個不停，冷汗直流。不過慶幸的是，皇帝並沒有因此遷怒於他。

「著人將遇害者送回去，好生安撫其家屬。」聖武帝也算是一代明君，處事沈穩，恩威並施。

提到那些無辜慘死的人，不少人眼眶又開始泛紅。「皇上英明！」

聽慣了這些奉承的話，聖武帝臉上也沒有絲毫喜悅，而是擺了擺手，道：「都下去吧。」

於是一干人等跪伏在地，三呼萬歲。

看到龍隱安然無恙地出現在人前，司徒錦總算是安了心。正打算回營帳中稍作休息，卻不想被司徒大小姐給叫住。

「二妹妹，妳跟我來一趟，我有話要跟妳說。」

司徒錦不知道司徒芸想幹什麼，但她這位嫡姊絕對沒安好心。想起臨走時朱雀所說的話，她便起了戒備之心。「妹妹今日受了驚嚇，身子極為虛弱。大姊姊有什麼話，不妨就在此說吧。」

大庭廣眾之下，她諒司徒芸也耍不出什麼花招來。

司徒芸見她不肯上當，頓時翻臉。「二妹妹這是何意？難道還怕我這個做姊姊的吃了妳不成？」

司徒錦望著她，久久不語。

司徒芸被她的眼神瞧得不自在，有些羞憤。「二妹妹眼看著就要及笄，也快要嫁入沐王府了，所以連我這個嫡姊的話也不聽了嗎？」

「不敢。」司徒錦淡淡回應。

「那妳還不跟上？」司徒芸說完，便不給她回絕的機會，逕自離開了大殿，朝著左邊走廊去了。

司徒錦嘆了口氣，為了不給人拿捏住把柄，只好跟上去。

經過崎嶇蜿蜒的走廊，司徒錦總算尋到了司徒芸的身影。此時已經是夕陽西下，殘陽倒映在碧綠的湖水之中，顯得格外美麗。

司徒芸佇立在那綠水湖畔，不知在想些什麼，竟然連司徒錦靠近都沒有察覺。司徒錦小心翼翼地防範著，慢慢靠近她。「大姊姊叫我到這裡，究竟有何事？」

司徒芸聽到她熟悉的聲音，這才回過頭來，神秘地一笑。「待會兒妳就知道了。」見到她臉上的笑意，司徒錦怎麼都覺得不舒服。

「既然大姊姊不肯說，那恕我不奉陪了。」被那抹不善的眼神給盯著，司徒錦就算是再好的脾氣，也被消磨掉了。

正打算就此離去，沒想到司徒芸突然朝著她撞過來，並大聲喊道：「二妹妹，妳怎麼能這麼對我？我到底哪裡得罪了妳，妳竟要如此羞辱我?!」

司徒錦以為她要推自己進湖裡，幾乎是反射性地伸手將她給推開。「大姊姊，我何時要害妳？」

司徒芸被她那股推力逼退了兩步，眼看著就要掉下湖去。「救命啊！二妹妹，妳不要害我，我以後再也不會碰妳的東西了！」

聞聲而來的眾人看到這幅情景，自然是將司徒錦想成了一個心眼狹窄又心狠手辣的歹毒女子。

司徒芸本來離湖邊還有幾步距離，但為了取信於人，徹底將司徒錦給扳倒，於是假裝害怕地一再後退。「二妹妹，妳不要過來，我再也不敢了，真的不敢了……」

司徒錦蹙了蹙眉，總算弄清楚司徒芸的意圖了。她這是想陷害自己呢！哼，這點兒把戲她還沒有放在眼裡。她想要裝出一副受害者的模樣來博取同情，她就偏偏不讓她如意。

想到這裡，司徒錦就拿定了主意。

司徒芸見司徒錦絲毫沒有出聲辯解，忽然覺得她一個人在這裡唱戲，似乎還不夠。於是一咬牙，打算摔進湖裡，把她的罪過給落實。

庶女逼得嫡女求饒落水，這橋段要是傳到別人耳中，司徒錦肯定吃不完兜著走。

司徒芸臉上雖然露出可憐兮兮的表情，但嘴角卻隱含笑意。司徒錦，我看妳要如何來洗脫這嫌疑！

身子往後悄悄地退了一大步，司徒芸假裝驚慌失措地向後倒去。「啊！救命啊……」

周圍旁觀的不只那些千金小姐，還有不少的皇家侍衛和青年才俊。她這一摔下去，必然會有人下去救她，所以她一點兒也不擔心。

想著自己的計謀即將得逞，司徒芸便忍不住輕蔑地笑了起來。

她快，司徒錦的動作更快！

在眾人一陣驚呼之中，司徒芸被司徒錦一拉一扯，便摔倒在湖畔的草地上，而她自己卻支撐不住身子，直挺挺地摔進了冰冷的湖裡。

既然是演苦肉計，那麼她不會輸給司徒芸。

「呀，有人落水了！」

「咦，這是怎麼一回事？不是那二小姐逼著大小姐嗎，怎麼掉下去的卻是司徒二小姐？」

「看來，又是司徒大小姐在演戲了！想想看，做了那麼丟人的事，又被皇上訓斥了一頓，肯定恨透了處處比自己優秀的庶妹吧？」

「就是……這司徒大小姐真是太小心眼兒了！雖說是庶出的妹妹，但也不至於這般迫害吧？」

司徒芸聽到那些流言蜚語，有些無地自容了。

她沒想到自己精心策劃的好戲，居然被司徒錦輕易破解，偷雞不著蝕把米，這司徒錦運氣未免太好了些。

不過，看著司徒錦在那冰冷的湖裡沈沈浮浮，她的嘴角又不自覺地彎了起來。哼，這麼冰冷的水，就算不將她淹死，也會凍死。她巴不得司徒錦再也爬不上來。

「不好了，司徒二小姐落水了！」當這個消息落入龍隱的耳中時，眾人已經尋不到世子爺的身影了。

司徒錦努力調整呼吸，等待救援。

雖然她懂一些水性，但是這湖裡的水太過冰冷，她才待了一會兒，就已經覺得四肢麻木，有些不聽使喚了。

可是為了讓戲演得逼真一些，她還是假裝不諳水性，揮舞著雙手在水裡撲騰了幾下。

「救命……救命……」

周圍巡邏的侍衛聽到有人呼救，便立刻放下手裡的武器，脫去沈重的盔甲跳下水去。

但司徒芸卻不允許他們靠近。「你們……不准你們靠近我二妹妹！男女有別，你們想毀了她一輩子嗎？」

那些侍衛游了一半，有些遲疑地停下了。

司徒錦一邊在心裡咒罵司徒芸的卑鄙，一邊時刻警惕著。如果真的讓那些粗魯的侍衛將她救起，那對她的閨譽將是致命的打擊。

看來，她還是得想別的辦法自救才是。

「求求你們，去找諳水性的宮女跟嬤嬤來，一定要救救我二妹妹啊……」司徒芸唱作俱佳地在一旁哭喊著，表現得好像個大度的姊姊。

眾人先是一愣，繼而開始張羅著去尋人了。

司徒芸正暗暗得意之時，忽然一陣風掃過，將她狠狠地撞向了地面。緊接著，臉頰上傳來一陣劇痛，讓她齜牙咧嘴，忍不住哭了起來。「嗚嗚……我的臉好痛……」

那股風正是龍隱世子急迫的身影，當他聽到司徒芸那矯情的話語時，心中怒意一起，便狠狠地將她推了一把。

眼尖的他，就算是急速前進，還是留意到那草地上突起的石塊。那狠狠一撞，恐怕司徒芸那張引以為傲的臉蛋就要遭殃了！

果然，在司徒芸掙扎著爬起來之時，圍觀的人群都忍不住倒吸一口氣。

「真是可惜了那張臉……」

「嘖嘖嘖，就這麼破相了！」

「平日裡總是仗著自己長得美，就時常欺負咱們，哼，我看她以後還有什麼資本出來炫耀。」

有人感嘆，有人幸災樂禍；有人惋惜，也有人置若罔聞。反正不關自己的事，她們就可以漠視。

司徒芸一隻手捂著臉，感覺到臉上的濃稠和血腥味，整個人都傻了。

「不會的……不會的……」她一遍又一遍地安慰自己，希望不是她所想的那樣。她的臉還是好好的，只是沾了些水珠，一定是這樣的……

而此刻在水中凍得快要抽筋的司徒錦覺得自己快死了。周圍冰冷的水一次又一次將她淹沒，讓她呼吸困難。凍僵的四肢一直在努力划水，想要堅持到宮女或者嬤嬤來救她。只是這時間一長，她就筋疲力竭了。

畢竟是養在深閨的女子，哪裡經受過這般折騰。即使司徒錦比一般的人體質好，但在這樣的環境之下，她也只是一個弱小的女子。

「救命……」她艱難地吞嚥著嘴裡的湖水，企圖引起別人注意。

她還沒有將那些人除去，還沒有幫娘親奠定在太師府的地位，還沒有看到弟弟出生，她怎麼可以就這麼死去？她怎麼能讓司徒芸那個蛇蠍心腸的女人得逞？她怎麼能夠讓娘親為她傷心？

不行，她一定要活著。

這樣想著，司徒錦就有了些力氣。

「錦兒！」一聲急迫的呼喊聲，讓她的意識再清醒了些。

司徒錦努力地睜大眼睛，看著由遠及近的男子，眼中露出了幾分感動。他來救她了！他來救她了！他不是太子，他沒有丟下她，他沒有！

激動之餘，司徒錦也失去了最後一點兒力氣，沈了下去。

龍隱心裡一慌，立刻加快速度朝著司徒錦陷下去的方向游去。

司徒芸狠狠地瞪著那湖上的兩人，拳頭握得死緊。該死的司徒錦，該死的龍隱，居然毀掉她傲人的容貌，這個仇她一定要報！

龍隱心焦地游到司徒錦下沈的位置，然後深吸一口氣，也跟著沈入水中。

「啊，沈下去了！」周圍旁觀的人忍不住驚呼出聲。

最好都沈下去，上不來！司徒芸陰狠地在心裡詛咒。

龍隱潛入水裡，看著那個漸漸沈入湖底的女人，心被揪痛了。他從來都不曾有過這種感受，哪怕是被人狠狠地刺傷一刀，他也不會覺得痛。可是在面對這個女子的時候，他總是控制不住自己的情緒。

一個猛踢水下去，司徒錦已近在咫尺。

健臂一伸，將那個嬌小的人兒擁入懷中，龍隱這才安心了一些。可是看到她那奄奄一息的模樣，他的心又跟著提了起來。

想起從書上看來的呼吸救人之術，龍隱臉上忽然一陣火熱。

儘管司徒錦是他未來的娘子，可如此的親密還是令他有些不太自在。但是危急時刻，他也顧不上許多，一門心思只想著救人了。

慢慢收緊手臂，將那個嬌弱得讓人隱隱生憐的女子擁緊，龍隱微微閉了眼，將自己冰冷的唇貼了上去。

當兩片唇壓上她的柔軟處，龍隱忍不住睜開了眼。

這種美好的感覺，讓他不由自主地想要更多。

輕輕地撬開她緊閉的唇，靈活的舌竄進她的檀口，他努力調整著彼此的呼吸，將深厚的氣息渡入她的嘴裡。

司徒錦只覺得胸口悶得慌，迷迷糊糊之間，感到有溫熱的氣息襲來，胸口的不適感立刻舒緩了不少。為了抓住這根救命稻草，她不由得伸出手去，將那溫熱的熱源摟得死緊。

感受著她的雙手纏上了他的腰部，龍隱激動得差點兒岔了氣。好在他的內力深厚，很快就穩住了身子，繼續著這令人臉紅心跳的呼吸法。

司徒錦緩緩地睜開眼，看見的便是一張放大的俊臉。而這個人，正親吻著自己。心裡一害羞，司徒錦試圖推開他。可是活動了一下四肢，卻驟然發現她根本無法動彈，只能紅著臉，讓他繼續為所欲為了。

而在岸上的人，見龍隱世子爺跟著沈了下去，頓時亂成一團。

「唉呀，世子爺怎麼也跟著跳下去了？」

「都這麼久了，怎麼還不上來，該不會是……」

司徒芸聽到那些猜測，嘴角隱含笑意，但是為了表現出自己的姊妹情深，便假裝嚶嚶哭泣了起來。「二妹妹……大姊姊對不住妳啊！姊姊知道妳這是心懷愧疚，可是即便如此，妳也要量力而為啊！妹妹妳放心，姊姊已經原諒妳了，妳若是泉下有知，也該安心了……」

「唉，真是紅顏薄命啊……」

「可不是嗎？聽說這司徒二小姐半年多前也摔下馬，差點兒就沒了呢！」

「這都是命吧？」

這邊的動靜，立刻引起了皇家的重視。一向不怎麼跟兒子親近的沐王爺也親自趕了過來，隨之而來的還有他另外兩個子女——龍翔公子以及龍敏郡主。

「到底發生了何事？」沐王爺位高權重，他一開口，立刻就有人將詳細的情況都告訴了他。

龍翔本就巴不得這個弟弟死去，故而有些幸災樂禍。「隱弟也真是心急，這裡有那麼多的侍衛，哪用得著他親自下去救人？這下可好了，居然把自己的性命也給搭進去了。」

沐王爺聽到這一番話，眉頭微微蹙起。

龍敏卻很了解沐王爺，見他眼睛死死地瞪著那湖面，便換上了一副焦急的神情，對他說道：「父王，二哥一定不會有事的，您千萬要保重身子啊！」

沐王爺低頭看了一眼這一雙兒女，顯然龍敏的話更加中聽。

「來人，下水去搜尋世子的蹤影。找不到人，你們就不用起來了！」

威嚴的命令剛下達不久，只見平靜的湖水上突然一陣異動，接著消失良久的世子爺抱著司徒錦出現在眾人的視線中。

「世子爺，您總算是起來了！」

「世子爺沒事就好，沒事就好……」

不少人看到他濕漉漉地游上岸，都恭維著圍了上來。

龍隱卻似乎沒有聽到他們的言論，只對身後的侍衛吩咐道：「傳太醫！」

那些侍衛可是見識過世子爺的脾氣的，沒有半句多餘的話，就急匆匆地去了。這世子爺可是得罪不起的主兒，他們哪能怠慢？

沐王爺看了這個冷情的兒子一眼，繼而將視線轉移到了那個渾身顫抖的女子身上。

龍敏似乎看出了他的疑惑，便小聲在一旁解釋道：「父王，那就是二哥未來的娘子，太師府的二小姐司徒錦。」

沐王爺若有所思地看著那個並不怎麼起眼的女子，眉頭緊蹙，似乎對這個女子的影響力感到非常不滿。

他這個兒子從小到大都沒有如此與他親近過，如今卻對一個還未過門的女子這般殷勤，這教他這個做父親的如何能夠釋懷？

見到兒子無事了，沐王爺自然不會在此逗留太久。轉身離去之前，他特地吩咐王府暗衛道：「給我仔細查一查這個叫司徒錦的。」

龍翔見龍隱安然無恙地上了岸，忽然感到一陣心虛。看著沐王爺離去，他也尾隨而去，悄悄消失在眾人的視線之中。

司徒錦微微閉著眼，裝著昏迷。如果不這麼做，她真的無法將心跳失衡掩飾過去。尤其是這個男人一再欺負她，明明早就可以帶她上岸，卻遲遲挨到她快要窒息。想著他的所作所為，她不自覺地臉頰泛紅。

「找本公子來有何事？到底誰快要不行了？」忽然，人群中傳來一陣紛亂的腳步聲，一個突兀的聲音響起，引起了眾人的注意。

第四十四章　雲譎波詭

太師府

「大小姐那邊有消息回來嗎？」周氏將前來請安的姨娘和庶子、庶女們打發出去之後，這才想起這事來。

都已經離府兩天了，想必司徒芸已經動手了吧？

許嬤嬤一邊服侍著她，一邊殷勤地說道：「夫人您就瞧好了吧！大小姐一向聰慧，定然不會讓您失望！」

周氏淡淡笑著，並沒有透露更多情緒出來。

司徒芸的本事她多少知道一些，要說擔心那倒不至於。可是司徒錦那個丫頭，也不是個吃素任人拿捏的，從這幾日江氏那邊的動靜來看，那丫頭臨走之前還真是做了充足的準備，那些個姨娘竟然連她的院子都進不去，可見她心機之深沈。

周氏摩挲著茶盞的邊緣，良久沒有開口。

許嬤嬤見周氏的神色有些不對，不免擔心地問道：「夫人，可是有什麼不妥？」

「吳氏和王氏那邊，最近可有動靜？」依照她們二人的心思，巴不得趁這個機會將江氏肚子裡的孩子給除掉，不可能如此安靜。

許嬤嬤掃了四周一眼，見沒有閒人在一旁，這才低聲說道：「說也奇怪，這王氏竟然如此沈得住氣，絲毫沒有動手的打算。而那吳氏，頭日還跑到江氏那邊，可是連正門都沒進去，就被江氏尋了個理由給擋在了門外。這兩天也不知道怎麼了，據說是突發病症，臥床不起了。」

周氏的笑容漸漸淡去，換上了一抹凝重的神色。「沒想到，江氏竟然防範得如此仔細。」

「夫人不必憂心。既然那邊的人沒有本事除去江氏，那不如就讓老奴代勞吧！」許嬤嬤眼眸中閃過一絲陰狠。

周氏仔細地打量了一番這個老嬤嬤，幽幽開口。「嬤嬤是我身邊最得力的，如果有個萬一，可教我怎麼能安心？」

「夫人請放心，老婆子絕對不會出任何差錯。就算是有個萬一，那也是老身自個兒犯下的錯，與夫人沒有半分關係。」許嬤嬤信誓旦旦地說道。

周氏挑了挑眉，似乎對這個答案甚為滿意。

見周氏默許了，許嬤嬤便福了福身，退出屋子。

「許嬤嬤，妳可千萬別讓我失望啊！」

梅園

朱雀正打著呵欠從屋子裡走出來，立刻就有丫鬟殷勤地端來洗臉水和早膳。「朱雀姊姊可起來了。」

「嗯，有事？」朱雀伸著懶腰，胡亂地洗了把臉，就坐在桌子旁大快朵頤起來。

那丫鬟眼中閃過一絲不可思議，但終究沒有指責她的不是，而是將夫人院子裡發生的事一五一十地說了出來。

「那許婆子也沈不住氣了？」朱雀很不客氣地說道。

那丫鬟額頭上冒出些許汗珠，對於朱雀的膽大妄為已經到了驚駭的地步。「朱雀姊姊，妳小聲些，莫要教旁人聽去了。」

說著，她還不忘四處打探一番，生怕連累到了自己。

雖然那許嬤嬤也不過是個奴才，可畢竟在夫人屋子裡伺候，而且還是夫人陪嫁過來的，她們這些小丫頭自然是對她有著一絲敬畏。

朱雀卻沒有把那婆子當回事，她現在關心的是那許婆子打算怎麼對付二夫人。她可是向小姐拍著胸脯打過包票的，萬一二夫人真的有什麼差池，那她今後豈還有信譽可言？傳出去，還不被同僚笑死?!

「許嬤嬤一大早就出去了，我讓門口的小三子跟上去了，這會兒他恐怕已經回來了，我這就去問問。」那丫鬟倒是挺機靈。

不一會兒，那丫鬟回來了。

「怎麼樣？打聽到了些什麼？」朱雀不緊不慢地問道。

「小三子說，許嬤嬤出了府之後，就去了城西的一家藥鋪。大概有一炷香的時間才出來，出來的時候，手裡多了一個包袱。」那丫鬟事無鉅細地轉述小三子的話。

朱雀心想，那包袱是個關鍵，裡面一定有著罪證。

「那許婆子的作息怎麼安排的，可固定？」她不經意地問道。

「還算規律。朱雀姊姊問這個做什麼？」那丫頭有些不解。

朱雀神秘地笑了笑，沒有多說。她從袖子裡拿出一錠銀子，丟給那丫頭。「這是妳應得的報酬，拿著！」

看到那麼大一錠銀子，這丫鬟高興壞了。「多謝朱雀姊姊！以後還有什麼重大的消息，純兒一定知無不言。」

「嗯，下去吧。記住，千萬別讓人知道妳來見我，知道嗎？」

那丫鬟應了一聲，樂滋滋地走了。

純兒剛出了梅園不久，便遇上吳氏屋子裡的丫鬟春桃。「唷，純兒這一大早的，去梅園幹麼？」

春桃是個長得有幾分姿色的丫頭，平口裡心高氣傲，是個不安分的人。如今看到純兒從梅園出來，自然聯想到一些什麼。

純兒先是一驚，繼而笑著說道：「原來是春桃姊姊。唉，妳也知道的，夫人一向不喜歡二小姐，這不，趁著二小姐不在府裡，叫我去查探查探，說不準能夠尋到些錯處，將來也好拿捏個把柄。」

「那妳可找到什麼不妥的？」春桃一聽這話，自然是信了。

純兒原本是想洗脫自己的嫌疑，所以才故意胡謅這檔子事，沒想到這春桃居然當真了。於是純兒故意壓低聲音，在她耳旁說道：「二小姐屋子裡看管得極為嚴密，我才到了正屋門口，就被攔下了，有什麼秘密也說不定。」

春桃聽了半天，也沒聽出一個什麼子丑寅卯來，便有些不耐了。「這麼說，妳也沒有打探出些什麼名堂來？」

「這不是怕打草驚蛇嘛！妳也知道的，梅園裡的那幾個丫頭都是二小姐的心腹，哪兒那麼容易對付。」說著，純兒還忍不住嘆了口氣。「夫人交代的這差事，還真是難辦！」

春桃半信半疑地看著她，後來一想，純兒畢竟是夫人的人，不可能什麼事都告訴自己，也就沒有再繼續糾纏了。

看著春桃走遠，純兒這才拍了拍胸口。「真是太險了，差點兒就露餡兒了。」

險險地躲過了這一回，純兒不敢再大意，做事也越發小心謹慎起來。

當日下午，皇上在圍場遇刺的消息不脛而走，很快就傳到了周氏耳中。

「妳說什麼？竟然有這等事?!那爹爹和哥哥們可還好？」周氏乍聽到這個消息，第一反應就是問起丞相府是否有事。至於修羅殿那些人想必辦事不力，否則早就聽到司徒錦遇害的消息了。

許嬤嬤見她眉頭緊皺，立刻安撫道：「大人放心，丞相府一切安好。只不過……」

「只不過什麼？」周氏聽聞丞相府無事，便安心了。至於其他事便不在她的關心範圍內了。

許嬤嬤猶豫了半晌，這才吞吞吐吐地說道：「是關於大小姐的。奴婢聽那些人說，大小姐在皇家圍場出盡了洋相，真真是丟人現眼……」

至於是做了什麼醜事，她這個老辣的婆子竟也羞得說不出口來。

周氏聽了，並沒有多麼震驚，反而安閒地斜倚在美人榻上。「這麼說來，她又失敗了？」

「定是那二小姐太過狡猾，所以才躲過了這一劫。哼，那麼多的刺客，怎麼就不見他們把二小姐也一併做了！」許嬤嬤有些氣憤地說道。

「妳不要太放肆了，這些話教人聽了去，指不定又要招來什麼樣的禍害。」周氏對許嬤嬤處處維護司徒芸的行為有些不滿。

她畢竟是自己身邊的人，應該一心一意為自己著想才是。

「夫人，您又不舒服了？」許嬤嬤見周氏扶著額頭，便一臉擔心地衝上前。

「無礙，替我捏一捏就好了。」周氏並未將這些小病小災放在心上，一門心思都在如何算計別人。

「夫人，這些日子一直好好的，怎麼突然就又犯了呢？」還不是給妳氣的。周氏斜瞪了許嬤嬤一眼，無聲地表示怨憤。只是，現在還有用得著她的地方，她也不好多加苛責，只得默默地忍了。

「夫人，老身已經將東西買回來了，只等尋個機會去到那江氏的屋子……」不待許嬤嬤把話說完，周氏便打斷了她。「這些事不必向我彙報了，要做什麼、怎麼做，那都是妳的事，明白嗎？」

就算東窗事發，她也對此事毫不知情。

許嬤嬤聽了，連連點頭，道：「夫人說得是，老身什麼也沒有說過。」

朝她揮了揮手，周氏緩緩地閉上了眼睛。「妳下去吧，我想安靜一會兒。」

許嬤嬤恭敬地垂首，然後慢慢地退出了周氏的屋子。等到一出來，她便去廚房張羅周氏的膳食去了。

朱雀尋準了這個機會，便揮了揮手，接著一個黑色人影出現在她的面前。

「護法有什麼吩咐？」那人恭敬地抱拳問道。

「那許婆子此刻正在廚房忙著，你去她的住處，將她包袱裡的東西給調換了。切記，不要留下任何痕跡。」朱雀一邊蹺著二郎腿，一邊吩咐著。

那黑衣男子先是一愣，繼而垂下頭去。「是，屬下遵命！」

「去吧，去吧！」朱雀將他打發出去，一副避之唯恐不及的模樣。

就在此時，緞兒踏進屋子。見到朱雀居然霸占自家小姐的座椅，就又有話要說了。「我說朱雀啊，妳怎麼能這麼膽大妄為？就算小姐不在，妳也不能占了小姐的座椅，這成何體統！」

「妳也說了，小姐不在家嘛！我坐一坐又怎麼了？」朱雀不以為意地說道。不就是一把椅子嘛，幹麼要劃分得那麼清楚？

其實緞兒也只是跟她開玩笑，沒有真的打算與她計較。「小姐不在家，這府裡的規矩就不要了嗎？」

「妳還真是雞婆耶！我還沒見過妳這麼囉嗦的丫頭，將來看誰敢要妳！」朱雀反擊道。

說起嫁人一事，緞兒的臉瞬間就紅了。「要妳管啊！倒是妳，如此沒有規矩，沒人要的是妳吧?!」

朱雀聽了這話，也不生氣，反倒顯得輕鬆。「誰說我要嫁人了？一個人自由自在不知道多愜意，幹麼要找個男人給自己罪受？萬一將來所嫁非人，豈不是要遭更大的罪？」

緞兒聽了她這一番辯解，頓時也有些愣了。她以前從未想過以後要嫁個什麼樣的人，只知道要跟著小姐一輩子。如今仔細想來，與其將來嫁一個像老爺這樣朝三暮四的男人，那還真的不如不嫁人的好。

「怎麼，妳傻了？」朱雀沒聽到綴兒反駁，頓時覺得有些無趣。

綴兒仔細的打量著朱雀，突然生出一股崇拜來。「朱雀，我發現妳說的話很有道理。妳說得對，與其所嫁非人，那還不如不嫁的好！」

朱雀無語了。

她沒想到自己的一句玩笑話，這丫頭居然當真了。

「妳放心啦。將來小姐一定會為妳尋一門好的親事，絕對不會虧待妳的啦！」朱雀信誓旦旦地說道。

綴兒愣了一會兒，說道：「唉，先不說這些了。都已經兩日了，也不知道小姐在外面睡得可好，飯菜可合她的胃口？」

朱雀見她又開始唧唧歪歪，知道她已沒事了，便不再與她多說，去做自己該做的事情去了。

江氏一早醒來，見屋子裡沒有一個人，頓時有些奇怪。

「燕兒，燕兒……」她輕喚了兩聲。

那個叫燕兒的丫頭在門外聽到江氏的呼喚，立馬推開門走了進來。「二夫人，您喚奴婢可有什麼事？」

「今日院子裡怎麼如此安靜？」江氏有些不解地問道。

燕兒笑著說道：「二夫人，奴婢們見您這幾日都沒怎麼睡好，所以不敢上前打擾了您休息。」

江氏見她說得誠懇，也就沒有怪罪。

她掙扎著從床上爬起來，想要下地走動走動。畢竟懷了身子，老在床上躺著也不利於胎兒成長。

「二夫人，您這是要做什麼？」燕兒驚呼一聲，趕緊上去攙扶。

「別大驚小怪的，我不過是想出去走動走動。整日待在床上，身子骨都僵硬了。」江氏和藹好說話，對待下人也頗為寬厚。

燕兒見江氏執意要起床，也沒有攔著。幫她穿好了保暖的衣物，然後又拿了一個香囊遞給她。「夫人您瞧，這是小姐為您繡製的香囊，您可還滿意？」

女兒繡製的香囊，江氏自然是滿意的。

見江氏滿臉笑容，燕兒便順勢將香囊繫在江氏的腰上。「二小姐果真是心靈手巧，不僅畫得一手好畫，這女紅也是極為精巧呢！」

江氏聽了這些誇耀女兒的話，心裡甚為歡喜。

「今兒個天氣不錯，燕兒扶二夫人去院子裡走走吧？」

江氏對這個燕兒頗為滿意，雖然服侍她的時間不算長，但處處周到仔細，她便沒了什麼防備之心。

在燕兒的攙扶下，江氏慢慢地踏出了主屋，朝著院子裡行去。

緞兒踏進這院子的時候，一眼便瞧見了江氏。在驚訝之餘，她還是忍住了，沒有打草驚蛇。「奴婢給二夫人請安！」

江氏見是女兒身邊的大丫鬟緞兒，頓時笑著道：「緞兒起來吧，妳今日又準備了什麼吃食？」

見江氏問起，緞兒有些不好意思地將手裡的食盒拎了起來。「二夫人最近食慾不錯，所以緞兒就吩咐廚房做了一道下飯的菜，希望二夫人能夠儘量多吃一些。如今這胎兒正在發育的階段，可別餓了才好。」

說罷，緞兒便將那食盒擱在了院子裡的石桌上。

燕兒反應很快，見江氏有些餓了，便拿了個軟墊子往那石凳子上一放，扶著江氏坐了上去。「燕兒替二夫人盛飯吧？」

說著，也不管緞兒如何反應，就逕自服侍江氏用起飯食來。緞兒看了燕兒一眼，並沒有抱怨，只是在一旁站著，沒有打擾江氏用膳。等到江氏吃不下了放下筷子，緞兒這才上前去收拾碗筷。

「這菜色倒是不錯，最近府裡的廚子手藝長進不少。」江氏擦了擦嘴，喝著茶水稱讚道。

緞兒沒有說話，但是心裡卻嘀咕起來了。這飯食可不是廚房那些人做的，而是朱雀託人從外邊的大酒樓訂的，自然是好吃了。只不過這些話，她都要爛在肚子裡，堅決不能透露出去。

誰不知道二夫人如今已經成了那些人的眼中釘肉中刺，除之而後快。為了防範府裡的人動手腳，才在外面弄吃食的。

江氏滿意地吃飽喝足，然後便在燕兒的服侍下，慢慢地在院子裡轉著圈。

「許久沒有走動了，才走了幾步，就有些累了。」江氏蹓躂了一會兒，額頭便泌出一些汗水來。

燕兒趕緊拿出帕子，為她拭去頭上的汗滴。「二夫人如今是雙身子的人了，走起路來自然是吃力一些的。」

「燕兒真是體貼懂事。」江氏毫不吝嗇地讚賞道。

「二夫人過獎了。」燕兒低下頭去，有些心虛。她是許嬤嬤特地安插在江氏身邊的，她的弟弟還拿捏在那人手裡，她如果不按照她的吩咐辦事，她弟弟的小命可就不保了。他們家就這麼一個男孩子，若是有什麼差池，那她的娘親也活不下去了。想到這裡，燕兒的眼神便又收斂了幾分。

周氏屋子裡，許嬤嬤正在她耳邊耳語。「都已經安排好了，夫人您就瞧好吧！」

「嬤嬤辦事，我自然放心。吳氏那邊，也要提點著些，必要的時候，她會是個好幫手。」

許嬤嬤應了一聲，便立在一旁不動了。

「近日三小姐似乎挺安分的？」周氏處理完了家裡大大小小的雜事，總算想起那個被關禁閉的姑娘了。

許嬤嬤微微一愣，繼而笑道：「是啊。三小姐一向懂事，只是被那些小人陷害，所以才如此遭罪。唉，真是個可憐的孩子！」

聽許嬤嬤如此誇耀司徒雨，周氏明著沒什麼表示，但心裡卻極其厭惡。

「夫人，三小姐也罰過了，是否可以放出來了？」

周氏低垂著眼簾，道：「此事我說了還不算，人是老爺關的，老爺發話了，她自然就可以出來了。」

許嬤嬤有些不敢置信地看著周氏，一句話都說不出來。

「妳去她院子裡瞧瞧，關照那些丫鬟、嬤嬤好生服侍著，可千萬別虧待了她。再有，讓廚房做些好吃的給她送去。」周氏遲疑了一會兒，還是做了這麼一番安排。

許嬤嬤這才鬆了一口氣，按照周氏的吩咐辦事去了。

司徒雨被關在房內，早就悶壞了。可是得不到爹爹和母親的准許，她也不敢貿然出去，只好拿那些丫鬟出氣了。

「妳們怎麼搞的，居然拿這種豬都不吃的膳食給本小姐吃？妳們是吃了熊心豹子膽了嗎？」

面對司徒雨的故意刁難，那些丫鬟全都低下頭去，大氣都不敢出一聲。

許嬤嬤進屋的時候，看見的便是滿地的狼藉。「唉唷，我的三小姐，這是怎麼了？是不是她們給妳氣受了？說出來，嬤嬤定會奏請夫人，請夫人為您作主。」

說著，她還狠狠地瞪了這院子裡的僕婦們一眼。

司徒雨見到這周氏身邊的許嬤嬤，委屈的淚水頓時止不住。「嬤嬤，妳一定要為我作主啊！這些膽大的奴才，見我受罰了，一個個便瞧不起我，還經常在背後說我的壞話！」

許嬤嬤聽了這話，心裡更是來氣。「是哪些不長眼的奴才，居然欺負到主子的頭上去了？還不給我滾出來！」

那些丫鬟、婆子知道這許嬤嬤是夫人身邊的紅人，自然不敢得罪，全都跪下懇求道：「嬤嬤可要明察啊，奴婢們可是盡心盡力伺候三小姐，不曾有過絲毫怠慢。」

司徒雨見她們不肯承認，便站起來對那些丫鬟、婆子拳打腳踢。「我教妳們扯謊，教妳們在背後議論我！」

許嬤嬤被司徒雨這慓悍的行為給嚇到了，她沒有想到一個閨閣千金小姐，居然會做出如此失禮的事情來。想到自個兒在夫人面前的誇讚，不由得寒了心。

「嬤嬤，這些眼皮子淺的賤婢，就該好好地管教。不若叫牙婆來，將她們全部發賣了出去，也省得見了煩心。」

一聽到要發賣，那些丫鬟全都嚇得不行，連連磕頭求饒。「三小姐饒命啊，奴婢們知錯了，請您高抬貴手啊！」

「怎麼？這會兒知道求饒了？」司徒雨又上前狠狠地踢了她們幾腳，這才解氣地回到自己的座椅上。

許嬤嬤雖然一心護著這個小主子，可是見到她這番舉動，心裡也是極其矛盾。難怪夫人對這三小姐不冷不熱的，就連關了禁閉，也沒有過來安撫幾句。原來夫人早就看透了這三小姐的性子，所以有意壓一壓她的囂張氣焰。

可是有些話她又不能當著奴僕的面說，只得尷尬地笑著解圍道：「好了好了，我的好小姐。您可千萬別累了自己，這些不長眼的奴才，就交給嬤嬤處置吧。」

說著，又轉移話題，將手裡的食盒拿了出來。「瞧，夫人派老身給三小姐送好吃的來了。」

「母親總算是想起我來了嗎？」司徒雨想起那些丫頭背地裡的議論，心裡就酸酸的。

看著她委屈的模樣，許嬤嬤心裡很不是滋味。「三小姐怎麼能如此說話？夫人可是一直惦記著您的，要不也不會派老身過來了。夫人也只是礙於老爺的命令，所以不能親自前來。三小姐可莫要聽信讒言，誤會了夫人的一片好意。」

司徒雨嘟著嘴，心裡的疙瘩並沒有因為許嬤嬤的一番話而消逝，反而疑心更重了。「如果母親真的關心我，又怎麼會這麼長時間不聞不問，讓我在這裡自生自滅，受盡了冷落？」

許嬤嬤一下子沒能接上話來，只得努力想藉口。「這……太師府裡有那麼多的事情要夫人打理，一時忙不過來，也是情有可原的。」

「是嗎？難道那些事情都比我這個女兒來得重要？」司徒雨愈想愈覺得不對勁。

許嬤嬤見與她說不通，只好放棄了。

「看到三小姐安然無恙，老奴也可以回去回話，讓夫人放心了。」說著，便如躲避瘟疫一般離開了。

司徒雨看著許嬤嬤那匆忙的身影，頓時生出一股恨意來。

「到底不是親生的啊……」她喃喃地說道。

看來這府裡真正值得依賴的，只有爹爹一人了！想到這裡，司徒雨竟然失落地流下淚來。

朱雀在聽聞了這個橋段之後，忍不住哈哈大笑。「原來，咱們的三小姐也有如此感傷的時候，真是天大的奇聞啊！」

「唉，這夫人也真是夠心狠的。好歹也是她的親姨甥女，居然放任著她不管。真叫人寒心啊！」緞兒也附和道。

對於那些喜歡欺負自家小姐的主子們，緞兒可是沒有忘記過去那些仇恨。如今看到她們都遭受了報應，她就沒來由的高興。

「看來，這嫡出的待遇也不怎麼好啊！」朱雀哂笑著。

「嫡出庶出又怎麼了？不都是老爺的孩子嗎？」緞兒忽然來了這麼一句。

「唉呀不錯，總算是說了一句有道理的話。」朱雀拍掌道。「不枉費我平日裡悉心地調教，哈哈……」

「好妳個朱雀，竟然敢調侃我！」緞兒臉蛋一紅，便朝著朱雀撲了過去。

皇家圍場

「事情可有眉目了？」聖武帝看到龍隱進來，急切問道。

被單獨召見的龍隱先是行了個禮，然後才起身回話。「皇上，臣在那刺客的身上搜到一樣東西。」

「快，呈上來！」聖武帝連忙吩咐道。

龍隱將衣袖裡的東西拿出來，恭敬地奉上。

聖武帝目光如炬地盯著那東西看了良久，臉色變得異常難看。「沒想到他竟然真的敢?!」

那東西不是別的，正是太子府才有的金牌。

龍隱卻不認為事情這麼簡單，於是上前稟奏道：「啟稟皇上，臣覺得此事很可疑。」

「有何可疑之處？」聖武帝蹙了蹙眉，一臉凝重地問道。

龍隱瞥了那權杖一眼，道：「刺客沒那麼傻，將這麼明顯的身分象徵放在身上吧？再者，這權杖雖然是太子府特有的，但也不是不可以仿造的。」

聖武帝聽了他的陳述，陷入了沈思。

難道他猜錯了，太子沒有想要造反？

「皇上，此事還需要多斟酌。如今最重要的，是將五皇子找回來。」龍隱提醒道。

聖武帝思慮了一會兒，這才點頭示意。「你下去吧，朕明白該怎麼做了。」

龍隱抱拳作了個揖，然後大步踏出了皇上的寢宮。

「主子。」走到無人之處，一個黑影從天而降，落在了龍隱的面前。

「她怎麼樣了？」龍隱開口，便是這麼一句。

那黑影恭敬地回稟道：「花公子已經診斷過了，說並無大礙。」

「嗯。」龍隱總算是放下心來。剛往前走了幾步，似乎又想起了什麼，於是問道：「司徒大人在何處？」

「正在前院等著，世子可要見他？」

司徒長風的這番作為，無非是想給司徒芸求情。

龍隱冷哼一聲，大步朝著前院而去。

不遠處，司徒長風正在來來回回走動著，心裡早已亂成一團。

早些時候，世子爺就已經派人警告過他，讓他約束好自己的子女，別讓他們欺負到錦兒頭上去。可是他沒想到，那個溫婉高貴的大女兒，居然當著那麼多人的面給了二女兒難堪，還害她差點兒淹死在湖裡。

想到他堂堂太師，還要向一個毛頭小子低頭認錯，他就憋屈得慌。

「太師大人找本世子，可有什麼話說？」不知何時，龍隱已經來到了司徒長風的面前，臉色有些難看。

司徒長風見他面有鬱色，立刻停下腳步，恭敬地問候。「見過世子爺。」

「有事說事。如果太師大人是來為司徒大小姐求情的，那就不必了。」龍隱一席話，直接斷了他的念想。

司徒長風嘴皮子動了動，最終還是覥著臉說道：「世子息怒！此事的確是小女的不是，她已經知錯了，還請世子大人不計小人過，原諒了她這一回。」

「哼，知錯了？我看她傲氣得很，一而再、再而三的對本世子的世子妃不利，她膽子可不小。」龍隱不客氣地回道。

司徒長風只覺得一陣陰風掃過，身上冒出無數冷汗。「下官……下官管教不力，才讓小女衝撞了……」

「住嘴！」龍隱打斷他的話，說道：「看來，她還是不知道自己錯在哪裡，她該道歉的對象，是她的妹妹，而不是本世子。讓本世子未來的世子妃受到如此驚嚇，她居然沒有絲毫悔意，看來還是責罰得太過輕了。」

司徒長風一個哆嗦，差點兒沒跪下去。
「世子爺……」司徒長風還要說什麼，卻被龍隱給阻止了。
「太師大人如果還搞不清楚狀況，本世子不介意讓皇上來定奪。到時候，本世子倒要看看司徒大小姐如何自處。」
龍隱說完這話，便一甩衣袖走了。
司徒長風呆愣地站在原處，半天回不過神來。
「爹爹、爹爹……世子怎麼說？他原諒女兒了嗎？」司徒芸老遠看到司徒長風走了過來，便再也顧不上許多，拖著仍舊疼痛的身子衝了過去。
只要世子肯鬆口，那麼她的錯就無足輕重了。
可是看到司徒長風那難看的臉色，她的心就開始往下沈。「爹爹，該不會是……世子他怎麼可以？」
「妳還有臉說！」司徒長風見大女兒依舊不肯認錯，還想編派世子的不是，真是氣不打一處來。「我怎麼生了妳這麼個不懂事的女兒！」
「爹爹，您怎麼可以這麼說女兒？女兒可是您最疼的嫡長女，是您的驕傲啊！」司徒芸不敢置信地看著這個對著她大吼大叫的男人，一臉傷心地說道。
「引以為傲？」司徒長風眼睛瞪得老大。「妳瞧妳都做了些什麼？真真是……我司徒長風到底做錯了什麼，老天爺竟然這麼對我！」

司徒芸嚇得跌倒在地，嘴裡還不停地喃喃自語。「怎麼會這樣，怎麼會這樣？不該是這樣的，不該啊……」

她還要說些什麼，司徒長風卻狠下心來轉過身去，對著隨侍的小廝說道：「連夜將大小姐送去祖宗祠堂，沒有我的命令，不准大小姐踏出祠堂一步！」

司徒芸聽到這話，眼睛瞪得老大，然後整個人暈了過去。

第四十五章 爛戲

「二夫人，您慢著點兒！」江氏身邊服侍的丫鬟見她一個人出了院子，頓時嚇得六神無主。

「不過是出去走走，瞧妳們一個個緊張的。」江氏不以為意地笑著。在自己的院子裡待了月餘，她都要悶壞了。

「唉呀，姊姊妳總算是捨得出來走動走動了。」突然，身後傳來一道尖銳的嗓音，打破了院子裡的寧靜。

江氏抬眼望去，見吳氏在丫頭的攙扶下朝著自己走來，想要轉身進屋已經來不及了。

「原來是吳妹妹，真是好久不見了。」

「可不是嘛！如今姊姊身子嬌貴，豈是我們這些婢妾能夠隨便見的？」吳氏死死地盯著江氏的肚子，嘴裡依舊沒一句中聽的話。

江氏已經習慣了她這般態度，也沒有多作計較，倒是她身邊那個叫燕兒的丫頭大聲嚷嚷起來，一副替她抱不平的模樣。「吳姨娘，妳怎麼能這麼跟二夫人說話呢？還不快給二夫人道歉！」

「妳算是個什麼東西，憑什麼在我面前指手畫腳？」吳氏聽了燕兒的話，臉色頓時垮了下來。她再怎麼說，也是老爺最寵愛的女人，她一個小丫頭，憑什麼爬到她的頭上去頤指氣使。

「吳姨娘也太把自己當回事了，總不過是個姨娘，說起來也只是個奴婢，竟然敢對老爺的平妻如此不敬！」燕兒似乎沒有看到江氏眼神的警告，依舊自顧自地大聲聲張道。

「哈，姊姊妳倒是看看，這就是妳教出來的丫頭。居然敢對我大小聲，真是反了！」吳氏氣得咬牙切齒的同時，還不忘數落江氏的不是。

江氏看著情況漸漸失控，怕惹出什麼禍端來，便從中周旋道：「妹妹何必跟她一個丫頭計較？燕兒妳還不退下！」

「可是夫人……燕兒就是看不過去嘛！吳姨娘也太囂張了，竟然沒有將您這個側夫人放在眼裡！」說著，燕兒還狠狠地瞪了吳氏一眼。

江氏沒想到平日裡溫和有禮的丫鬟，居然如此這般不懂規矩，頓時氣得不打一處來。「還不給我閉嘴，小心妳的皮！」

燕兒見到江氏那股威儀，心中一凜。

可是迫在眉頭的事情，她不能就這麼放棄。她弟弟的性命還捏在別人手裡，那人答應她，只要她辦成了這件事，就會放了她的弟弟。為了他們家的香火，她絕對不能心軟。

給了吳氏一個眼神示意後，燕兒便上前幾步，與吳氏糾纏到了一起。「二夫人，燕兒是怎麼都嚥不下這口氣的，今日，燕兒便要為夫人討回一個公道！」

說著，她便揪起吳氏的頭髮，一陣亂打。

那吳氏豈是好惹的，見一個小丫頭都欺負到了她頭上，頓時大喊著「反了反了」，也扯了燕兒的衣袖，兩個人扭打在一起。

江氏看著如此混亂的狀況，一時傻了眼。可是在愣神過後，她便知道這事的嚴重性，如果鬧到了主母那裡，恐怕大家都沒有好果子吃。

想通了這一點，江氏再也站不住了，打算上前去勸架。

「妳們，還不快將她們二人拉開！」

江氏下了命令，但身邊沒有一個人肯動手。畢竟一個是府裡的姨娘，她們就這麼上去勸架似乎不太合適。

而燕兒一邊打著那吳氏，還一邊怒罵，這讓江氏更加惱火。如此一來，那吳氏更不會甘休了。

「好妳個賤蹄子，竟然欺負到老娘的頭上來了，看我不打死妳！」

「姨娘今日就算是打死奴婢，奴婢也要為二夫人討回一個公道！」

「妳妳妳……真是反了！唉唷……」

「姨娘……」

「燕兒姊……」

頓時，周圍的丫鬟、婆子亂成一團。

江氏一手捂著肚子，一邊著急地看著她們扭打在一起，一時竟然不知道怎麼辦才好。正好此時朱雀和緞兒聞聲趕了過來，見到吳氏與那燕兒扭打在一起，並且愈來愈靠近江氏，頓時就明白了。

「二夫人小心！」朱雀幾大步跨到江氏身邊，將她帶離了危險地帶。

江氏驚魂未定地看著那滾在地上的燕兒和吳氏，有些難以置信。如果不是朱雀將她給拉開，恐怕這二人就要撞到自己了吧？

接下來會有什麼後果，她簡直不敢想像。

「二夫人，對不起，都是奴婢魯莽了。您……沒什麼事吧？」燕兒見江氏沒有絲毫損傷，與吳氏纏打的手也停了下來。

吳氏原本只是配合著演戲，但看到江氏安然無恙，她就更加心急了。於是眼珠子一轉，將燕兒一把拉住，繼續與她糾纏。「別以為妳是二夫人身邊的丫頭，我就不敢辦了妳，看我怎麼收拾妳！」

說著，不顧周圍人的阻攔，就使勁蠻橫地揪著燕兒打了起來。

燕兒吃痛，自然要躲閃。

趁此機會，吳氏將她逼到江氏所在的方位，卯足了力氣，打算將燕兒推倒在江氏身上，來個「意外」。

燕兒自然明白吳氏的用意，所以忍著痛繼續幫著她演戲。「唉唷，殺人了！二夫人救命啊……」

朱雀冷眼瞧著她們在這兒耍大戲，眼中滿是鄙夷。

這點兒小把戲，也配拿出來？

看來，這吳氏並不像想像中的那麼難對付嘛，居然連這種招數都使出來了，真是太滑稽可笑了！

「二夫人，這般不知禮數的奴婢，還是交給夫人來處置吧？居然敢當著您的面，對姨娘動手了，簡直不知死活！」

冷誚的話從朱雀的嘴裡說出來，顯得格外犀利。

江氏看了一眼這個面相普通的丫頭，對於她渾身散發出來的威嚴感到非常驚訝。這個平日裡很少出現在自己面前的丫頭，竟然有這種氣場，實在是難得。

正要說些圓場的話，朱雀卻攙扶著她，往屋子裡走去。「這事早已稟報到了夫人那裡，想必夫人不會置之不理。二夫人身子沉重，還是好好地將養著吧。」

不給江氏任何機會，朱雀就已經將人帶進屋子去了。

剛才還扭打個不停的吳氏和燕兒，見江氏就這麼走了，頓時也懶得演戲了。正好，周氏聞訊趕來，一看到衣衫不整的二人，臉色就沈了下來。「這是怎麼回事？」

燕兒低垂著眼簾，沒敢吭聲；吳氏也一反常態，乖乖地低著頭，沒敢辯駁。這讓周圍看戲的丫鬟、婆子都驚訝不已。

「吳氏，妳作為府裡的姨娘，怎麼能不顧自己的身分，與丫鬟纏打在一處，這成何體統！」周氏板起臉來，拿出主母的威嚴，將吳氏狠狠地訓了一頓。

吳氏在心裡嘀咕著，周氏演戲也演得太逼真了吧？這法子不正是她想出來的嗎？這會兒倒是怪起她來了。

許嬤嬤上前一步，將燕兒給拖到周氏面前，道：「夫人，就是這丫頭率先挑事的。這樣不懂規矩的奴才，我看還是發賣了，免得給太師府招黑。」

燕兒一聽要發賣，頓時就慌了。

這齣戲不該是這麼唱的啊！嬤嬤不是說，只要她好好地替她辦事，就不會虧待她的嗎？怎麼利用完了之後，就要將她發賣了?!

不，她絕對不會這麼輕易就認命的。

「夫人饒命……奴婢真的不是有意的，您看在奴婢盡心盡力服侍二夫人的分兒上，饒恕奴婢一回吧！奴婢再也不敢了！」燕兒被周氏眼裡的那抹狠戾給嚇到了，不斷地磕頭求饒。

吳氏冷冷地看著燕兒哭喊，心裡很是鄙夷。早知道周氏是那種過河拆橋的人了，所以燕兒被發賣也是意料之中的。畢竟謀害江氏肚子裡孩子的計謀失敗了，為了徹底掩人耳目，周氏肯定不會留著燕兒繼續待在府裡。

果然，周氏見燕兒在那兒哭鬧，心裡煩躁不已，便吩咐兩個婆子將燕兒架了出去。「這等不服管教的丫頭，留著也無用。拖下去，杖斃！以後，若是還有人不懂規矩，就以此論處。」

那些丫鬟、婆子一個個都嚇得低下頭去，生怕引火焚身。

周氏看著這些人被威懾到，心中極為滿意。

就連吳氏這樣恃寵而驕的女人，在經歷了這些事之後，也學乖了。「夫人教訓得是，是婢妾魯莽了。」

「看妳這副樣子，哪裡像個姨娘該有的樣子。還不下去好好地梳洗，免得在外面丟人現眼！」周氏冷冷地掃了吳氏一眼，便帶著許嬤嬤朝著江氏的屋子而去。

吳氏咬著牙應了一聲，憤憤地退下了。

江氏原本還對燕兒有所愧疚，畢竟那丫頭是為了給自己出頭，所以才衝撞了吳氏。可是在朱雀的一番開解過後，她的臉漸漸失去了血色。

「妳說……燕兒是別人放在我身邊的一顆棋子？她今日這般做，是為了害我肚子裡的孩兒？」她不敢置信地看著朱雀。

朱雀扶著江氏在床榻上坐好，不客氣地訓道：「難道夫人受的教訓還不夠嗎？就這般輕易相信一個丫頭，差點兒連小姐也給搭進去。夫人實在是糊塗！」

江氏微微一愣，抬起頭來，道：「這……怎麼又扯到錦兒身上去了？」

「夫人是真的不知道，還是不願意承認？夫人身上這個香囊，燕兒說是二小姐為您繡製的，是不是？」朱雀將那香囊取下來，遞到江氏面前。「難道夫人真的認不出小姐的手藝來？這根本就不是小姐繡的。」

「什麼？這不是錦兒繡的？燕兒為何要騙我？」江氏愕然問道。

「這香囊裡，原先還有些別的東西的。只不過，在此之前，我已經找人將裡面的東西換過了。不然，夫人以為您還能安然無恙地坐在這裡？」

江氏忍不住打了個冷顫，眼中充滿了驚恐。她沒有料到，過了一段平安無事的日子，自己竟然如此大意起來，還差點兒害人害己！想到這些事實，她不禁一陣害怕。

就在她渾渾噩噩陷入自責的時候，丫鬟進來稟報，說是夫人過來了。江氏這才收斂心神，整了整衣襟，站了起來。

「剛才院子裡亂哄哄的，江姊姊沒受到驚擾吧？」周氏一臉笑意地走進屋子，神色安然。

江氏雖然早這小周氏十幾年進門，但畢竟身分上要低一級，依舊要按照規矩行禮。「煩勞夫人記掛，妾身並無大礙。」

「那就好！」周氏掃了一眼江氏的肚子，看到那香囊還在，頓時放了心。

「夫人。」江氏突然對著周氏跪下，道：「妾身管教不力，才讓那燕兒衝撞了吳姨娘。這都是妾身的不是，請夫人責罰。」

周氏見她如此膽小怕事，心裡的疙瘩又鬆活了一些。「此事與妳無關，妳又何必自責？

妳還是好好養胎吧，畢竟老爺盼這個孩子盼了好久了。」

江氏見她沒有追究責任，心裡稍稍放了心。

「別跪著了，起來吧。好歹是雙身子的人了，怎麼能這麼不注意身子！」說著，周氏便命江氏身邊服侍的丫鬟將她扶起來。

朱雀上前一步，將江氏給扶了起來。

周氏順便打量了朱雀一眼，沒有多做停留，便帶著一幫丫鬟、婆子離開了。等回到了自己的院子，她才想起來問道：「江氏身邊的那個丫鬟眼生得很，她叫什麼？」

許嬤嬤微微一愣，不解地說道：「那丫頭叫朱雀，是二小姐身邊的。」

「原來如此！」周氏心中了然。「妳去把她的賣身契拿過來我瞧瞧。」

許嬤嬤有些為難，說道：「啟稟夫人，這丫頭的賣身契不在咱們手裡，她……不是買進府來的。」

周氏眼神一凜，喝道：「怎麼會如此大意，府裡進了這樣的人都不知道？」

「是老奴的疏忽。夫人莫要動怒，老奴這就去將那丫頭給解決了。」許嬤嬤知道周氏的擔憂，於是主動提出要解決此事。

周氏卻將她叫住。「嬤嬤是糊塗了嗎？一個大活人就這麼消失在府裡，那賤丫頭回來找我要人怎麼辦？」

「那怎麼辦？」

「給我盯著這個丫頭，我總有一股不祥的預感，這丫頭不好對付。」周氏隱約有些壓抑地說道。

許嬷嬷只能應了，並加派人手盯緊了梅園裡的一舉一動。

第四十六章　絕妙好計

另一邊，吳氏自毀形象大鬧花園，卻還是沒有能讓江氏肚子裡的那塊肉掉了，心裡愈想愈不服氣，回去之後發了好大一頓脾氣。

「真是豈有此理！」

乒乒乓乓一陣聲響過後，屋子裡滿是器皿的碎片。

「姨娘息怒，保重身子要緊啊！」春桃膽戰心驚地在一旁勸道。

「妳叫我如何能夠息怒！那些個人全都沒將我這個姨娘放在眼裡，動不動就呼之則來揮之即去，連一個老嬤嬤都爬到我頭上作威作福，我這個姨娘做得還不如一個丫鬟，真是氣死我了！」吳氏愈想愈生氣，又砸了一堆瓷器。

司徒青聽到這邊的動靜，立馬趕了過來。

「娘，您這是怎麼了？誰又給您氣受了，孩兒給您去討回公道！」

見兒子如此貼心，吳氏才好受了點兒。「還是我的青兒知道心疼我，那些人，唉……不說也罷！」

她不過是跟自己賭氣而已，要是真的較真兒，她哪裡鬥得過身為正室的周氏。

「娘不要生氣了好不好？生氣容易老的。」司徒青一邊安撫著她，一邊將所有的丫鬟都打發了出去。

「青兒這是做什麼？」吳氏有些不解。

「娘啊……您這樣下去可不行，如今爹爹一心一意在江氏那賤人身上，早已經不疼兒子了。您得想想辦法，讓兒子重新得寵才行啊！」司徒青拉著吳氏的衣袖，撒嬌道。

「你以為我不想嗎？」吳氏沒好氣地瞪了他一眼。「可是想了那麼多法子，卻還是讓江氏躲了過去，想想真的不甘心。」

「那江氏還真是命大，居然每次都可以逢凶化吉。」司徒青想著自己受的那些罪，眼神就充滿怨憤。

「你放心，娘親不會就這麼放棄的。哼，她江氏再厲害，也總有疏忽的時候，我就不信找不到機會扳倒她。」

「娘，孩兒聽說她膽小怯懦，最是相信鬼神，咱們是不是從這方面下手？」司徒青瞇著一雙眼睛說道。

吳氏忽然眼睛一亮。「你怎麼不早說？」

「孩兒這不是才打聽到嗎？」司徒青笑著辯解。

「好，太好了！有了這個把柄，我就不信整不死她！」吳氏奸笑著，心中已經有了打算。

「娘打算怎麼做？」

「明日，娘就修書一封，讓他們去寶通寺請你的表舅下山。」吳氏頗為得意地說道。

司徒青有些疑惑。「表舅？哪個表舅？怎麼都沒有聽娘提過？」

吳氏臉一紅，支支吾吾地說道：「不過是個遠房親戚，很少來往。要不是想起你提到江氏崇拜鬼神，娘也想不起這個人來。好了，你就安心做你的少爺，剩下的就交給娘吧。」

司徒青聽了吳氏的話，放下心來，又向她要了一些銀子，這才離開。

翌日，大小姐被送到祠堂祈福的消息傳遍太師府上下，不少人都不敢置信。雖然這話說得好聽，可是他們都不是傻子，誰會相信尊貴的大小姐平白無故會去祠堂待著，肯定是犯了什麼嚴重的錯，才會有這樣的處罰。

當司徒長風帶著司徒錦返回府裡的時候，大夥兒全都帶著一肚子疑問，可是誰也不敢輕易問出口。

周氏親自到府門口迎接，噓寒問暖了一番，讓司徒長風緊繃的臉總算是緩和了不少。

「老爺，怎麼突然讓芸兒去祠堂了？」周氏奉上香茗，察言觀色之後，見司徒長風沒有不高興，於是小心翼翼問道。

沈吟了半晌，司徒長風儘管不怎麼願意，還是吐露了實情。「在皇家圍場做出那般不雅的舉動，又害得錦兒險些淹死在湖裡，難道不該受點兒教訓嗎？」

周氏笑得勉強，順著他的意思往下說：「老爺說得是，芸兒的確做錯了事，是該罰！只不過，被關進祠堂這般嚴重的懲罰，是不是有些過了？好歹她也是府裡的嫡長女，這要是傳出去，恐怕外人還不知道如何非議呢？」

她不在乎司徒芸的死活，但卻不能滅了自己的一個幫手。

司徒長風聽周氏這麼一說，頓時也知道自己做得太過了。可是得罪了世子，如果處罰得太輕，又說不過去。一時之間，他也不知道怎麼辦才好了。「夫人可有良策？」

周氏見他終於開口徵詢她的意見了，便巧笑倩兮地依偎進他的懷裡，說道：「老爺想必也是捨不得這個寶貝女兒吃苦的吧？只要芸兒肯低頭認錯，取得錦兒原諒，這件事不就過去了嗎？」

司徒長風一拍大腿，說道：「夫人真是聰慧，這麼簡單的道理，我怎麼沒想到呢？」

「老爺這是愛之深責之切，所以才沒有想到這一層。妾身相信錦兒度量也不小，畢竟是要嫁入沐王府的人。只要錦兒原諒了芸兒，那世子爺那邊，也好交代了。」周氏一隻手勾上司徒長風的脖子，極盡溫柔地說道。

司徒長風豁然開朗的同時，對於這軟玉溫香也是饞了很久。二話不說，就一把將周氏抱起，朝著裡屋去了。

丫鬟、婆子們見到此種場景，全都笑著退了出去。

司徒錦剛回府，就去了江氏的院子。好幾日不在娘親身邊，她總是覺得不太踏實。「娘親，錦兒回來了。」

江氏聽到女兒熟悉的嗓音，頓時整個人都精神了起來。「是我的錦兒回來了嗎？」

「娘親！」司徒錦一進屋，就撲倒在江氏的懷裡。

「我的錦兒……」江氏也喜極而泣。

緞兒看著自家小姐又瘦了不少，頓時心疼地問：「小姐，您怎麼搞的，出了趟門怎麼就清瘦了這麼多？」

江氏聽了緞兒的話，便仔細打量起司徒錦來。

這一瞧之下，眼淚又忍不住滴落。「我的錦兒，妳受苦了……」

司徒錦搖了搖頭，道：「錦兒不苦，真的。」

江氏將司徒錦緊緊地抱在懷裡，怎麼都捨不得放手。

「娘親，您還懷著弟弟呢，不能哭太久。」司徒錦替江氏抹去臉上的淚痕，安撫地勸誡著。

江氏這才止住了哭聲，將司徒錦拉起來，到自己身邊坐著。「快跟娘親講講，這一次跟妳爹爹出去，發生了些什麼事？」

司徒錦自然是報喜不報憂，只挑了些好玩的事情講述，對於自己落水一事隻字不提。

「不算太枯燥就是了，也沒什麼好玩的。」

「那大夏的公主，真的這般高傲？」丫鬟們聽得入了神，全都暗暗替司徒錦捏了一把汗。

「不過是個被寵壞的公主而已，心地倒不見得壞。」司徒錦說起公道話來。雖然那公主起初態度蠻橫，但是想到司徒芸也是因為她而從高高的雲端跌下來，心裡便對那公主產生了幾分好感。

「這麼說來，那公主也有幾分巾幗氣質。」朱雀喃喃說道。

「不說這些了。娘親最近在府裡可安好？」司徒錦最擔心的，還是這個沒什麼城府的娘親以及她肚子裡未出世的孩子。

提起這事，江氏眼神就變得黯然。

「娘親沒事，讓錦兒擔憂了。」

司徒錦望了一眼緞兒，見她也低下頭去，便知道還是發生了些什麼。只不過江氏不願提起，看來只能尋了機會，私下問問朱雀了。

「老爺回來也不是一時半會兒了，怎麼不見他過來看二夫人？」朱雀突然吭聲，讓屋子裡的沈寂頓時消弭無蹤。

江氏也是微微一愣，想起司徒長風臨走時的關切，不免有些心傷。「老爺回府，自然是要先去夫人那裡的……」

司徒錦眼睛微瞇，心中閃過一絲厭惡。「娘親莫要生氣，氣壞了身子，不值得。」

江氏點了點頭，道：「錦兒旅途勞累，早些回去歇著吧。」

司徒錦應了，便帶著緞兒和朱雀回了梅園。

一踏進門檻，緞兒便忍不住告狀了。噼哩啪啦將近日來發生的種種嘮叨了一遍，說到痛恨之處，緞兒還忍不住大罵出聲。「小姐，您當時是沒有看到。那吳氏和燕兒兩人那副嘴臉，真真是可惡！」

「那樣笨拙的手段，居然也敢拿出來炫耀，真是丟臉死了！」

「若不是朱雀反應快，二夫人可要遭殃了。」

司徒錦聽完她的彙報，神色愈來愈凝重。

沒想到她離開的這幾天，府裡竟然發生了這麼多的事情。看來，她再不主動出擊，那些人還當她好欺負呢！

「小姐，您打算怎麼辦？那吳氏最近派人去了一趟寶通寺，讓人給一個叫『決明子』的老道帶了個口信，似乎又想鬧出些事來。」朱雀的消息一向最靈通。

「她居然跟一個道士有牽連？可查出些蛛絲馬跡？」司徒錦眉頭微皺，她相信朱雀不會讓她失望。

果然，朱雀在她的問題問出口之後，便得意地回道：「那個決明子，在成為道士之前，可是京城有名的地痞流氓，也經常流連青樓妓館。想必，吳氏就是那時候與他認識的吧？」

「哼，這要是讓老爺知道，吳姨娘背著他跟外男有來往，還不氣炸了？」緞兒捂著嘴笑道。

司徒錦經綴兒這麼一提醒，頓時生出一個計策來。「朱雀，妳手下可有會模仿他人筆跡的？」

朱雀眼角帶笑，說道：「我這就去讓人捏造一封信，將那個決明子約到城裡來。」

司徒錦很滿意她那玲瓏的心思，道：「不愧是護法，我還沒有吩咐呢，就已經猜到我的想法了。」

「若沒有這點兒本事，我早就沒命了。」朱雀笑嘻嘻地說道。

綴兒見她們一來二去，就把事情給定下來了，不免有些羨慕。「小姐，妳們在說什麼呢？是不是想出法子來對付吳姨娘了？」

司徒錦笑得神秘。

「不久之後，妳就知道了。」朱雀也一副高深莫測的樣子，不肯透露其中的細節。

第二天一早，司徒長風便悄悄派人去了祖宗祠堂，將司徒芸秘密接了回來。原本想著過兩日就讓她去給司徒錦道個歉，然後將這事給掩蓋過去的。但沒有想到，梅園卻傳來司徒錦病重的消息。

「錦兒病了？前兩日不是還好好的嗎，怎麼突然就病了？」周氏可不是那麼容易騙的，在得知這一消息之後，她首先想到的就是這裡面是否有什麼蹊蹺。

「夫人，要不奴婢過去瞧瞧？」許嬤嬤自告奮勇地說道。

「罷了，還是我親自過去看看吧。我這個做嫡母的，也不能放任著這些庶子庶女不管。」周氏扯了扯身上的衣服，站起身來。

「夫人何必為了那些個人傷神，不值得。」許嬤嬤在一旁勸誡道。

「不必多說，去請城裡最有名的大夫。她可是未來的世子妃，要是有個好歹，咱們太師府可吃罪不起。只是芸兒的事，恐怕又要耽擱了。」周氏眼中閃爍著精明的算計之光，卻沒有把話說破。

許嬤嬤倒是領會了她的意思，吩咐人去請大夫了。

她只道司徒錦是在裝病，到時候被大夫診斷出來，看她還有何話說。這欺上瞞下的舉動，可是大大有損她閨譽。

梅園那邊，司徒長風早已過去了。

「怎麼搞的，大夫怎麼還沒有來？」司徒長風看著司徒錦臉色愈來愈蒼白，不由得開始著急。

周氏一踏進梅園，便聽到司徒長風的怒吼聲，不免心生怨懟。看來司徒錦這個小蹄子不除掉是不行了，將來如果讓她得了勢，那還不騎到自己頭上去？還沒有嫁到王府去，就已經被老爺寵成這樣，那將來……

「老爺，您也過來了？」周氏進了內室，假裝驚訝地說道。

看著周氏殷勤地照顧自己的子女，比起江氏也絲毫不遜，司徒長風心中不禁生出幾分憐惜來。「妳過來了？」

「錦兒不要緊吧？可找了大夫？」

「派人去請了，還沒有到呢。」司徒長風的神色有所緩和，眉頭也鬆開了些。

許嬤嬤聽到這話，便上前一步，說道：「老爺，夫人一聽說二小姐病了，便吩咐奴才去請了城裡最好的大夫過來看診。人已經在外面候著了，是否叫他進來？」

司徒長風再一次對周氏刮目相看，不由得誇讚道：「還是夫人周到，快，讓他趕緊進來！」

許嬤嬤出去不久，一個揹著藥箱子的年輕人便出現在司徒長風面前。

「小郡王？」司徒長風見到這個穿著花稍衣衫的男子，頓時嚇得差點兒從椅子上摔下去。

眾人一聽到「小郡王」這個稱呼，全都跪倒在地。「給小郡王請安。」

「好了，都起來吧。」花弄影挑了挑眉，說道：「本郡王可是來看病的，就不必這麼多禮節了吧？」

周氏仔細打量這個過於年輕，又長著一張妖孽臉的男子，不禁帶著懷疑的目光看了許嬤嬤一眼。

許嬤嬤也是半晌說不出話來。

她派人去請城裡最有名的大夫，沒想到卻是如此年輕。但剛才說出去的話已經收不回來，她也只得硬著頭皮將這個人領了進來。更令人驚訝的是，這個男子不但是個大夫，還是個郡王！

想到自己將他當下人使喚，許嬤嬤就嚇出一身汗來。司徒長風哪裡敢多說半句，又想著這花弄影經常出入皇宮，為後宮的妃子和皇上診脈，於是更加放心。「花郡王，請！」

花弄影倒也不客氣，打開藥箱子，從裡面取出一塊帕子來。將帕子搭在司徒錦的脈搏處後，便隔著紗簾把起脈來。

周氏還沒有從震驚中回過神來，一雙柔媚的眼睛直盯著花弄影瞧。許嬤嬤見了此狀況，趕緊走到她的身後，扯了扯她的衣襟，示意她要注意。當著老爺的面，竟然看一個外男看得癡了，這可是極為不妥的事情。

周氏被許嬤嬤這麼一提醒，頓時清醒了過來。她臉頰有一絲可疑的紅暈，但是很快就掩飾了過去。

想著自己在家受的那般嬌寵，一直挨到快二十歲還沒有嫁人，不就是在等一個自己滿意的夫君嗎？為何這等出色的男子，沒有早日出現在自己面前？依著她不俗的身世，想必配這個郡王，也是綽綽有餘吧？如今，她卻以如花的年紀，嫁給一個行將就木的老男人為填房。

想想就覺得不值得！

周氏握緊了拳頭，一絲苦澀漸漸染上心頭。

「真是好險！若不是本郡王來得及時，恐怕司徒二小姐就要……」花弄影故意將事態說得很嚴重，然後又安慰眾人道：「不過你們放心，我已經找到了病根，一定會將她治好的。但要切記，這些日子，不要打擾了她的清靜，讓她好好休息。」

司徒長風聽到他這般說，就放了心。「有勞花郡王！」

司徒長風一個眼色，立刻就有人奉上白銀千兩。「這是一點兒小心意，還望郡王不要嫌棄。」

花弄影看了那些銀子一眼，也不伸手去接。「本郡王今日也是受世子所託，過來瞧瞧司徒小姐的身子是否大好了。沒想到這麼巧，司徒夫人也在找大夫，所以就跟著來了。無功不受祿，本郡王告辭！」

屋子裡的人還未反應過來，花弄影就已經出去了。

梅園

司徒錦半夜醒來之後，便聽說了司徒雨勾引花郡王不成，反倒捱板子又被關進柴房反省的消息。對於這意料之中的事情，她沒有半分驚訝。依照司徒雨的個性，還能夠活著，已經是個奇蹟了。

「小姐，藥煎好了。」緞兒端著瓷碗進來，打斷了她的思緒。

司徒錦看了一眼那黑漆漆的湯藥，臉上頓時露出一抹厭惡。「放在那兒吧，我一會兒再喝。」

綴兒知道她家小姐最討厭的就是喝藥，於是又拿來蜜餞，勸道：「我的好小姐，這不是您自個兒想的法子嗎？怎麼到了這會兒，卻不願意喝藥了？」

司徒錦皺了皺鼻子，開始後悔自己出的餿主意了。

「唉，看來小姐也有搬石頭砸自己腳的時候。」朱雀一臉幸災樂禍，但是眼神卻頗為同情。

司徒錦看著那黑乎乎的藥汁，一狠心，捏著鼻子就一口灌了下去。

好在綴兒早有準備，司徒錦喝完藥便塞了一些蜜餞到嘴裡，這才阻止了那反胃的藥味上湧。

「唔……這藥真苦！」

綴兒和朱雀聽了，都格格地笑了。

「妳們也別光顧著笑了，去給娘親報個信兒吧，免得她一個人在那邊著急。」因為懷了身子，司徒長風便沒有准她過來探望女兒，怕過了病氣。

想必這會兒，江氏該著急了吧。

朱雀應了一聲，轉身朝著江氏的屋子去了。

綴兒一邊服侍司徒錦躺下，一邊小聲嘟囔著。「小姐，您也真是的，何必為了那些個人，這麼折磨您自個兒？」

「妳放心，我不會讓她們快活多久的。」她就快要及笄了，想必很多人已經等不及想要出手了。

她才不會稱了那些人的心意！既然要鬥，那就鬥好了。她司徒錦還沒將那些人放在眼裡。

「那個道士，可有上當？」想起吳氏那邊的局，司徒錦便問了一句。

「小姐放心，朱雀說那道士已經在來京城的路上，明天早上就該到了。」緞兒幫她掖好被子，爽快地回道。

司徒錦清澈的眸子微微閃動，嘴角勾出迷人的弧度。「好戲就要上演了。」

不知道她那個無良的爹爹，有沒有做好準備？

第四十七章　吳氏遭棄

翌日，司徒錦正用完早膳，便聽見緞兒急急地跑進來。

「什麼事如此慌張？」

「小姐，夫人請了媒婆來，說是要給三小姐選夫呢！」緞兒一臉的汗水，看來走得太過急了點兒。

司徒錦放下手裡的書，道：「那又如何？三妹妹也快要及笄了，早些準備著也是情理之中。」

「可是小姐您不覺得太過巧合了點兒嗎？這三小姐才被罰，夫人就急著給三小姐找婆家了。」

司徒錦抿嘴一笑，道：「緞兒愈來愈敏感了，這是個好現象。」

「小姐，您又取笑人家！」緞兒有些羞赧地嘟起了嘴。

司徒錦笑了笑，沒有接話。

周氏急著為司徒雨挑夫婿，對方的家世肯定不會太低，但也不會太高。眼中閃過一絲狠戾，司徒錦已經拿定了主意。

「緞兒，柴房那邊晚上無人看守，是吧？」

緞兒有些不解地問道：「是啊，小姐問這個做啥？」

司徒錦淡淡笑著，轉移話題道：「這茶不錯。」

有些話，不必說得太明白。

緞兒哦了一聲，然後突然說道：「這茶葉是世子讓朱雀帶回來的，上次奴婢說漏了嘴，沒想到世子爺居然記在心裡了。」

司徒錦差點兒沒將嘴裡的茶水給噴出來，臉色微微泛紅。

這丫頭也真是的，幹麼沒事將她的喜好透露出去。

「小姐，妳又發燒了嗎？」緞兒瞧見她臉紅成那個樣子，不由得緊張起來。

司徒錦立馬攔住她，急切地說道：「我沒事，別驚動別人。」

緞兒半信半疑地看著自家小姐，見她堅持也只好放棄去找大夫。「看來是這屋子不太通風，我這就把窗子打開。」

這時，朱雀從外面進來了。「小姐，那道士已經到京城了，接下來要怎麼做？」

司徒錦回過神來，吩咐道：「爹爹每日下朝回來，都會經過一家酒樓。不若就將他們二人約到那裡見面吧？」

朱雀心領神會，笑著眨了眨眼。「我這就去安排。」

男人最大的毛病，就是愛面子！哪一個男人能夠忍受自己的女人，和外男保持親密聯繫呢？即使沒有做出不合規矩的事情來，但私下見面，已經是很嚴重的過錯了。相信爹親這樣的大男人，一定不能忍受自己的小妾私會外男吧？

想到即將上演的好戲，司徒錦的笑容又更深了些。

儘管司徒長風命人封鎖了消息，但是流言蜚語還是四處傳播了開來。太師府那個驕縱任性、囂張跋扈的三小姐司徒雨，被禁足柴房期間，又遭乞丐羞辱。這樣勁爆的消息，自然成了某些人茶餘飯後消遣娛樂的話題。

周氏為此頭疼不已。

好不容易看中的幾戶人家也都紛紛上門來，放棄了想要與太師府聯姻的想法，一個個避之唯恐不及。故而，周氏只能退而求其次，從一些富裕的商戶人家挑人選了。

「母親，女兒不要嫁！」司徒雨在聽周氏說起婚事之後，震驚之餘更是大鬧情緒。

周氏沒辦法，只好惡狠狠地說道：「妳以為妳還能嫁入官宦人家當正妻？現在誰不知道妳出了那樣的事，還有哪個願意娶一個被乞丐羞辱過的女子？」

司徒雨滿是委屈地瞪著周氏，道：「我並沒有被那些乞丐玷污，他們這是在誣衊我！」

「不管如何，妳被那些乞丐看了身子，就已經不潔了。光咱們府裡的人相信妳又有何用？如果妳再繼續任性下去，那母親也救不了妳，妳就等著被送去尼姑庵當姑子吧！」說完，周氏便氣沖沖地離開了。

司徒雨又氣又惱，不斷地砸東西，恨不得將那些散播謠言的人碎屍萬段。

「三妹妹這又是何苦?」不知何時,司徒芸踏進了她的閨房。

看到自己唯一親近的姊姊,司徒雨便忍不住落下淚來。「大姊!嗚嗚……他們都欺負我……為什麼爹爹要這麼對我,為什麼?」

司徒芸將司徒雨摟在懷裡,但眼中卻充滿了鄙夷。「妹妹不要傷心,姊姊會為妳想辦法的。」

「真的嗎?」司徒雨將信將疑地問道。

「自然。妳是我的親妹妹,我不幫妳,還能幫誰?」

「可是,母親都已經有了定奪,她還說如果我再鬧,她就要送我去當姑子。我不要當尼姑,我不要在那種地方老死啊!」

聽著妹妹那淒慘的哭喊聲,司徒芸眼裡沒有半點兒憐憫。「妹妹放心,姊姊絕對不會讓那些欺負妳的人逍遙自在的。」

司徒雨哭了好一會兒,總算是止住了哭聲。「姊姊,妳是不是認為有人在背後害我?那柴房豈是什麼人都能進來的?那些乞丐……」

想到那些骯髒的人,司徒雨就想反胃。

司徒芸瞥了她一眼,這個妹妹還沒有笨到無可救藥嘛!她只是微微一提醒,她腦子就轉過來了。

「妳說得對,這件事沒那麼簡單。那些乞丐怎麼進府的,這是個問題。若不是有人開門領路，他們如何能找到柴房去？如果沒有鑰匙，他們又如何能夠輕而易舉地進去？」

「這麼說來，是有人故意將他們引進去的？」司徒雨瞪大了眼睛。

「不錯。只不過當時爹爹太過氣憤，將那些乞丐全都處置了，線索也就斷了。不過，有那個膽子陷害妳的，恐怕這府裡再也找不到第二個人了。」司徒芸繼續循循善誘。

司徒雨雙眼通紅，很快就根據這提示想到某個人。「果然是那個賤人在背後搞鬼！哼，我一定要告訴爹爹去，讓爹爹將那個賤貨狠狠地教訓一頓！」

司徒雨是個什麼樣的性子，司徒芸豈會不了解？看到她如此衝動行事，司徒芸立刻將她攔住了。「妹妹莫急，且聽我說完。」

「姊姊幹麼攔著我？」

「妹妹就這麼去告狀，爹爹豈會聽信妳的猜測之詞？別忘了，如今那丫頭可是爹爹跟前的紅人，不是那麼容易對付的。」

「哼，那又如何？不是還有母親嗎？母親可是咱們的親姨母！」司徒雨理直氣壯地說道。

司徒芸看著這個妹妹，簡直快要被她給氣死。

「妳就這樣去了，不但扳不倒司徒錦，還會惹來爹爹不快。此事還是從長計議吧，妳放心，姊姊我一定會為妳討回公道的。」

司徒雨咬著下唇，沒有再開口。

司徒芸見她安靜了下來，又接著勸道：「妹妹也要想開一點。爹爹和母親也是極疼愛妳的，若不是因為……他們也捨不得委屈了妳。」

司徒雨聽大姊提到爹爹和母親，眼淚就停不下來。「嗚嗚……爹爹才不疼我，居然要將我嫁給那些小門小戶。我堂堂太師府嫡女，豈能嫁得那麼隨意？就算進不了皇家，至少也得配一個王侯將相之家，嗚嗚……」

司徒芸徹底無語了。

她勸了這麼久，結果妹妹是一句話都沒有聽進去，只顧著想自己的婚事。那她來這裡的一番開導，豈不是白費了？

「依妹妹在太師府的地位，自然是不愁嫁不到好人家。只是，某些人一直從中作梗，所以爹爹和母親也很為難啊！」

話說得這麼明白，她該懂了吧？

「哼，我就知道爹爹是疼我的，若不是司徒錦那個小人，我又豈會落得如此地步？姊姊，妳說，我要怎麼除去那個障礙？」

終於問到點子上了！

司徒芸嘴角含笑，眉眼處都是光華。「這個姊姊早就替妳想好了，妳只要如此如此……」

姊妹倆耳語了一陣，司徒雨的情緒果然好多了，也不再繼續鬧了。

「這個辦法好！她害我被人欺辱，我定當百倍奉還。」司徒雨拽著拳頭，一口牙都要咬碎。

司徒芸見她開了竅，也不再多留，生怕在這裡待久了，影響到自己的聲譽。

雖然她最近名聲不怎麼好，臉上又帶了傷，但是比起妹妹的聲名狼藉，她那些事已經微不足道了。

梅園

「小姐，沐王府那邊又送了不少東西過來。看來，小姐的婚期不遠了。」緞兒臉蛋興奮地泛著紅光，替自己的主子高興不已。

沐王府送過來的聘禮，那可都是價值連城。

當那些箱子打開的時候，不知道有多少人驚訝得張大了嘴，半天合不上呢！

司徒錦倒不在意那些東西，畢竟那些都是身外之物。「三小姐今日安分了不少，看來大姊姊說的話，她還是聽的。」

朱雀不屑地冷哼一聲，道：「誰知道她們又在合謀什麼？」

司徒錦擦了擦嘴，放下手裡的筷子。「先不管她們。吳姨娘這會兒想必已經收到信兒，準備出府了吧？」

「是啊，一大早就去夫人那邊了，說是要出去買些胭脂水粉。」朱雀的消息一向很及時，才剛剛發生的事，就已經有人通報她了。
當然，那些消息可不是白來的。一部分，是被她威脅的；另一部分，她也給了人家不少好處。
「夫人准了嗎？」司徒錦不相信周氏那麼好說話。畢竟是女眷，可是不能隨意出府的。
「夫人起初不肯，但三小姐那邊的事已經夠讓她心煩了，所以就默許了。」司徒錦點了點頭，一切事情都按照她的計劃在走。只要一會兒爹爹下朝回來，看到吳姨娘鬼鬼祟祟的身影，那就成了。
「想辦法拖住吳姨娘，一定要等到恰當的時機讓她出現。」去早或者是去晚，就看不到好戲了。
「這個好辦。她身邊的心腹丫頭可是個貪財的，只要塞點兒銀子給她，就沒問題。」朱雀對府裡每一個人都認真的做了調查，對每個人的個性也拿捏得很準。
「朱雀妳做事，我一向放心。不過，為了萬無一失，在皇城門口也派人盯著點兒。若是爹爹提前或者延誤了下朝，也好做相應的調整。」
「還是小姐想得周全，我這就去安排。」朱雀眼睛裡冒著無數的小星星，笑容堪比奸詐狡猾的狐狸。

眼看著又無事可做了，司徒錦便帶著緞兒去了江氏那邊。

「娘親今日可還安好？」一踏進門檻，司徒錦便依偎到江氏身邊，充當起孝順的女兒。

江氏看著女兒越發嬌嫩起來，心裡也是倍感安慰。「已經不小了，還這麼黏著娘親，羞不羞？」

「娘親竟然取笑錦兒？錦兒偏要黏著娘親，最好是一輩子！」司徒錦不依道。

「妳呀……」江氏撫摸著女兒的頭，語重心長地說道：「淨說些胡話，都要嫁人了，還這般小孩子氣。」

說起這嫁人，司徒錦原本還很鎮定的，忽然就變得忐忑起來。

「怎麼了，這會兒知道害羞了？」江氏看著女兒羞紅的臉，不由得打趣道。

時光如梭，轉眼間女兒都快十五，也到了嫁人的年紀了。江氏雖然替女兒感到高興，但也充滿了隱憂。

「錦兒就要嫁入沐王府，有些話娘親不得不先給妳提個醒。我聽說那沐王府的王妃很是厲害，而且府裡還有位得寵的側妃。一入侯門深似海，那樣的高門大戶，關係錯綜複雜。妳嫁過去後定要時刻謹慎小心，莫要讓人拿捏住了錯處才好。」

司徒錦自然知道江氏的擔憂，她自己又何嘗不擔心？那樣的王侯之家，想必鬥爭更加激烈。想著那些將來可能會遇到的難題，司徒錦也覺得頭疼。

「二夫人，您也不必太擔心。這不是還有世子爺嘛！以世子對小姐如此上心來看，將來就算小姐嫁進王府，也不會被人欺負了去的。」緞兒見司徒錦母女倆都有些愁眉苦臉的，於是好心勸道。

江氏聽了緞兒這一席話，卻沒有更加樂觀，反而想到了另外一些問題。「錦兒，男人三妻四妾在所難免，更何況妳將來的夫君還是個世子。妳……妳可有做一些準備，萬一將來妳有了身子，那通房……」

說起這個問題，司徒錦也是極為鬱結。

雖說世子親口對她說這輩子只會有她一個妻子，奈何他是沐王府唯一嫡出的兒子，是未來的王爺，他的身邊怎麼可能只有一個女人？皇室血脈，卻只有一個正妻，在別人看來，那是多麼的荒謬！到時候，恐怕她又將被冠上一頂嫉妒悍妻的名號吧？她可以不在乎這些虛無的名聲，可是他真的能夠抵擋住一切外力，終身只守著她一個嗎？

見女兒良久沒有說話，江氏便又絮絮叨叨地開導起來。「妳瞧妳爹爹，除了夫人之外，還不是納了好幾房小妾？就算他現在很寵我，但每個月還是會去別的姨娘那裡。錦兒，妳要想開些……」

司徒錦心情莫名的煩躁，對江氏所說的話也很排斥。

她自然知道爹爹是個什麼貨色！都已經半截身子埋在土裡了，還娶了一個如花似玉的繼室，納了幾個年輕漂亮的通房。看著他每次虛情假意地來看娘親，她就覺得噁心。這樣表裡不一、朝三暮四的男人，真的很可惡！

「娘親，這些女兒都懂。」

「妳回去好好想想。我看妳身邊有幾個丫頭長得不錯，有機會就給她們開了臉，抬了通房吧？也好過別人送來的一些人，畢竟知根知底。這些丫頭的賣身契拿捏在妳手裡，她們也不會存了別的心思，不用擔心她們會爬到妳頭上去。」

江氏的話雖然很對，但司徒錦依舊對與幾個女人共侍一夫這件事很排斥。

街外，吳姨娘只帶了一個丫鬟，便匆匆地進了一家客棧。

剛好下朝路過這裡的司徒長風，在小廝提醒下，看見一抹熟悉的身影瞻前顧後地進了一家客棧，心下生出幾分疑慮來，也悄悄地跟了上去。

「將馬車停在樓下，我一會兒就出來。」司徒長風一邊吩咐，一邊撩起袍子下了馬車。

車伕自然是言聽計從，扶著司徒長風下馬車後，便在一旁等候。

吳氏早已得到消息，那決明子在天字型大小房間等著她，於是不等小二詢問，便逕自上了二樓。

那個決明子正在房間裡喝著小酒，忽然聽到有人敲門，便站起身來開門。

見到那熟悉的容顏，他臉上立刻浮現出一抹笑容。「妳可總算來了，教我等得好苦。」

「你腳程倒是挺快的，才過了幾日就到了京城。道觀裡的事情都安排好了？」吳氏也不跟他客氣，一進去就找了個凳子坐了下來。

泱明子笑著踱回桌子旁，給她也倒上了酒。「咱們也有十幾年沒見了，妳一找我來，我自然要快馬加鞭了……」

這曖昧的氣氛，讓吳氏臉色微紅。

想起兩人的那段過去，吳氏便嬌嗔地拍了一下他的胳膊。「都過去的事了，還提它幹什麼？」

泱明子做了多年道士，地痞流氓的氣質卻絲毫沒變。「唷，這麼快就想撇清關係啊？當初，妳是怎麼跟我說的？」

吳氏啐了一口，笑道：「好啦好啦，不說這個了。這一次請你來，也是有事想請你幫忙，先談正事吧！」

「什麼事這麼著急？有人給妳不痛快了？」

「豈止是一個，那些賤人通通都讓我不爽！」吳氏想起府裡的那些女人，就來氣。周氏仗著自己是正室，處處打壓她，讓她抬不起頭來；江氏懷了子嗣，對她的威脅也不小；王氏動不動就對她冷嘲熱諷，拿她的出身來說事。還有，司徒家的幾個小姐也不是省油的燈，喜歡跟她對著幹。

這教她如何能不氣憤？

「妳也別氣了，我這不是來了嘛！說吧，要我做什麼？」

兩個人在屋子裡正商討著害人的事呢，司徒長風就已經一腳將房門給踹開了。看到吳氏與那道士裝扮的男子靠得很近，頓時火冒三丈。

「吳氏，妳這個水性楊花的女人，竟然敢背著我偷漢子？」

吳氏見到司徒長風的那一刻，心跳都快要停止了。她不知道為何老爺會尋到這個地方來，嚇得臉色都青了。

「老……老爺……您怎麼……怎麼到這兒來了？」

「如果不是我剛好路過，看到妳鬼鬼祟祟進了這裡，我還不知道原來我早就綠雲罩頂了！」咬牙切齒地說出這一番話，司徒長風真是恨不得殺了這個不知廉恥的女人。

他司徒長風的女人，居然耐不住寂寞，在外面與男人私會，這要是傳出去，他的老臉要往哪裡擱？

想起這個女人的出身，司徒長風已經給她定了罪。

果真是個婊子，死性不改！

「老爺，冤枉啊！妾身沒有背著您偷男人，他……他是妾身請來的道士，不是什麼野男人！」

那道士也被司徒長風嚇了一跳，為了避嫌，也趕緊辯解道：「大人明鑑，本座乃出家之人，豈會做那等苟且之事？的確是尊夫人請我過來作法事的！」

司徒長風看著那道士，一時猶豫不決。

吳氏是個人精，自然看出了司徒長風的猶豫，於是趕緊跪著撲上去，抱住司徒長風的腿，哭訴道：「老爺，您一定要相信妾身，妾身絕對沒有背叛老爺您啊！近日來，妾身覺得府裡總是出事，所以就想請一個道士來作場法事，好消災解難的。」

看著哭成淚人的吳氏，司徒長風心裡的氣又消了一些。「既然如此，妳大可光明正大地請法師去府上，為何要偷偷摸摸在外面見面？」

作為一個男人，他絕對不會就這麼輕易相信吳氏的話。

畢竟在外面私會，這可是事實。

吳氏被這麼一問，頓時噎住了。

「大人，其實尊夫人前來拜會本座，也是一個巧合。本座一直鮮少下山，尊夫人是聽到這個消息，為了表示誠意，所以親自來拜會的。」決明子見他還是有些懷疑，只好幫吳氏找藉口。

司徒長風看了一眼這個賊眉鼠眼的道士，心中並無好感。

但是他說的也不無道理，而且吳氏衣衫整潔，也沒做什麼見不得人的事情，他就有些鬆動了。「既然如此，那就請道長去府上一趟，看看風水吧？」

吳氏見老爺鬆了口，頓時呼出了口氣。「老爺，我這就扶您回去。累了半日，肯定餓了吧？」

司徒長風沈吟一聲，算是默許了。

吳氏趕緊爬起來，上前挽住司徒長風的胳膊，然後給了決明子一個眼神示意，讓他見機行事。

一行人從客棧出來，剛要上馬車，突然被一群人攔住了去路。

只見一個地頭蛇一樣的人物笑嘻嘻地迎了上來，在吳氏臉上掃了一陣，然後便走過去勾住那決明子的脖子，道：「真是好久不見啊，楊兄！沒想到一別十幾年，居然還能在這裡碰上！怎麼，還忘不了這個小娘兒們？」

他說著，還極其猥瑣地望了吳氏一眼。

司徒長風原本沒在意這群人，但聽到他意有所指的話，心裡的疑慮便又升了起來，臉色也更加難看。

「哪裡來的地痞，竟然敢對我不敬？老爺，你一定要將此人送去官府，好好地懲辦！」

吳氏乍見到那人還沒有認出來，不過他一開口她就認出來了。

那人不就是原先與決明子相熟的人嗎？這都一幾年沒有聯絡了，怎麼好死不死在這裡遇上了？

決明子臉色也很不好看，被人戳穿自己的身分，自然很不舒服。「你認錯人了吧？本座叫決明子，並不姓楊！」

「唷呵，現在出息了，就不認識故人了？」那地痞見他如此，也翻了臉。

司徒長風的眼睛在三人之間掃視了幾遍，為了不影響自己的官譽，便對車伕吩咐道：

「你，速去官衙報案，就說有人聚眾鬧事。」

那地痞見司徒長風報了官，就更加肆無忌憚了。「好啊，居然敢讓人來抓我？不分青紅皂白就想定我的罪，是吧？」

「大哥，我看他們太不識好歹了，乾脆打死這些目中無人的王八蛋吧！」那些跟班也是混跡在這一帶的，平日囂張跋扈慣了，自然不將任何人放在眼裡。

反正他們背後有人撐腰，也不怕當官的。

「你們敢！我可是朝廷命官！」司徒長風沒想到自己堂堂太師大人，居然也有被流氓地痞欺負的一天。

「當官了不起啊？就可以隨意定人罪啊?!我呸！」那領頭的見司徒長風到了這個時候還擺著官架子，就忍不住想要動手了。

「老爺……」吳氏哪裡見過這種陣仗，頓時嚇得躲在司徒長風身後。

司徒長風出門只帶了一個小廝，如果料到會出這種亂子，他肯定會多帶幾個人在身邊保護自己。

「你們不要太放肆，天子腳下，也敢逞凶？」司徒長風一直很是倨傲，以為官居一品很是威風，所以說話難免大聲了些。

「笑話！皇上日理萬機，哪裡顧得上這些小事。來呀，給我狠狠地打！」

一聲令下，那些遊手好閒的地痞便圍了上來，將司徒長風等人一頓暴打。

「唉呀，殺人了！救命啊！」吳氏畢竟是個女人，哪裡禁得起這般對待，很快便受不住，大聲呼救了。

自己的女人丟人現眼，司徒長風也覺得很沒有面了。可是他是個手無縛雞之力的書生，根本不是他們的對手，只有挨打的分兒。

可是就算是挨打，他嘴裡還是一直嚷嚷著要報復。「你們等著，等本官的救兵一到，有你們好果子吃！」

「那就打到救兵來為止！給我狠狠地揍！」

接著，便是一陣痛苦哀嚎之聲。

周圍看熱鬧的人，雖然很是同情司徒長風等人，可這些街頭霸王可不是好惹的。所以很多人都只是在一旁看戲，不敢上前去幫忙。

「別打了、別打了，王兄！」決明子受不住了，只能抬出以前的交情，希望他可以不計前嫌，放了自己。

「這會兒認識我了？晚了！給我繼續打！」

決明子左躲右閃，依舊躲不過這頓暴打，只好哭著求饒。「是兄弟不對，有眼不識泰山，你就高抬貴手，饒了我吧！」

「好吧，饒了你也可以，但是，你要把這個小娘兒們讓給我！雖說老了點兒，但也算風韻猶存。」說著，就朝著吳氏走過去。

司徒長風見此人想對自己的妾室不利，自然不同意。「你想做什麼？她可是我太師府的人，你敢動她試試？」

吳氏也是嚇得直哆嗦，不住地往司徒長風後面躲。

決明子有些猶豫，但是為了保住小命，只能與那人周旋。「王兄弟，不是我不肯啊，只是這女人已經嫁人了，根本不是我說了算啊！」

「哼，別以為我不知道你們的過去，以前不是整日黏在一起嗎，怎麼到了危難時刻，就只顧著自己了？」

司徒長風聽完這話，心中震怒不已，然後便死死地瞪著那個假道士。「他說的可是真的？你們以前就認識？」

決明子到了此時，為了脫身，也不得不招認了。「十幾年前就有來往了……」

司徒長風老臉一黑，朝著吳氏就是一巴掌。「妳這個賤人，居然敢騙我！我司徒長風怎麼娶了妳這麼個水性楊花的女人？」

那些人都停了手，似乎對這些八卦比較感興趣。

「接著說啊，大爺還等著下文呢！」

司徒長風的面子掛不住，狠狠地甩開吳氏撲上來的手，對著趕回來的車伕說道：「回府！」

「老爺，不要丟下我一個人啊，老爺……」吳氏見司徒長風不管她的死活，有些急了。

「我司徒長風沒有妳這種不守婦道的女人，即日起妳不用回府了。從此以後，司徒府沒有吳氏姨娘！」

吳氏一聽這話，腿一軟，栽倒下去。

第四十八章　司徒雨訂親

吳姨娘被休棄的事情，很快便傳遍了整個太師府。周氏在聽聞這一消息之後，驚訝之餘，臉上的笑容也綻開了。

「早就看出來這吳姨娘不安分了，沒想到她竟然大膽到與野男人私會。果然出身低賤，再怎麼改變身分，骨子裡也是賤。就是不知道這四少爺……」許嬤嬤見府裡少了一個威脅夫人的女人，自然是欣喜萬分。

「不過是個姨娘，棄了就棄了吧。」周氏呷了一口茶水，繼續說道：「真正對我有威脅的，還是那一位。」

許嬤嬤收斂了笑容，勸道：「夫人也不必太擔心，那邊遲早會收拾掉的。」她將藥材縫製在香囊裡，日子一久，那孩子自然而然就掉了。神不知鬼不覺的，不怕有人懷疑到自個兒身上。

「希望如此吧。」周氏揉了揉額頭，最近這頭疼的毛病是愈來愈厲害，愈來愈頻繁了。

「夫人，老爺讓您去書房一趟呢。」這時，一個十五、六歲的小丫鬟從外面進來，恭敬地給主母行了禮。

周氏暗暗吃驚，這老爺找她到底有何事？

「我收拾收拾，一會兒就過去。」周氏不動聲色地吩咐著，然後便進了內室，更換衣服去了。

最近老爺一直都由幾個通房伺候著，鮮少到她院子裡來。原先她對那幾個通房都沒有太過在意，認為她們翻不起什麼浪來。但是沒想到，那幾個小蹄子愈來愈有本事了，竟然哄得老爺都對她冷淡了起來。

經過一番細心的裝扮，周氏優雅高貴地出現在眾人面前。她是堂堂丞相府嫡女，絕對不能輸給那些低賤的奴婢。

書房內，司徒長風正坐在軟榻上閉目養神。一個豐腴的丫鬟站在他身後，賣力地幫他揉著肩膀，另一個嬌俏的丫頭則半跪在地上，幫他捶著腿。

周氏進來的時候，見到的就是這麼一幅景象。

這兩個丫頭，都是她身邊伺候的人，看起來老實本分。沒想到在她作主為她們開了臉送上老爺的床榻之後，她們竟然都有了自己的小心思。

真真是活得不耐煩了！

「老爺，您找妾身來有何事？」周氏神色只是微微一閃，繼而又表現出大家閨秀般的知書達禮、溫婉如水。

聽見周氏的聲音，司徒長風才揮了揮衣袖，將兩個丫頭打發了出去。

那兩個丫頭起先是不甘，但是想到周氏也不好相與，只得乖乖低下頭，退了出去。

司徒長風自然沒有察覺到這屋子裡的詭異氣氛，他將手裡的玉珠往書桌上一丟，開始進入正題。「夫人最近可有看過大夫？」

周氏被他的問話給弄糊塗了。

「多謝老爺關心，妾身的身子並無大礙。」低眉順眼地慢慢靠近司徒長風，周氏故意曲解了他的意思。

司徒長風望了望她的肚子，似乎有些失望。

「燕秀啊，妳嫁進門也有一段時日了，怎麼還是沒有傳出喜訊呢？」司徒長風瞇了瞇眼，試探地問道。

周氏見他果然想起了這個問題，便笑著回道：「可能是妾身近日太過勞累，又沒有合適的機遇，所以才沒有消息。前些日子，已經找大夫來看過了，大夫說並無不足之症。」

她的這一番解釋，無非是在闡述兩件事情。一，她的身子沒問題，懷不上孩子，絕對不是她的責任；二，就是想對司徒長風說，他太過冷淡她，雨露稀少，根本難以懷上。

司徒長風哪裡有不明白之理，只是他羞於承認某些事實罷了。

「咳咳……這樣便好。」他輕咳了兩聲，然後接著說道：「吳氏的事情，想必妳也聽說了。如今她已經被休棄，但青兒好歹是我的骨血，所以我想……」

「老爺是想將青兒過繼到妾身名下？」周氏是個通透之人，不用他明說就已經明白了。

江氏肚子裡雖然還懷著一個，但誰又能保證那一定是兒子呢？司徒長風不過是做兩手準備，等到江氏生下孩子來，再來決定將來由誰來坐這家主之位。

周氏前思後想，心裡雖然不太樂意，但為了能夠與江氏抗衡，也只能接受別人生的兒子養在自己身邊了。只要以後她生下兒子來，那麼這一個過繼過來的兒子，到時候隨便給尋個錯處，將他再貶為庶子，也就是了。

這樣想著，周氏心裡便踏實了。「還是老爺想得周到，這青兒還年幼，沒有人照顧，也著實可憐。」

「夫人妳能如此想就好了。過兩日，我去將族裡的長輩請過來，請他們做個見證，也好名正言順。」

過繼這種事情，不是他一個人說了算的。畢竟庶子和嫡子，身分地位相差甚遠，必須經過族裡的人一致通過才行。

周氏連連點頭，說道：「是，妾身這就去準備準備。」

「嗯，妳回去吧。」司徒長風心裡的這塊石頭落下，整個人都輕鬆不少。

起初，他還怕周氏不肯收下這個庶子。不過好在周氏通情達理，他只說了這麼一句，她就欣然答應。看來，他的這位夫人的確是個好妻子、好主母。

解決完了這一樁事，司徒長風便又想起了江氏。好幾日沒有去她那裡了，這會兒突然動了心思，想要過去看一看。合上手裡的書籍，司徒長風便踏出書房，往江氏的院子去了。

翌日，書房裡傳來司徒長風的怒吼聲。細聽之下才知道，原來三小姐偷偷溜出府去私會外男，還得罪了正在酒樓用膳的隱世子。隱世子派人通知司徒長風親自去領人，讓他顏面盡失。

這事其實司徒錦早就知道，因為司徒雨是拉著她一起出府的。不過，在得知了她的陰謀詭計之後，她就乘機躲開，然後偷偷從後門回了府。

司徒長風只知道三女兒闖了禍，並不知道司徒錦當時也在場。因此他將周氏叫過去，大發雷霆，憋了一肚子的氣，全都撒在她身上了。

「哼！叫妳好好的看著她，別讓她再闖出禍來。妳倒好，居然放她出府，丟人現眼不說，還險些得罪了沐王府！這樣不肖的女兒，就當我沒生過！妳明日就把媒婆給我找來，給她選個遠離京城的人家嫁了，免得我看著心煩！」說完這一番話，司徒長風也不管周氏如何反應，便氣沖沖地走了。

周氏沒頭沒腦的被訓斥了一頓，心裡莫名委屈。

那個死丫頭闖的禍，關她什麼事？老爺一回來，就將她大罵一頓，這是何道理?!

許嬤嬤見周氏受了委屈，自然要上前安慰幾句。「這三小姐也真是的，怎麼就這麼魯莽，淨會給夫人您惹事！早些嫁出去也好，省得再來添亂。」

周氏眼含著熱淚，卻沒有哭出來。她嫁到太師府來以後，受的委屈還少嗎？只不過這委屈，她一定會找機會發洩到那些惹到她的人身上。司徒雨這個成事不足敗事有餘的丫頭，千萬別怪她心狠！

「許嬤嬤，老爺的話，妳可聽到了？明日一早，就給我把媒婆找來。」

「是，夫人。」

周氏的辦事效率也真是高，不出三天，就已經將司徒雨的親事給定下來了。

「老爺，您看這人家怎麼樣？雖說不是做官的，但也是人富大貴。聽說這位徐三爺腰纏萬貫，家有良田千頃，店鋪無數，想必雨兒嫁過去，也是不愁吃穿。」

司徒長風一向不大管這些事情，對周氏也十分信任，便應允了這門親事。只是他不知道的是，這位徐三爺已經年近花甲，老態龍鍾，妻妾成群。司徒雨嫁過去，恐怕也只能是個妾！

周氏見司徒長風沒有過問的意思，便放了心。

當司徒芸聽到這個消息，連眉頭都沒有皺一下。她就知道，自己這個傻妹妹什麼事都做不成，還將自己給搭了進去。看來，想要扳倒司徒錦，她必須親自出馬！

第四十九章　離間計

「哐啷」一聲，一只雙耳花草花瓶在地上摔得粉碎，接著便是司徒青那低啞生澀的怒吼聲。「我為何要寄養在母親名下？我又不是沒有生母！爹爹也真是老糊塗了，竟然將我娘親棄之府外，這是何道理?!」

「唉唷我的好少爺，您別再亂說話了。」一旁伺候的小廝立馬將他的嘴給捂上，生怕他再說出什麼大逆不道的話來。

「你幹麼攔著我，找死嗎？」司徒青哪裡嚥得下這口氣，非要將事情鬧大不可。

「少爺啊，您快別作聲了吧！一會兒老爺回府來，聽見了這些話，怕是又要動家法了！」

說到這家法，司徒青才收斂了一些。

「別……別拿家法嚇唬我，本少爺可是太師府唯一的男丁，爹爹才捨不得動用家法！」儘管心有餘悸，但司徒青卻是個盲目自信的傢伙，仗著自己長子的身分，不把任何規矩放在眼裡。

貼身服侍的丫鬟一邊打掃著屋子裡的凌亂，一邊催促道：「少爺，時候不早了。夫人那邊想必已經等急了，您還是快些過去吧，免得誤了吉時。」

今兒個族裡的很多長輩都到了，就是為了來觀禮。如今少爺還在這裡鬧脾氣，這要是惹怒了那些老主子，那她們也要跟著遭殃了。

司徒青原本已經消了氣，但一提到這過繼之事，他就大為惱火。「我不要過繼到母親名下去，我要娘親！」

「少爺，您怎麼糊塗了？吳姨娘犯了大錯，老爺說再也不許她踏進太師府一步，您就算有不滿，也不能這麼明目張膽地跟老爺作對啊，這對您又能有什麼好處？再說了，能過繼到主母名下，也是您的福氣。跟著夫人，您的身分就由庶子變成了嫡子，將來這家業您繼承得名正言順，別人也不會說什麼閒話了。」司徒青的奶娘鄧氏從外面進來，見到他仍在鬧，只得苦口婆心地勸導。

司徒青咬著牙，半晌沒有說話。

奶娘說得沒錯，他現在的身分的確不怎麼光彩。若是能夠養在嫡母身邊，那就是嫡子，是可以上族譜的。想到司徒錦也是因為其母抬了位分，才由庶女變成了嫡女，成為爹爹疼愛的女兒，他便有些動心了。

鄧氏見他有所動搖，便接著勸道：「少爺，奴婢知道您心裡的苦。姨娘的事，老爺很是痛心，哪個男人能夠忍受被戴綠帽子的？沒有遷怒到少爺您身上，已經是萬幸了。少爺若真想要盡孝，大可先討好主母，在府裡站穩腳跟。有朝一日，老爺夫人不在了，府裡還不是您說了算？要想接姨娘回來，那也是輕而易舉。」

「嬤嬤說得有理。」司徒青的情緒漸漸安定下來。

「還不快給少爺更衣，待會兒誤了時辰，可有你們好看的！」如今吳氏不在，鄧嬤嬤就成了這院子裡資格最老的，說起話來也最有力。

那些小丫鬟立刻找了最體面的衣裳給司徒青換上，然後再幫他梳理好了頭髮，這才退到一邊。

「鄧嬤嬤，這院子裡的事情，以後就交給妳了。對了，妳私底下出去找找娘親的下落，先將她安置好，千萬別讓她吃一點兒苦。」對於自己的生母吳氏，司徒青還是很有感情的。畢竟十幾年的母子親情，不是說割捨就能割捨的。

鄧氏應了下來，幫司徒青打點好了一切，便悄悄地從後門溜了出去。

前廳之中，司徒長風已經下朝回來，正與族裡的長輩們喝茶聊天，周氏及一干子女在一旁恭敬地伺候著。

司徒錦跟在江氏身後，一直低眉順眼，沒什麼多餘的表情。司徒芸、司徒雨姊妹倆眼中充滿著不屑和不耐煩，而司徒嬌、司徒巧則是滿滿的羨慕。

當司徒青踏進前廳的時候，所有人的注意力全都集中到了他一人身上。

「怎麼這時候才來，竟然讓族裡的長輩好等？真是沒半點兒規矩！」司徒長風本來就對這個兒子失去了信心，如今看到他越發不懂事，心裡就有氣。

周氏倒是笑得大方得體，在一旁替司徒青開解。「青兒雖然是個男孩子，但也是需要時間梳洗梳洗的。瞧他今天這身打扮，定是費了一番心思。這般精神奕奕的樣子，才像個正經的嫡子嘛！」

周氏說這番話的時候，眼睛一直在江氏的肚子上掃著。

司徒錦感受到周氏不善的眼光，緩緩地抬起頭來。迎上那雙志得意滿的眼睛，她的嘴角勾出淺淺的痕跡。

就先讓她得意吧！

司徒青會不會乖巧孝順，還有待商榷；將來能否為周氏所用，還是個問題呢！她以為將庶子養在自己名下，地位就穩如泰山了？始終不是自己親生的，人心隔肚皮，是福是禍還說不準呢。

「兒子給父親、母親請安，給各位長輩請安！」司徒青一改往日的囂張跋扈，忽然變了個人似的，沈穩了起來。

果然，司徒長風見到他這變化，也是欣喜不已。「起來吧。快過去跟你母親磕頭，往後她便是你的嫡親母親，你可要好好的聽她的話，切莫再胡鬧了。」

司徒青乖巧地來到周氏的面前，接過丫鬟遞上來的茶水，恭敬地獻上。「兒子給母親敬茶，以後還望母親多加教導孩兒。」

周氏眼中閃過一絲不耐煩，但臉上卻笑容依舊。「青兒真懂事，是個好孩子。」

說完，拿過許嬤嬤遞過來的一塊白玉，親手給司徒青戴上，算是見面禮了。「這玉是上好的和闐玉，希望我兒往後能夠發憤圖強，早日取得功名，也好光耀門楣。」

司徒青假意奉承了一番，表現得極為得體。

司徒雨不屑地冷哼一聲，然後依偎到司徒長風的懷裡，開始撒嬌。「爹爹……女兒不要嫁到那勞什子的窮鄉僻壤去，您讓母親收回成命，好不好？」

原本是歡歡喜喜的氣氛，卻讓司徒雨一番話給弄擰了。

司徒長風不滿地看著這個驕縱的女兒，狠狠地瞪了她一眼。「婚姻大事，父母之命媒妁之言，已經定下來的親事，豈能隨意更改?!」

「可是女兒身嬌肉貴，去那苦寒之地豈能受得了？再說了，女兒也捨不得爹爹您啊！」

司徒雨知道此時不能太過放肆，只好取巧地撒嬌賣乖。

司徒長風有些不耐煩地揮了揮手，將司徒雨給拉到一邊。「已經決定的事，豈能更改？三日後男方就上門迎親了，妳還是回去好好準備準備，別在這裡丟人現眼。」

司徒長風的狠話，徹底傷了司徒雨的心。

她都這樣低聲下氣地懇求了，沒想到爹爹還是狠狠拒絕了她，頓時心生憤慨，大聲頂嘴道：「我不嫁！要嫁，就讓司徒巧替我嫁！打死我，我都不會離開京城的！」

「妳……」司徒長風氣得鬍子一翹一翹，恨不得一掌拍死這個逆女。

周氏見氣氛不對，立刻上前來勸阻。「好了好了，都是一家人，怎麼就吵起來了呢？

雨兒妳也是，目無尊長成何體統？再有不滿，也不能當眾頂撞妳爹爹，妳女誡都學哪裡去了？」

司徒雨噘著嘴，看向周氏的眼神氣憤不已。

她的婚事，都是周氏在操辦，那人也是她選的。說到底，想要將她遠嫁的，就是這個嫡親的姨母！她真的不懂，周氏為何會對她下毒手，非要將她逼死才肯甘休？

「母親還真是賢慧，爹爹將這個家交到您的手上，您就是這麼對他的子女的？雖說我不是母親親生的，但至少也有血緣關係，您怎麼下得了這狠心，要將我嫁到那麼偏遠的地方去？」

周氏氣結，半天說不出話來。

司徒雨一向對她恭敬孝順，從未這麼跟她說過話。現在看來，這丫頭有了自主意識，對她也怨恨起來。

「雨兒，妳若再多說一句，就別怪爹爹不客氣，動用家法了！」司徒長風見她愈說愈不像話，便動了怒。

司徒雨也是倔脾氣，不肯服軟。「哼，我有說錯嗎？自姨母進了府，這府裡就越發的不太平。快二十歲都嫁不出去的老姑娘，能有什麼好的？說不定她就是個掃把星，所以才鬧得家宅不寧！」

周氏一聽這話，差點兒沒背過氣去。

「妹妹，妳太過放肆了！」司徒芸也覺得司徒雨說得有些過了，便出聲阻止。

司徒雨瞥了自己的親姊姊一眼，抱著破罐子破摔的態度，出言諷刺道：「姊姊，咱們倆才是最親近的人，妳居然幫著一個外人來欺負我？哼，需要這樣討好嫡母嗎？妳也是堂堂正正的嫡女，她不過是個繼室，她如今能這般對我，將來也會這麼對妳！」

「妳……」周氏氣得頭昏眼花，一口氣沒緩過來，便暈了過去。

丫鬟、婆子們一陣手忙腳亂，好不容易才將周氏救醒。司徒芸也在周氏身旁打轉，一副孝女的模樣。「雨兒，妳還不住口?!難道真的要動用家法，妳才肯閉嘴嗎？」

面對這赤裸裸的威脅，司徒雨絲毫沒有畏懼。反正她已經是這樣了，還有什麼好怕的，還不如將心裡的話一吐為快。「爹爹若是覺得女兒有錯，儘管罰我好了，但是有些話，女兒還是要說。女兒自認為沒做錯任何事，卻要被嫡母遠嫁，還是給一個糟老頭子做妾！女兒就算再不濟，也是太師府的嫡女，是丞相府的外孫女，這樣被糟踐，難道爹爹就有面子了？可憐我一個沒娘的孩子，一輩子就這麼毀了！」

司徒長風有些不敢置信地望著這個女兒，被她這番話驚到。「妳說什麼？妳母親要將妳嫁給一個老頭子？還是小妾？妳哪裡聽來的風言風語！妳母親豈是這般不明事理的人？」

周氏虛弱地靠在椅子裡，儘量減少存在感。但是司徒長風那大聲的質問，還是讓她有些心虛。

「爹爹，女兒好歹是您的嫡女，這要是嫁過去，還不讓人給笑話死！爹爹的顏面又要放在何處啊？」司徒雨見司徒長風臉色變得陰沈，知道自己的計劃已經奏效，便繼續哭訴，一副可憐兮兮的模樣。

「周氏，妳說，雨兒說的可是真的？」司徒長風是個極要面子的人，哪裡容許自己的女兒嫁得如此不堪？加上屋子裡滿是族裡的老人，都在看著自己，只好朝周氏大聲質問道。

周氏捏了捏手掌心，虛弱地笑著回答：「老爺這是怎麼了，難道還信不過妾身嗎？雨兒雖然任性，但好歹也是姊姊的骨肉，我又豈會那般狠心，為她尋這麼一門門不當戶不對的親事？怕是有人從中作梗，故意傳達錯誤的消息給雨兒，才讓雨兒如此誤解我吧！」

說著，周氏眼眶紅了紅，像是受了莫大的委屈。

司徒雨聽完周氏的解釋，心裡更加氣憤。她哪裡這麼好心？那戶人家的情況，她私底下早就打聽好了，又豈會有假？周氏如此抵賴，實在是可惡得很！

「爹爹，是不是女兒誤聽，查一查不就知道了？」

司徒長風身子一顫，覺得司徒雨說得有理。「好，我這就叫人去查。如果情況屬實，爹爹一定會為妳主持公道，但若是有半句虛言，妳可要想好了後果，詆毀嫡母，這罪過可不小。」

司徒雨微微縮了縮脖子，又變得膽小了起來，但是為了自己的將來，她一咬牙，認了。

「爹爹，女兒說的句句屬實，絕無半句假話！」

司徒長風意味深長地看了她一眼，便讓自己的貼身小廝下去查了。周氏見司徒長風居然不信任她，而聽了司徒雨的話，叫人去調查那戶人家的消息時，整個人都僵住了。男人果然不是東西，需要妳的時候，便覺得妳什麼都是好的；一旦嫌棄起來，就什麼都不是。

司徒芸看著周氏那隱忍的憤怒，心裡也暗暗吃驚。

難道真如雨兒說的那樣，這姨母真的在背地裡算計她們？一直以來她對周氏的信任和追捧，在此刻漸漸有了裂痕。

族裡的長輩見了這場景，都不斷搖頭。

「真是家門不幸，居然生出這等目無尊長的子孫來！」

「唉！還以為丞相府肯將小女兒嫁過來是看在太師府的面子上，看來這其中大有蹊蹺啊！」

周氏被打量的眼光包圍著，渾身不自在起來。她是天之驕女，何曾受過這般委屈？頓時心裡一酸，眼淚止不住掉了下來。

「母親切莫傷心，三姊姊都是滿口胡說。三姊姊，妳還不過來給母親道歉？」在一旁看了好一會兒戲的司徒青總算站了出來，說起公道話。

司徒長風都還沒有給司徒雨定罪呢，他居然就將所有的錯都歸到司徒雨的身上，實在欠妥。

司徒錦瞥了對面這幾人一眼，有些無聊地揉著手裡的帕子。

司徒雨自然不會那麼輕易認輸，哪裡肯給周氏道歉。「還真是會演戲啊！前幾日還在院子裡鬧著不肯認嫡母，這會兒倒當起乖兒子來了！哼，別以為我不知道你在想些什麼，我可不是三歲小孩兒，你這把戲還嫩了點兒！」

「妳……好歹我也是嫡子了，妳竟然這麼跟我說話？難道就不怕將來嫁出去之後，沒有娘家可以依靠？」司徒青威脅道。

司徒雨不屑地瞪了他一眼，道：「唷，擺起架子來了？爹爹還健在呢！你就這般心急，想要奪這家主之位了？」

平日腦子最不好使的司徒雨，這會兒倒是聰明。

司徒青的臉色紅了又白，白了又轉青，恨不得上前去與司徒雨纏打在一起。但是為了給長輩一個好印象，他只好忍了。

奶娘說得不錯，如今他地位不穩，羽翼未豐，還不能明目張膽地與那些正經主子對著幹。可這司徒雨也太過囂張了，他實在嚥不下這口氣。

「爹爹……」

「爹爹……」

司徒雨和司徒青同時向司徒長風求助，鬧得司徒長風一個頭兩個大。

這時候，江氏體貼地走過去，扶著司徒長風坐下，又端上茶水給他壓驚。「老爺，切莫為了一點兒小事傷了身子。」

江氏的溫柔體貼，表現得恰到好處，讓司徒長風心裡一暖。

這幾個孩子實在是太混帳了，簡直沒將他放在眼裡。還是江氏溫柔有禮，最得他的心。與周氏的精明能幹比起來，他更喜歡江氏這樣的解語花。

眾人看著司徒長風對江氏的態度，一個個都嫉妒地紅了眼。尤其是周氏，她乃堂堂主母，居然讓一個妾出身的人壓過了自己，哪肯甘心！

「妳這個狐媚子，竟然當著眾人的面勾引老爺，太不像話了！」

一句話說出口，周氏就後悔了。

她平日樹立起的賢慧大方，在此刻瞬間崩塌。

司徒長風也是一副見了鬼的模樣，看著周氏的時候有些不敢相信。她不是很溫柔懂事又知書達禮嗎？怎麼說出這般不中聽的話來！

周氏咬著下唇，恨不得咬斷自己的舌頭。

江氏被指責成了狐狸精，臉色頓時變得蒼白無力。她眼眶中盛滿了淚水，嬌弱的模樣讓人心疼不已。「老爺，妾身沒有……」

司徒長風被她這麼一哭，頓時心軟了，對周氏說起話來也多了幾分苛責。「妳這說的什麼話？江氏是平妻，怎麼就是狐媚子了？她如今有了身子，可禁不起這麼折騰！」

周氏撇了撇嘴，有些憤憤不平。

當著這麼多長輩的面，他居然教訓起她這個嫡妻來了。江氏算什麼，不過是個妾而已！說得好聽是平妻，實際上也不過是比妾室高了那麼一點點，說起來還是半個奴婢，有什麼好神氣的！

司徒青見嫡母被罵，為了表現自己的孝心，自然要出聲相助。「二夫人就算是平妻，但也屈居於母親之下，爹爹這麼做，豈不是寵妾滅妻？」

寵妾滅妻可是大罪，是要受到嚴厲懲罰的。自古以來，嫡妻的地位可是非常尊貴，大龍王朝也很重視嫡庶有別，對於寵妾滅妻的行為很是不齒。如今司徒青提到這個，無非是在諷刺司徒長風嫡庶不分，是個老糊塗。

「你個逆子，這樣的話你也說得出口？難道你就不怕被有心之人聽了去，向朝廷參上我一本？我怎麼就生養了你這麼一個大逆不道的兒子！」

「老爺，妾身……妾身自知地位卑微，青少爺已經是嫡子，教訓幾句就好了，他還小，可禁不起罰……」江氏以退為進，將自己的姿態放得很低，就是想要引起司徒長風的憐惜之情。

果然，廳裡的長輩都對她讚不絕口。

司徒錦看著江氏的表現，也甚為驚訝。在她的印象裡，江氏並不是個有心計的女人。可是今日她的表現太不尋常了，簡直就像變了個人似的。

司徒芸也覺得江氏變化不是一般大，又想著司徒錦即將嫁入王府，心裡的嫉恨更深。

「爹爹，二娘也說了，青弟還小，您就大人有大量，饒過他一回吧！」

司徒芸居然也摻和了進來！

司徒錦微微抬眸，將司徒芸眼裡的那抹得意收入眼底。看來，司徒芸也沈不住氣，想要出手了呢。

不過，江氏已非以前那軟弱的女人，對於司徒芸這點兒小把戲，還真沒有放在眼裡。「老爺，這裡這麼多長輩，他們的眼睛都是雪亮的。青少爺不過小孩子心性，您就別跟他計較了。」

小孩子心性，無非是在說司徒青的不穩重，都十四了，還這般不懂規矩。

司徒長風看著司徒青那得意的模樣，心裡就有氣。加上這裡這麼多長輩，如果不處罰他，就更證明自己是非不分了。「來人啊，將四少爺拖下去，打二十板子，以儆效尤！」

司徒青一聽說要打板子，就慌了。「母親救我，救我！」

周氏聽到他向自己求救，本想護他一護，可是看到司徒長風那陰鬱的臉色，就猶豫了。淡淡瞥了司徒青一眼，權衡利弊之後才說道：「今日的確是青兒魯莽了，說錯了話。這二十板子太輕了，老爺不僅要打，還要多打幾下，也好讓他長長記性。雖然已經過繼到妾身名下，妾身斷不會繼續嬌慣著他。都說慈母多敗兒，妾身萬萬不會護著的。」

一番話說得在情在理，眾人難免對周氏高看了一分。

沒有假惺惺地為嫡子求情，而是為了司徒府的長遠作打算。不愧是丞相府出來的嫡女，就是有遠見！

但司徒青卻不這麼認為。

他好心為嫡母說話，得罪了江氏，如今要被罰，周氏卻見死不救，不但沒有為他說話，還要重罰。她的心還真是狠啊！

「我不服！我又沒有犯錯，為何還要責罰?!」這牛脾氣一上來，司徒青便失去了剛才的穩重，變得跋扈起來。

在座的長輩全都搖起頭來，覺得這庶出的到底是庶出的，怎麼都不像嫡子。就這性子，要是將來當家，還不將整個家族都給敗了。

「長風啊，不是二叔說你，就他這樣的性子，叫咱們如何能將整個家族交給他？」

「是啊，到底是他生母出身太低，竟然將好好的一個兒子教成這個樣子！」

「難道司徒家要毀在他手裡？若是太師府沒有合適的人選，不如在旁支挑個合適的過繼過來，也比這個強。」

司徒長風愈聽愈覺得不對勁，這些長輩竟想將旁支的嫡子弄來繼承這偌大的家業！那怎麼成？他辛辛苦苦打拚出來的基業，怎麼能便宜了那些人？

「叔叔們言重了，總不過還是個孩子。以後跟著主母，好好地教養，定能成為棟樑之材。如今說這些話，不是太早了些？」

那些長輩們也是試探著問的，自然不想現在就把關係鬧僵，於是又笑著奉承了一番，便接二連三地離開了。

司徒青到最後，還是挨了三十大板，在院子裡行刑時，鬼哭狼嚎了好一陣。從那以後，他對周氏便恨上了。

「小姐，看來您的計劃奏效了呢。三小姐知道了男方是個什麼樣的人，恐怕寧死都不會嫁過去了，夫人想必又要頭疼了。」緞兒服侍著司徒錦用膳，嘴巴依舊嘮叨個不停。

司徒錦微微一笑，道：「這還不都是妳的功勞？若不是妳想辦法將這個消息透露給她，也不會有今日這場好戲。」

「跟小姐比起來，我那點兒伎倆不過是小巫見大巫。」緞兒謙虛地回道，並沒有因此而驕傲。

司徒錦對緞兒的態度很是滿意。

這樣一個知道自己本分的丫頭，是可靠的。如果因為主子的一句誇獎，就得意忘形，那麼她斷然不會將這樣的人留在自己身邊。

「聽說四少爺的奶娘偷偷出府去了？」

緞兒有些訝異，問道：「小姐是如何知道的？」

「他雖然很混帳，但是對吳氏還是很孝順。如今那吳氏被休棄，在外面自然過得不如意。他這個做兒子的，肯定會想辦法接濟一番。」司徒錦慢慢解釋道。

緞兒連連點頭。「小姐，果然被妳說中了。那鄧嬤嬤出了府，便拐進一個小胡同，好半晌才出來。聽朱雀說，那隱蔽的住所裡，的確住著吳氏。」

「算他還有些良心。」司徒錦淡淡評價了一句。

「剛才聽四少爺院子裡的丫鬟說，四少爺回去之後，發了好大一頓脾氣呢！也是啊，剛剛被過繼過去，就挨了一頓板子，而嫡母還沒有幫他求情。四少爺心裡，恐怕是恨透夫人了。」

司徒錦自然不希望周氏與司徒青聯手，為了繼續離間他們之間的關係，她心中早已有了計較。

周氏那邊，許嬤嬤氣沖沖地從菊園過來，一邊走還一邊數落著。「還真把自己當成嫡子嫡孫了？也不看看自己那副德行，哪裡像個嫡子！小婦養的就是小婦養的，再怎麼樣也不會變得高貴。」

周氏見她這麼快就回來了，便知道她肯定在司徒青那裡碰了釘子。「他還記恨著，是不是？」

「夫人，您也太好心了。不過是個養子，還是庶出的，操那麼多心幹麼？」許嬤嬤跟在周氏身邊的時日也不短了，自然心高氣傲。

周氏也知道她的脾性，但是看在她服侍自己多年的分上，便沒有與她計較。「去，將上好的燕窩準備一份，一會兒我親自去一趟。」

「夫人，您這是何必？」許嬤嬤不解地問道。

「好歹是養在我名下的，若是他有了本事，我也跟著榮耀，不是嗎？」對於一顆還過得去的棋子，在更有利用價值之前，她還是捨不得丟棄。

就像那司徒雨，成事不足敗事有餘，昨兒個還在眾人面前拂了她的臉面，她又氣又恨，現在就算老爺發現她安排的那門親事的確不配，她也不會改變心意，打定主意要將她嫁到偏遠的地方，是死是活以後都不關她的事。

「那三小姐那邊……」許嬤嬤還是有些擔心地問道。

「哼，男方再過兩日就過來迎娶了。我管她願不願意都得上花轎！到時候，誰也救不了她！」

「可是，三小姐畢竟是……」許嬤嬤有些不忍。

「是姊姊的女兒又怎麼樣？妳瞧她昨日說的那些話，哪裡將我當成是嫡親的姨母？那些混帳話，她也說得出口！」周氏有些火大地反駁道。「如今京城裡都知道她被乞丐碰過，還有誰願意娶她？我將她遠嫁外地，也是為了她好。至少不會有人在背後戳她的脊梁骨，讓她一輩子都抬不起頭來。」

「那……那小妾？」

「她不會自己去爭嗎？就算徐三爺有正妻又如何，還不是人老珠黃的老太婆一個？雨兒若是有本事，大可利用自己的優勢去爭。徐家若是想要攀上咱們太師府這高枝，自然會重視她。」

許嬤嬤聽了這解釋，便釋然了。

她是多想了，夫人怎麼會對大姑奶奶的女兒不利呢？她處處都是為了三小姐好，以前是她誤會她的好意了。

「夫人，不好了不好了！」一個丫鬟冒冒失失地闖進屋子，上氣不接下氣地跪倒在地。

「什麼事如此慌張？」周氏不耐地皺了皺眉，對丫鬟的舉動很是惱火。她屋子裡侍候的，都得穩重大方。如今這丫鬟的舉動，實在有辱她平日的教誨。

「夫人，吳姨娘……沒了！」

第五十章　周氏小產

吳氏遭害的消息傳到太師府時，司徒長風正在江氏房裡用膳。雖然吳氏背叛過他，但好歹夫妻一場，乍聞她死於非命，還是有些不忍。

江氏在心底冷笑，臉上卻擠出一絲哀愁。「京城乃天子腳下，怎麼還會有這種慘案發生？吳妹妹雖然有錯，但老爺已經罰了她了，是誰這麼狠心要將她置於死地？老爺，您要節哀啊……」

聽到江氏的安慰之語，司徒長風心裡的悲戚減輕許多。「就知道妳心善。我一會兒去順天府一趟，好歹夫妻一場，唉……」

江氏依偎在他身旁，輕輕地幫他捏著肩。「老爺說得是。吳妹妹好歹是青兒的生母，如今青兒心裡恐怕也不好受。」

司徒長風拍了拍她的手，表示欣慰。「妳懷著身子呢，切莫太過悲傷，對胎兒不好。」

江氏連忙拿起帕子抹了抹眼角，綻放出一絲笑容。「那老爺快去衙門看看吧，妾身一會兒就派人去好好安撫四少爺。」

司徒長風點了點頭，安心地離開了江氏的屋子。

順天府尹在見到司徒長風之後，滿臉帶著笑意，生怕開罪了人。「司徒大人，據說這婦人原先是府上的家眷？如今她遭遇不幸，下官一時找不到她的親人，只好通知大人您了。」
司徒長風雖然覺得丟臉，但還是默認了。
「張大人辛苦了。只是不知道，她死因為何？」
順天府尹將那蒙著的白布慢慢揭開，露出吳氏青紫的臉龐，道：「仵作判定，是被人生生地毆打致死。興許是那賊人盜竊之時，被吳氏發現，兩人便動起手來，而後遭了毒手。」
畢竟是家醜，司徒長風也不願意惹出什麼事端來，於是便讓府尹大人草草結了案，賞了吳氏一口棺材，讓人尋了地埋了。

太師府

司徒青前一日還聽奶娘鄧氏說起生母吳氏最近的狀況，還在慶幸她有一個避雨的地方，如今吳氏的死訊傳來，他怎麼都不肯信。
「你們在說什麼？誰死了？」
下人們都低垂著頭，不想惹惱這位爺。
鄧氏從外面進來，看到司徒青滿臉怒氣，便上前去勸慰。「少爺這是怎麼了？誰又惹您生氣了？」
說著，狠狠地瞪了在那兒竊竊私語的奴僕一眼。
司徒青雖然任性妄為，但也不是個白癡。剛才那些人圍在一起，正在說府裡誰死了，他又不是聾子，自然聽到了。

如今他們這樣瞞著自己，實在是太欠教訓了。

「說，你們到底在私底下議論什麼？到底誰死了？是不是周氏那個賤人？」司徒青這話一出口，嚇得鄧氏趕緊上前去捂住他的嘴。「少爺，這話可不能亂說！詛咒嫡母，你不想活了？」

「哼，這府裡希望她死的，可不止我一人！我那三姊姊，怕是也恨透了她吧？」司徒青一副不以為意的樣子，根本沒有將周氏放在眼裡。

他現在已經是嫡子了，將來就是家主，他還畏懼她幹麼?!說起來，不是親生的母親，也比他大不了幾歲，要他真心將她當成母親，那是癡心妄想！

「我的好少爺啊，別再胡鬧了，要是讓夫人知道了，又有你好受的了！」鄧氏是府裡的老人了，自然知道是非輕重。

司徒青將她一推，不耐地說道：「嬤嬤這是向著誰呢？如今我可是堂堂的嫡子，周氏不過是個繼室，將來還得靠我養老，她能將我怎麼樣？」

鄧氏急得不行，恨不得將這個不成器的少爺給敲暈了，省得惹來不必要的麻煩。「少爺，你可別忘了。若不是寄養在夫人名下，您這嫡子名號從何而來？既然已經養在夫人名下，那就好好地孝順夫人，將來也好在府裡立足，您怎麼……」

「要我將她當親娘？想都別想！我的娘親只有吳姨娘，她算個什麼東西?!」

「你個逆子，給我閉嘴！」司徒青正發渾呢，只見一個高大的身影從外面走了進來，大聲喝止。

司徒青縮了縮腦袋，看著司徒長風那黑得不能再黑的臉，怯怯地叫了聲。「爹爹……」

「你眼裡還有我這個爹爹？這麼大逆不道的話都說得出來，看來吳姨娘是太驕縱你了，才讓你養成這麼一副膽大妄為的性子！」司徒長風一副恨鐵不成鋼的模樣，要不是自己就這麼一個兒子，他真的想將他往死裡揍。

念在吳氏服侍了十幾年的分上，他才過來看看這個兒子。可是沒想到，這兒子也太混帳了，竟然還是死不悔改，真真是氣死他了。

「爹爹，是這些下人先惹到孩兒的！他們說，府裡有人死了……」司徒青不信邪地繼續頂嘴道。

司徒長風忍無可忍，上前就是一巴掌，打得司徒青頭暈耳鳴，栽倒在床榻之上。

「你這個不肖子！你可知道，死的是誰？」司徒長風頓了頓，繼續說道：「死的是吳氏，是你的生母！你這個不肖子！」

司徒青半天沒有回過神來，直到鄧氏嗚咽著哭了出來，他這才有所反應。「爹爹，您是逗孩兒玩的吧？娘親昨日還好好的，怎麼可能死？她昨兒個還託人給孩兒送來了鞋襪，怎麼突然就……」

「信不信由你，順天府尹已經將人給埋了。以後，夫人才是你的母親，你可要記好了。

如果再讓我發現你對母親不敬，小心我打斷你的腿！」司徒長風對這個兒子失望至極，不等他有所回應，就拂袖而去。

司徒青愣愣地趴在床頭，眼淚嘩啦啦落下，卻不聞任何聲響。

鄧氏嚇壞了，不斷地在一旁呼喚著。「少爺，少爺……您這是怎麼了？少爺，您別嚇奴婢啊！」

「少爺這是傻了嗎？」

「搞不好是被吳姨娘的死給嚇壞了。」

「還說什麼吳姨娘，她早就不是姨娘了。要是教人聽了去，有妳的好果子吃！」

丫鬟、婆子們全都圍在一旁看好戲，根本沒人用心做事。只有那從小將司徒青帶大的鄧氏一個人在那兒呼天搶地，想要將他喚醒。

司徒青哭了好一會兒，這才說道：「她……我娘是怎麼死的？」

鄧氏見他有了反應，這才稍微鬆了鬆心。「少爺啊，您嚇死嬤嬤我了！」

「我問，娘親是怎麼死的！」司徒青重複問道。

鄧氏猶豫了一會兒，這才吞吞吐吐說道：「順天府那邊結案了，說是賊人見財起意，才錯手打死了姨娘。」

「什麼強盜？我呸！他們與我娘無冤無仇，為何專挑她一個婦人下手？想必是某些人給官府那裡使了銀子，讓他們隨便捏個藉口吧？」這會兒司徒青倒是清明的。

鄧氏嘴皮子動了動，也不知道該說些什麼。

她自然不相信這個理由，吳姨娘可不是一般的無知婦孺。既然是盜賊，拿了銀錢就沒事了，何必要背上一條人命呢？看來，這裡面有很大的蹊蹺。

「別以為我不知道是誰做的好事！她自己生不出兒子，就將我娘害死，再將我硬奪過來。殺母之仇不共戴天，看我不去將她碎屍萬段！」司徒青鐵青著臉，惡狠狠地說道。

鄧氏還是第一次見到他這副模樣，頓時嚇得後退了幾步。「少爺，您想做什麼？您千萬別做傻事啊！」

司徒青沒有回答，只是默默地撇過頭去，來個相應不理。

這時候，周氏帶著丫鬟、婆子，端了上好的補品進了司徒青的院子。既然已經認了這個兒子，就算是表面工夫，周氏也是得做做樣子。

如今司徒長風整日都難得踏進她的門檻，她可不能自暴自棄，得表現得大方得體，重新得到老爺的寵愛不可。

「參見夫人！」聚集在門口的僕婦一看到周氏，立刻散開來，規矩地行禮。

「都圍在這裡幹什麼，沒事做嗎？看妳們一個個都不老實，若是再偷懶耍滑，看我不將妳們發賣出去！」許嬤嬤一直以半個主子自居，對這些下人自然不會有好臉色。

司徒青一聽是周氏過來了，臉色更加難看。

「青兒，身子可有好些？還疼嗎？」周氏淡淡瞥了那些個僕婦一眼，並沒有多作停留，而是逕自走到司徒青的身邊坐下，噓寒問暖。

司徒青看著她那做作的樣子就想吐。他將身子往床榻裡面挪了挪，然後譏諷地說道：「何必這樣假惺惺，看著就噁心！」

周氏臉上的笑容一窒，再也笑不出來。

她好心扮演母親的角色，而這個不知天高地厚的庶子，居然敢給她臉色看，真是個可惡的東西！

「少爺，夫人也是一番好意，您就……」鄧氏見周氏黑了臉，便想著替他說句話，以免周氏待會兒追究少爺的責任。

許嬤嬤見這個下人敢當著自己主子的面出聲，便狠狠地給了她一個巴掌。「好妳個以下犯上的奴才！夫人都還沒有發話，妳是個什麼東西，居然擅作主張替主子回話！」

鄧氏被打，很是不服。

這許嬤嬤不過是夫人的陪嫁，說起來也是個奴才，她憑什麼打她？

「嬤嬤莫不是將自己當成主子了？既然夫人沒有發話，那妳這般掌摑於我，豈不也是以下犯上了？」

許嬤嬤還是第一次被這麼直接地責問，心裡那個氣呀。「好個伶牙俐齒的賤婦，居然敢頂嘴？」

說著，她就又要上前去掌嘴。

司徒青對周氏的出現本來就有氣了，如今這個狗仗人勢的老嬤嬤，居然動起手來，打了他的人，他哪裡還沈得住氣！

忍痛從床榻上爬起來，司徒青狠狠地給了許嬤嬤一個巴掌，將她推倒在地。「好妳個仗勢欺人的狗奴才！竟然敢在本少爺的面前動手，活得不耐煩了！」

周氏見許嬤嬤被打，眼中閃過一絲狠戾。

她本想做做樣子就算了，沒想到這個不成器的居然動手打了她的人，讓她連戲都演不下去了。

「你做什麼？憑什麼打我的人？」

面對周氏的質問，司徒青絲毫不見慌張。「我就是打她怎麼了？難道就許州官放火，不准百姓點燈？這婆子不分青紅皂白就打了我的奶娘，母親難道瞎了不成？竟然只護著自己的奴才，反而怪起兒子來了！」

周氏沒想到這個蠢貨，竟然能說出這樣一番話來，心裡大為震驚。

在眾人眼裡，這司徒青可是個紈袴子弟，不學無術遊手好閒，沒一點兒本事。但是這會兒為了一個下人，居然變得聰明起來，說話也凌厲了不少。

「青兒，就算是打狗也要看主人。你打了許嬤嬤，就是讓母親我沒臉。你這樣做，就沒想過後果嗎？」周氏冷靜地說道。

司徒青輕蔑地一哼，根本沒把她的威脅聽進耳朵裡。「後果？大不了就收回我嫡子的身分。反正妳根本沒把我當成真正的嫡子來看，我又何必為了這個虛名，去討好一個心狠手辣的嫡母？」

「心狠手辣」四個字，刺激到了周氏。

她的眼睛微微眯了起來，嗓音也變得尖銳。「你這是什麼意思？什麼心狠手辣？」

「難道不是嗎？昨日妳都能當著那麼多人的面，加重了我的責罰，還有什麼幹不出來的？別以為騙得了別人，我可是清楚得很。」司徒青冷哼一聲，又上前去踢了許嬤嬤好幾腳，方才解恨。

許嬤嬤也是上了年紀的人，哪裡禁得起這般對待，不斷地哀嚎著。「我這是造了什麼孽啊，活了這麼大一把年紀，居然被一個毛頭小子給打了！」

周氏瞥了許嬤嬤一眼，並未上前去安撫。

司徒青聽那婆子沒將自己這個主子放在眼裡，還罵他是毛頭小子，就又拖著帶傷的身軀撲了上去，揪起許嬤嬤的頭髮就一陣猛捶。「好妳個囂張的老貨！居然敢罵本少爺是毛頭小子，看我不打死妳！」

許嬤嬤尖叫著，左右躲閃，但還是狠狠地挨了幾下。

周氏見事態越發嚴重，便對自己的心腹丫鬟吩咐道：「還不上去將少爺給請回榻上！都眼瞎了嗎？」

丫鬟們立刻上前，企圖將司徒青給拉開。

豈料司徒青雖然負傷在身，但力氣卻比女子要大上許多，前去勸架的丫鬟還沒有碰到司徒青，便被他一把給推開，摔得半天動彈不得。

「夫人，奴婢沒用，四少爺他……」

周氏看著那些無用的人，冷喝道：「一個個都沒用，到了關鍵時刻就掉鏈子，還不去找幾個粗使婆子過來！」

被周氏這麼一吼，那些丫鬟便不再吭聲，急匆匆地出去找人手了。

不一會兒，幾個五大三粗的婆子進門來，看到那纏打在一起的四少爺和許嬤嬤，便衝上前去阻止。

「都給我滾開，否則我連妳們一塊兒打！」司徒青反正也是不敬嫡母了，也不怕再多一個罪名，抓起許嬤嬤的頭髮，硬是不肯放手。

許嬤嬤疼得死去活來，不斷地向周氏求救。「夫人，救我啊……少爺這是瘋了呀，他要殺了老奴啊！唉唷……」

周氏眉頭微蹙，對司徒青的作為很是不滿。於是命令那些粗使婆子，不必手下留情，儘管上前去救人。

司徒青本就渾身是傷，被那些做慣了粗活的婆子一推一拉，就敗下陣來。但他哪裡肯就這麼服輸，見著周氏在一旁看好戲，心裡的怨恨突然爆發出來，便朝著周氏撲了上去。「周氏賤人，還我娘親命來！」

周氏沒料到他會突然改變策略，撲向自己，就是想要逃也來不及了。

她本是大家閨秀，平時大門不出二門不邁，也沒幾多力氣。所以司徒青撲上來的時候，她就站不穩腳，狠狠地朝地上摔去。

「夫人！」

一眾僕婦見到主母摔倒了，一個個嚇得渾身顫抖，趕緊上去扶。

司徒青哪裡肯就此甘休，於是乘機追上去，將周氏踩在腳下，狠狠地踢了幾腳。「我教妳害死我的娘親，教妳仗勢欺人……」

「少爺！」鄧氏也是一驚，趕緊上前去死死地抱著他的腰身，免得他繼續犯錯。

若是周氏有個什麼好歹，恐怕少爺再沒有活路。想到那可怕的後果，鄧氏忍不住打了冷顫，死命將司徒青給拽離周氏身邊。

如今，少爺沒有老爺的寵愛，又失去了娘親，是個無依無靠的孩子。而周氏乃大家族出身，後臺硬得很，與她作對，無疑是以卵擊石。她只期盼著周氏沒什麼事，否則少爺這輩子估計都沒辦法翻身了。

倒在地上的周氏只覺得渾身痠痛，尤其是腹部疼痛難忍。

「嬤嬤……我肚子好痛……」

許嬤嬤雖然也渾身是傷，但是看到周氏那般痛苦的樣子，便忍著痛爬到周氏身邊，著急地問道：「夫人，您哪裡不舒服？」

「肚子……好痛……」

許嬤嬤一聽到「肚子」兩個字，只覺得後背一陣發涼。

沒多久，周氏在痛苦的呻吟中暈了過去。而一個眼尖的丫鬟見到她下身沾染了大片血水，忍不住尖叫起來。

許嬤嬤順著那丫鬟的視線望去，不由得一陣發暈。

夫人似乎……小產了！許嬤嬤追悔莫及，恨不得給自己幾巴掌。

這可是夫人的第一個孩子啊，若是能夠生下來，無論男女，將是多麼尊貴！

本來夫人想等到胎象穩定再跟老爺稟報的，可是這來之不易的孩子，居然就這麼掉了。

想到這裡，許嬤嬤便狠狠地瞪住那罪魁禍首。「都是你這個畜生，你居然對你的母親動手，還害得她……老天爺，祢開開眼啊！」

她的主子，好不容易盼來一個孩子，可惜就這麼沒有了！

周氏醒來之後，若是問起這個孩子，那可如何是好？

自家夫人一直以來都是老爺的驕傲，是老太君的寶貝，哪裡受過一點苦？如今嫁到這太師府來，不但有那麼多小妾給她氣受，幾個子女也盡給她添麻煩。夫人心裡苦，她是知道的，所以當夫人知道自己懷了身子之後，她一直暗暗替她高興。但是沒想到這個不成器的少爺，竟然敢對夫人動手！

許嬤嬤呼天搶地地哭著，而周氏身邊一個得力的丫鬟不得已勸道：「嬤嬤，此時不是傷心的時候，還是儘快找個大夫救治夫人才是。」

如果失血過多，恐怕會有性命之憂！

許嬤嬤聽了丫鬟的建議，頓時清醒過來。「快，去將京城最好的大夫找來為夫人診治。」

「是。」一個丫頭立刻提起裙襬，往府外跑去。

司徒錦聽聞周氏被打的消息時，正在江氏房裡陪著一起用膳。

江氏倒是顯得很平靜，似乎對這樣的事情一點兒都不感到意外。還一直讓司徒錦多吃一些，覺得她太瘦了。「錦兒，再過幾個月妳就及笄了，怎麼都沒有一點兒長好的跡象呢？」

「娘親，女兒這體質，不太容易胖的……」司徒錦只好如此安慰她。

江氏輕撫著女兒的墨髮，輕輕地嘆道：「這些年，錦兒跟著母親受苦了。往後，娘親絕對不會再心慈手軟。」

司徒錦心裡早就在猜測吳氏的死是否與母親有關，如今她這麼一說，她就更加確定了。

她吩咐朱雀的，只是讓她以夫人的名義去騷擾吳氏，好讓周氏與司徒青之間生出嫌隙來。但沒有想到，那吳氏卻是被人給打死了，這可不在她意料之中。

可是即使心裡懷疑，司徒錦也不會當著江氏的面問出來。

見女兒心事重重的模樣，江氏有些猶豫該不該將自己的計劃告訴她。一來，她是怕女兒覺得她太過殘忍。畢竟與那吳氏姊妹一場，就那樣害死了她，她心中還是有些愧疚；二來，有些事情她一個人知道就好，免得將來事發被查出來，害得女兒也受到牽連。

正猶豫著呢，丫鬟便進來稟報，說周氏小產了。

司徒錦和江氏對望了一眼，覺得這事太突然了。

江氏眼中閃過一絲陰狠，道：「沒想到，她竟然也懷上了……」

「那四弟也真是的，居然鬧出這麼大的事情來。想必這一次，爹爹不會再姑息他了吧？」司徒錦倒不擔心周氏，反正那孩子已經沒有了，也威脅不到娘親的地位了。

「咱們也去夫人那裡看看吧？」江氏起身對司徒錦說道。

司徒錦點了點頭，跟了上去。「娘親，如今母親小產，恐怕要休養好一段日子了。這府裡不可一日無主，不如……」

「這是自然。相信妳爹爹也不會看著不管的，娘親一定會努力爭取。」江氏給了她一抹安心的笑容，便挽著她的手走了出去。

司徒長風知道周氏小產，臉色都發黑了。

若是知道她有了身子，那他無論如何也不會讓那個渾小子過繼到她名下的。如今那混帳不但動手打了嫡母，還害得他失去了一次做父親的機會，想著他就恨！

「老爺，大夫來了。」

就在司徒長風悲憤交加的時候，一個頭髮花白的老大夫提著藥箱子走了進來。「小人見過太師大人。」

司徒長風眉頭一皺，對那丫鬟吼道：「為何不是花郡王？難道妳們不知道花郡王的醫術才是最好的嗎？」

那丫鬟卑微地垂著頭，不敢抬起。「回老爺的話，奴婢有去花郡王府上。只是……聽那裡的下人說，郡王不在府裡，所以……」

「哼，這樣的推諉之詞，難道妳聽不出來？妳就沒報出太師府的名號？」司徒長風知道花郡王不會輕易給人看病。

不過上次他肯來府上給錦兒瞧病，說明他還有幾分面子。殊不知他想得太過天真，真的把自己當回事了。

那丫鬟低垂著頭，不敢吭聲。

她哪裡沒有提起老爺的名號？只是那看門的聽到老爺的名字，便冷哼一聲，直接將門給掩上了，顯然不給面子。可是這樣的話，她無論如何都開不了口。

「再去跑一趟！」司徒長風不耐煩地看著這個蠢笨的丫鬟，大聲喝道。

那丫鬟沒辦法，只好再去跑一趟。

那個白鬍子老頭見自己完全被忽視了，心理很是不平衡。他的名字雖然不如花郡王那麼有名，但好歹也是醫藥世家出身，在京城也是數一數二的大夫。而這太師大人居然連正眼都不瞧他一下，他便氣沖沖地甩袖離去。

許嬤嬤看著那大夫來了又走，心裡急得不得了。

老爺這是怎麼了？夫人都已經這樣了，他居然還挑三揀四，萬一夫人因為救治不及時，將來再也懷不上孩子，以後可怎麼辦？

「老爺，花郡王不一定在府裡，您就行行好，讓剛才那位大夫給夫人診治吧。奴婢怕是拖久了，夫人就……」許嬤嬤聲淚俱下地懇求，讓司徒長風清醒了一些。

「來人，去將人給我追回來！」

丫鬟們接到命令，便匆匆下去了。

結果一炷香的時辰過去了，也不見那老頭回來。就在司徒長風急得快要跳腳的時候，江氏帶著司徒錦進來了。

「女兒給爹爹請安。」

「妾身見過老爺。」

這母女倆一出現，許嬤嬤眼中頓時生出幾分厭惡來。平日裡也不見這對母女倆給夫人請安。如今夫人一出事，她們倒是來得挺快。要說這裡面沒什麼陰謀，她可是不信。

「見過二夫人、二小姐！」周氏屋子裡的丫鬟見到進來之人，不得已屈身問安。

江氏倒是表現得很大度，沒將她們眼中的不屑放在心上，只將注意力放在老爺和周氏身上。

「不是去請大夫了嗎，怎麼還沒有來？」

周圍鴉雀無聲，誰都不敢說話。

司徒長風見她如此懂事，心裡總算是有了幾分安慰。「妳有心了，我已經派人去郡王府請了。」

司徒錦聽到「郡王府」這三個字，便知道他心裡打的什麼主意了。

那花郡王可不是個普通的大夫，先不說他尊貴的身分擺在那裡。他也是個很有個性的人，他不喜歡的人恐怕也不肯救吧？

正在思考著如何幫娘親一把時，剛才跑出去的丫鬟又氣喘吁吁地跑了進來。「老爺……花郡王來了！」

司徒長風一聽到「花郡王」這稱謂，整個人便有了精神。「還不快請！」

花弄影依舊風流瀟灑，一身黑白條紋的花稍裝扮。看到司徒長風竟是不理不睬，而是朝著司徒錦走去。「司徒小姐，別來無恙啊？」

司徒長風見這花郡王沒有將自己放在眼裡，反倒是與自家女兒打得火熱，臉色有些難看。「花郡王，在下請您過來，可是為了給內人治病。郡王也有頭有臉，該注意一下男女之防吧？」

花弄影不屑地瞥了司徒長風一眼，道：「本郡王可是看在我未來的嫂夫人面上，才答應過來診治的。若是司徒大人不屑小人的醫術，那本郡王只好走了。」

說完，他作勢就要轉身離去。

司徒長風想著床榻上昏迷不醒的周氏，只得放下架子，好言挽留。「郡王請留步，剛才是下官魯莽了，還請郡王莫要放在心上。」

花弄影聽了這話，臉色依舊很沈，但卻收住了步子。

「既然花郡王來了，就先請為母親診治吧？」司徒錦雖然好奇他的突然出現，但還是以周氏為重，將他迎進周氏的屋子。

這時候，司徒芸姊妹以及王氏、李氏也帶著人趕了過來。

當司徒雨看到花郡王的身影時，便又好了傷疤忘了疼，一個勁兒拿眼睛往他身上瞄，一會兒面紅心跳，一會兒又患得患失，臉色看起來很是淒美。司徒芸有些受不了自家妹子的花癡，便往旁邊靠了靠，與她拉開了一段距離。

因為是主母的院子，王氏和李氏作為妾室，都站在門外，沒敢直接闖進去。那王氏也沈寂了好一段日子，如今看起來清瘦了不少，往日刻薄的嘴臉也收斂了一些；至於那一直沒怎麼在人前出現的李氏，依舊一副小媳婦模樣，低垂著頭，不敢踰矩。

司徒嬌看到花弄影的時候，也是驚豔不已。

自從她被楚家的那個紈袴子弟毀了名聲，又被對方仗著權勢賴著不娶之後，便徹底失去了司徒長風的疼愛，整日裡在自個兒院子裡，大門不出二門不邁，倒也安分。

至於最小的司徒巧，倒像是長大了。

正在發育的身子，看起來拉高了不少，臉也長開了，儼然一個清秀佳人。只不過，她的個性依舊膽小如鼠，見了司徒芸姊妹倆，更是害怕地躲到李氏身後，不敢露出頭來，生怕又被欺負了去。

司徒錦一邊耐心地等候花弄影診斷，一邊默默地觀察著院子裡的動靜。這後院從來就沒有清靜過，如今吳氏死了，主母又小產，那些個女人恐怕又要開始爭寵了吧？

過了大概一盞茶的工夫，花弄影從房裡出來了。

「郡王，內人可要緊？那胎兒……」司徒長風本就心急如焚，如今看到花郡王一臉凝重地出來，心都提到嗓子眼兒了。

花弄影淨了淨手，這才坐下來回話。「司徒大人也不必太過擔心，性命算是保住了。只不過……」

他故意拖著不說，司徒長風便覺得有些不妙。

「那胎兒是不是……」

「胎兒自然是……沒保住。」花弄影喝了口茶，這才慢悠悠地開口。

司徒長風似乎是受不了這個打擊，狠狠地往椅子裡一靠，滿臉哀戚。「都是那逆子！若不是他目無尊長以下犯上，我司徒府又會多一個子嗣！」

司徒芸挑準了時機，走上前來勸慰道：「爹爹，您可要保重身子。如今母親已經這樣了，女兒不想您也跟著倒下。」

「是啊，爹爹，您要是倒下了，這府裡的人要怎麼辦啊！」司徒雨見到那俊美如仙的男子就在自己眼前，也迫不及待地上前去表現了一番。

花弄影對這司徒芸姊妹倆並沒有什麼好感，於是將沒有說完的話道了出來。「胎兒沒了還不是最嚴重的。尊夫人身子本就嬌弱，如今被人踢中了腹部，傷及身子，以後要想再懷上孩子，恐怕難如登天了。」

此言一出，剛剛清醒過來的周氏雙眼一翻，又暈了過去。

第五十一章　丞相府來人

整整兩日，周氏躺在床榻上不吃不喝，也沒有掉一滴眼淚。

花郡王的那番診斷，無疑是一道晴天霹靂，在整個太師府引起了不小的震動。一個女人，若是不能生育，整個人生就不完整，而且沒有子嗣傍身，即使是當家主母，那晚年的淒慘孤寂可想而知。

許嬤嬤端著藥進來，看到周氏那一臉絕望，心裡就無比悔痛。如果當日她攔著點兒，不惹那個小霸王，夫人肚子裡的孩子也不會……

「夫人，奴婢求求您，把藥喝了吧，花郡王也說了，不是完全不能懷上的，您還年輕，以後有得是機會啊，夫人，夫人……」

許嬤嬤一邊勸著，一邊黯然神傷。

周氏依舊一動不動地半躺在床上，彷彿沒有聽見許嬤嬤說的話，眼睛盯著前方，木然地望著某一處。

「夫人啊，您這樣下去，那些下賤胚子可都要爬到您的頭上來了！夫人……您振作一點，千萬別想不開啊！」許嬤嬤愈是見她這樣，心裡就愈難受。

夫人最近大門不出，定然不知道府裡發生了什麼。

老爺似乎對夫人很是失望，雖然也痛恨那不成器的兒子，但也沒有將他怎麼樣，只是做做樣子送到家廟去關著了。畢竟那是太師府唯一的男丁，老爺就算再生氣，也不會將這個根給斷了的。

另外，那一直怯懦怕事的二夫人，竟然主動提出要幫夫人管家。老爺也不知怎麼著，居然同意了！這下子，夫人不僅傷了身子傷了神，還丟了管家的權力。雖說二夫人是暫時代管，但這明顯的意圖，任誰都看得出來。

哼，不就是仗著懷著身子，女兒又攀上了高枝兒嘛！江氏那個賤婦，居然趁著夫人養身子的時候奪了這管家大權，實在是可惡得緊！

周氏臉色蒼白，神色依舊呆滯。

她維持這樣的狀態，已經兩日了。許嬤嬤看著她一蹶不振的樣子，心急如焚。「夫人……夫人，您好歹說句話啊！」

「您好歹也是丞相大人心尖上的人，心裡有苦，也算有個依靠。夫人，您可要醒一醒啊……」

許嬤嬤勸說了許久，原本一動也不動的周氏在聽到「丞相」二字的時候，總算是有了些許反應。

她輕輕地撇過頭，看著老淚縱橫的許嬤嬤，淡淡問道：「丞相……」

許嬤嬤聽到周氏那沙啞的嗓音，立馬止住了淚水，欣喜若狂。「夫人，您總算是聽進去了。您別灰心，不管怎麼樣，您始終是老太君最疼愛的九姑娘，是丞相府嫡出的小姐。老爺不心疼您，還有老太君啊……」

許嬤嬤這一番話的意圖，就是在提醒周氏，就算沒有子嗣，她仍舊是這個府裡的女主人，是丞相府的女兒，老爺就算再寵愛其他人，她也是府裡的當家主母！如今她在府裡受盡了欺凌，就該讓丞相府出面，狠狠地教訓教訓那些狼心狗肺的，這其中也包括司徒長風這個丞相府女婿。

周氏聽後，眼睛總算是亮了起來。

「嬤嬤，我……餓了……」

許嬤嬤聽了這話，眼淚又忍不住滑落。

將手裡的藥遞到周氏面前，許嬤嬤好心勸道：「夫人先喝了藥吧，老奴馬上叫人把膳食端上來。」

周氏這會兒倒是像個聽話的孩子一樣，乖乖將藥喝光，甚至連眉頭都沒有皺一下。「我要吃冬筍燜鴨。」

「好好好，我這就叫人做去。」許嬤嬤見主子肯吃飯了，心裡自然高興。

等到許嬤嬤離開了內室，周氏臉上頓時浮現出悲痛欲絕的神情。伸手摸到那乾癟的肚子，周氏的眼淚便撲簌簌地掉個不停。

她好不容易盼來了一個孩子，本想著等到月分大胎穩了再公諸於眾。可是沒想到司徒青要起渾來，竟然連她也敢打。當他一腳狠狠踢上她肚子的時候，那鑽心的痛讓她心神俱碎。

那孩子，就那樣活生生被弄死了！

死死地拽著手裡的雲錦床單，周氏那尖利的指甲深深陷入其中。她好恨好恨，恨命運的不公！

她這般聰穎美貌、才華過人，本該是王侯將相爭相迎娶奉迎的對象，奈何天意弄人，卻偏偏嫁了一個自私自利、三心二意的男人。她到底哪裡做錯了，老天爺要這樣折磨她！

周氏愈想愈不甘心。

憑什麼司徒長風那行將就木的半老頭子可以擁有她年輕溫軟的身子？憑什麼知道她很難再有孩子之後便棄她如敝屣？憑什麼那個身分低賤的女人，可以跟她平起平坐？憑什麼那些賤女人生出來的子女，要她大方地接受？

外屋伺候的丫鬟，聽到裡間傳出來的痛哭聲，一個個都嚇得噤若寒蟬。

主子是個看似柔弱卻內心堅強的女人，極少會展現出如此脆弱的一面。如今這麼放肆地在屋子裡大哭，想必接下來會有一番驚天動地的大事要發生了。

果然，周氏在哭完之後，便吩咐丫鬟端上膳食，開始進補。

往後幾日，周氏積極配合許嬤嬤，該吃的藥，該進補的，她都沒有拒絕，乖巧得像個小媳婦兒。

就這樣過了幾日，周氏勉強能夠起身下床了。

「夫人，雖說春天了，但院子裡風大，還是進屋躺著吧？」許嬤嬤緊緊地跟在周氏身後，幾乎寸步不離。

周氏的性子比之以前有了不少改變，似乎更加深沈了。「嬤嬤，明兒個嫂嫂要過來一趟，妳去準備準備。」

許嬤嬤先是愣了一下，一時沒反應過來。但回過神後，臉上便露出久違的笑容來。「老身知道，老身這就去準備大少奶奶喜歡喝的雪山雲霧。」

周氏點了點頭，臉上並沒有多餘的表情。

自從她嫁到太師府之後，丞相府並未前來探視過，彷彿忘記了她這個女兒一般。以前她沒有多想，只道是他們太忙，沒空過府來坐坐。可如今她算是想通了，這嫁出去的女兒就像潑出去的水一樣，利用的價值兌現了之後，便一無是處。

如今她小產的消息傳到那邊，想必有些人高興得很。

也是，那些和睦的表象，怎麼可能真實存在？以前，她是府裡最受寵的九姑娘，人人都要巴結她，以便在老太君那裡留個好印象，為自己多爭取一些好處。就連那一直對她讚不絕口的大嫂，也是為了討老太君歡心，才對自己那般殷勤吧？不然，在發生了這麼大的事情之後，她為何沒有馬上過府來看望，而是等到她病癒之後？

的確，小產這種不吉利的事情，很多人都很忌諱。她那個精明能幹的嫂嫂，想必也是不想觸了霉頭吧？

周氏兀自笑得陰冷。

梅園

「花郡王的診斷應該沒錯吧？夫人真的不能生了？」

「那以後二夫人豈不是要壓過了大夫人去？」

「看來，咱們小姐是有福的……」

司徒錦一大早起來，便聽見丫頭們在院子裡議論紛紛。

「都聚在一起做什麼，想要偷懶嗎？」緞兒端了洗臉水過來，見到她們懶散的樣子，有些不快地訓斥道。

那幾個丫頭見是緞兒，便沒敢頂嘴。

在這些下人的眼中，緞兒就是二小姐的心腹，是一等大丫頭，是在主子面前說得上話的人，不能輕易得罪。

「緞兒姊姊，如今二夫人掌家，小姐的地位必然水漲船高。咱們院子裡的人，也跟著揚眉吐氣呢！」一個身穿綠色衣裳的小丫頭，天真地說道。

緞兒心裡也很是得意，但是這樣明目張膽的話，她還是覺得有些不妥，於是訓誡道：

「不知道禍從口出嗎？再這般信口亂說，信不信我讓小姐責罰妳？」

那丫頭一聽說要責罰，整張臉就垮了下來。「緞兒姊姊何必如此生氣，難道我有說錯什麼嗎？」

「主子的事情，豈是咱們做奴婢的可以議論的？再不收斂一些，闖下禍來，到時候別怪我沒提醒妳。」緞兒狠狠地說教了幾句，這才踏進司徒錦的房裡。

司徒錦早已穿戴整齊，並開始自己梳理頭髮。見到緞兒臉色有些不快，便詢問道：「又是誰給妳氣受了？」

「還不是院子裡的那些丫頭，真真是無法無天了，主子們的事情，她們也敢隨意議論，要是傳到那邊去，還不給主子安一個治下不嚴的罪名?!」

司徒錦知道緞兒是在幫著她維護名聲，心裡自然高興。緞兒總算是有些長進了，知道哪些話該說，哪些話不該說。

「嗯，這院子裡的人，也該清理清理了。」

她即將及笄，又臨近婚期，到時候她肯定是要帶一批人去王府的。若是想要安身立命，就要有幾個對她忠心不貳的丫鬟和婆子。這院子裡的人，大都是周氏當初幫著選的，難免有些渣子在裡面，若不及時除去，留著也是個禍害。

「這院子裡，可有老實的？」

緞兒見主子問起，仔細回想了一番，才答道：「倒是有幾個。負責灑掃的春容和杏兒，還有打雜的李嬤嬤，都是實誠的。至於其他人，奴婢看她們要麼懶散，要麼做事心不在焉，心裡就煩！」

梳洗完畢，司徒錦便吩咐緞兒將她剛才提到的那幾個人給叫了進來。

那三個人平時都在院子裡做事，根本沒有資格進入小姐的屋子，這會兒突然被召見，全都有些惶恐不安。

司徒錦看著跪在地上的三人一眼，發話了。「都起來吧。」

「多謝二小姐！」那三人同時磕了頭，然後起身站在一旁，連頭都不敢抬一下。

司徒錦見她們規規矩矩的，心裡也甚為滿意。「妳們也侍候我有一段日子了，從平時的表現可以看出，都是老實本分的。可都是家生子？」

那三人互相望了望，異口同聲地回答：「是。」

是家生子那就好辦了，有了她們的賣身契在手上，也不怕她們翻出什麼浪來。司徒錦思慮周全之後，這才說道：「嗯……春容和杏兒一看就是勤快的，以後就負責我屋子裡的灑掃和膳食，領二等丫鬟的月銀。至於李嬤嬤，升為管事嬤嬤，院子裡的丫頭，就交給妳管。」

三人聽完這話，眼睛裡都露出不可置信的光芒和難以言喻的歡喜。

她們本就是實誠人，只知道做好自己的本分，沒想到她們這般默默做事，竟然會得到二小姐的賞識，獲得升遷。

三人趕緊上前磕頭謝恩，臉上都是抑制不住的興奮。

司徒錦揮了揮手，讓她們出去了，只留下緞兒一個人伺候。「我讓春容和杏兒分擔了妳一部分的差事，妳可有意見？」

緞兒被問話，這才回過神來。「小姐看得起她們，那是她們的榮幸，緞兒絕無怨言。小姐馬上就是世子妃了，屋子裡只有一個人伺候著，也不太像話。多兩個幫手，也是好的。」

見她沒有怨言，司徒錦便放下心來。

可見這緞兒不喜歡拈酸吃醋，心胸還挺寬廣的呢！若是日後她年歲大了，她一定會為這個丫頭尋一個良人，讓她風風光光出嫁。

「小姐，聽說明兒個丞相府的大夫人要過來呢。」緞兒無意中聽到這個消息，自然想要主子有所防範。

那丞相府，正是夫人的娘家，丞相府的大夫人，就是夫人的嫂嫂。據說這位丞相夫人也是個厲害的主兒，將丞相府打理得井井有條，府裡的人無一不佩服她的精幹。

夫人嫁過來這麼久，還是第一次有娘家人過府來呢。

「周氏也有向娘家求助的時候？這倒是稀奇了。」以她對周氏的了解，那個倔強好勝的夫人，才不屑向別人低頭呢！

「這可是千真萬確的，小姐您可得當心了。說不定那丞相夫人過來，又要鬧出什麼事呢！三小姐不是也要嫁了嗎？想必丞相府不會放任她不管的。」緞兒說得很含蓄，但話裡的意思，是在提醒自家主子要提防對方。

儘管司徒長風查出周氏的確給司徒雨指了門不匹配的親事，然而眼下周氏剛小產，他也不好苛責，只能默認了。男方的采禮也已送來，然而最近太師府正值多事之秋，所以婚期一再拖延。男方雖然惱怒，但畢竟是高攀太師府，他們也只能癡癡地等消息，不敢貿然上門，司徒雨也就樂得繼續當她的三小姐，不把那婚事當真。司徒錦點了點頭，道：「怕是覺得我娘親奪了掌家之權，會對丞相府不利，所以趁這個機會過來施壓。」

「可不是嗎？如今老爺的態度可是很明顯偏向二夫人了，夫人那邊失了勢，便是將丞相府的面子也駁了呢。」緞兒分析著。

果然是面子大如天！

以前也沒見她們這麼關心周氏，如今看到太師府的女主人要換了，她們就想起這個姑奶奶來了。哼，果真是齷齪得很。想來周氏心裡也清楚吧？不過，為了她自己在府裡的地位，想必也會藉丞相夫人奪回管家之權。

看來，她得去娘親那邊一趟了。

這樣想著，司徒錦便有些坐不住了，連早膳都沒有用，就去了江氏的院子。

「錦兒過來了？可有用膳？」江氏雖說懷著身子，但因為代為管理府裡大大小小的事務，所以很早就起來了。

司徒錦有些擔心她的身子，問道：「娘親這肚子越發鼓起來了，如今還要操勞府裡的事務，可吃得消？」

江氏淡淡笑著，眼中滿是幸福的笑意。「讓錦兒擔心了。妳放心，妳弟弟很乖，好好地待在娘親的肚子裡呢！」

「真的嗎？」司徒錦嘴裡雖然這麼說，但神色緩和了不少。她伸出手去，輕輕地撫摸了一下江氏的肚子，發現那微微的動靜，不禁又驚又喜。「娘親，這是……弟弟在動嗎？」

前一世，她是沒有這個弟弟的。

重活一世，從頭來過一遍，沒想到多了這麼一個意外的小生命，真是驚喜！

「嗯，浩兒很乖，沒太折騰我這個娘親。」江氏笑得一臉幸福。

「浩兒？是爹爹取的名字嗎？」司徒錦不禁睜大了眼睛。

江氏笑著點了點頭，道：「不錯，正是妳爹爹想的小名呢！」

「看來，爹爹對弟弟的期望很高。」司徒錦的心也跟著雀躍起來。如此一來，江氏在府裡的地位更加穩固了。

江氏眉眼處是無盡的笑意，可見近日來她的心情多麼舒暢。

從一個小小的妾室，到掌握眾人生計的側夫人，江氏的地位可謂一步登天。以前，她由一個養尊處優的官家小姐，淪落為任人欺凌的小妾，那種改變讓她吃足了苦頭。

如今的她，又振作了起來。由妾室一步步走到平妻，並將周氏的管家之權奪了過來，總算找回原先那個自信的江雲煙。

看著她的改變，司徒錦打心底高興。

只要娘親不再懦弱，那麼今後的日子，想必會愈來愈好。

「對了，妳今兒個怎麼過來了？」江氏洗漱完畢，見到司徒錦沈默的樣子，隨口問了一句。

司徒錦被這麼一問，這才想起正事來。

「娘親，聽說明日丞相府要派人過來呢！女兒過來，就是想提醒您一聲，也好讓您有個準備。」

提到這丞相府，江氏那秀眉忍不住蹙了起來。

周氏本來就是正室，已經壓過她一頭去了，如今再來一個丞相府，恐怕這掌家大權要被周氏給奪回去了吧？

看著江氏臉上隱約透出憂慮，司徒錦便上前去接過她手裡的梳子，替她盤起頭髮來。

「娘親，您別太擔心，您還有爹爹呢。」

一句話，讓江氏徹底安了心。

她也是官家出身，哪裡不知道這其中的利害關係。雖說太師府與丞相府是姻親，站在同一線上，但是朝廷之中瞬息萬變，沒有永恆的朋友，只有眼前的利益。如今的丞相府雖然還是很受皇上重視，但說不定哪天得罪了權貴，就被剷除了。

司徒長風是個知道利害的人，心機也不一般。

如今皇上雖然立了太子，但誰說得準將來的皇位會傳給誰？皇子奪嫡，每一代都異常激烈。這些朝臣們，目前都處於觀望狀態，不敢亂站隊，生怕一個選錯邊，最後落得滿門抄斬的下場。

丞相府最近跟太子走得很近，而司徒長風卻不太看好太子，反而覺得五皇子有可能繼承皇位。

如今兩府已然有不同的立場，這丞相府若是太過強勢，想要過問太師府的事情，想必也不是那麼容易。

畢竟以司徒長風的脾性，定然不會屈服於丞相。所以就算是丞相夫人來了又如何？這府裡，還是司徒長風說了算的。

想明白了這一點，江氏更加篤定了。

她在府裡待了這麼些年，對司徒長風很了解。像他這樣的大男人，豈會受人威脅？再說了，那丞相府想要插手太師府的家事，也實在是管得太寬了。

「錦兒放心，娘親知道怎麼做。」

有了江氏這句話，司徒錦便放心了。

母女倆又說了會兒話，司徒錦便起身告辭。

剛回到梅園，便見緞兒一臉焦急地朝她奔了過來。

「何事如此驚慌？」司徒錦攔下她，仔細問道。

緞兒見到司徒錦，總算安心了不少。「小姐，大小姐過來了，正在屋裡坐著用茶呢。」

司徒錦挑了挑眉，對司徒芸的突然造訪感到很意外。她們本就是水火不相容的兩個人，如今司徒芸肯屈身到她的院子裡來，肯定又想給她下套了。

心裡雖然不喜司徒芸到來，但司徒錦還是不得不去見上她一面。

「二妹妹可回來了？這大清早的，去哪兒了？」司徒芸見司徒錦進屋來，態度倒是很溫和，還主動打起招呼。

司徒錦並未因她這幾句話改變態度，依舊不冷不熱地問道：「大姊姊不在屋子裡反省，到妹妹這兒來有何貴幹？」

司徒芸見司徒錦話裡帶刺，眼中閃過一絲戾氣，但很快又換上一臉笑容，說道：「妹妹這是不歡迎姊姊過來坐坐嘍？」

「大姊姊有什麼話就直說吧，這樣拐彎抹角，實在不像姊姊妳的作風。」司徒錦倒是很直接，點明了主題。

司徒芸咬了咬牙，最終還是妥協了。

「想必妹妹也知道，明日外祖家的大夫人要過來了吧？我那舅母可是個厲害角色，如今二娘掌管著府裡的大權，恐怕是頭一個要被尋麻煩的。妹妹不如去勸勸二娘，讓她將管家大權還給母親吧，這樣舅母過來，也就無話可說了。如若不然，依著舅母的性子，恐怕不會善罷甘休。姊姊我也是為了妹妹著想，萬一丞相府追究起來，就連爹爹也保不住二娘。這寵妾滅妻的罪名，可是很大的。」她先是好意提醒，接下來又威逼利誘，目的就是要讓江氏放棄管家大權。

她會這麼好心替她著想？真是笑話！

「讓大姊姊費心了！娘親也不過是代為執行管家大權，等到母親身子好了，爹爹自然會有打算。就算是丞相夫人親自過來，想必也是無權過問府裡的事情，大姊姊的用心怕是要白費了。」司徒錦臉上不見絲毫慌張，回起話來也是振振有詞。

司徒芸沒想到她居然如此不知好歹，臉上便有些掛不住了。「二妹妹還真是冥頑不靈，別以為妳是未來的世子妃，就可以這般目中無人。丞相府可不是一般的人家，那可是大龍的左膀右臂，就算是爹爹，也會給三分薄面。妳這般囂張，到時候得罪了丞相府的人，就不怕爹爹責怪嗎？」

「大姊姊真是會說笑，我何時囂張了？又怎麼得罪丞相府了？大姊姊可別忘了自己的姓氏。這裡是太師府，而不是妳的外祖丞相府。大姊姊該向著自己人才是，怎麼處處長他人志氣，滅自己威風呢？就算是皇上，也不會過問臣子的家事。丞相府再權貴，能大得過皇室嗎？姊姊也該好好地想想自己的立場吧？」

司徒芸一心想要嫁給太子，而丞相府又與太子走得很近，這些事情司徒錦都看在眼裡。聽了她的話，司徒芸的臉上盡是不甘。如今爹爹處處都向著司徒錦母女，根本已經忘記了自己這個女兒。如此下去，非但她的地位不保，心裡那個願望也不可能實現！

所以，她才存了心思，想要借助外祖家，攀上太子這根高枝兒。

「二妹妹可真是伶牙俐齒，以前怎麼不見妳如此能耐呢？也是，就要嫁入沐王府了，身分高貴了，自然不把規矩放在眼裡了。不管怎麼說，我好歹是妳的嫡長姊，妳這般對我說話，可知道錯？」

司徒錦瞥了她一眼，沒有將她的威脅放在眼裡。「大姊姊這話從何說起？咱們姊妹倆不過就事論事而已，怎麼又扯到規矩上去了？」

「哼，別以為妳強詞奪理就可以抹去對嫡姊不敬的罪名，我倒要去問問二娘，她是怎麼教導妹妹的！」說完，司徒芸就打算離去。

司徒錦見她要去找江氏的麻煩，心裡一點兒也不著急。

如今的江氏豈是原先那個任人拿捏的軟柿子？司徒芸這一去，不過是自取其辱。這可是自個兒的院子，哪裡有人自己送上門來找罵的?!就算是這院子裡有周氏的眼線，但她行事一向周全，早就將下人遠遠地打發了，根本沒有人聽到她們之間的談話。

司徒芸見她一派悠閒地喝著茶，並沒有站起身來追著自己求饒，心裡的怒火更旺。她提起裙襬，憤慨地就往外衝。

緞兒從外面進來，見到自家小姐完好無損地坐在椅子裡，頓時安心不少。「小姐，大小姐沒對您怎麼樣吧？」

「她能對我怎麼樣？不過是想讓我低頭求饒罷了，那也得有本事才行。」司徒錦不緊不慢地喝著茶，自在得很。

緞兒的心跳這才減緩下來，想起自家小姐還沒有用膳，於是吩咐李嬤嬤去廚房端小姐的早膳過來。

如今朱雀不在府裡，也不知道去了哪兒，無形之中緞兒的事情便多了起來。

李嬤嬤安排丫鬟去廚房端了膳食過來，又拿出銀針試探了一番，這才端進來給司徒錦食用。「小姐，這飯菜都是乾淨的，您放心吃吧。」

司徒錦讚許地點了點頭，覺得這婆子雖然老實，但也不笨。「做得好。緞兒，賞些碎銀子給嬤嬤。」

李嬤嬤接過銀子，心裡不知道多開心。她在府裡當了一輩子的下人，服侍過眾多主子，但是這樣賞罰分明的，還是頭一個呢。「奴婢多謝小姐賞賜！以後，奴婢定當全心全意服侍主子。」

司徒錦輕輕地嗯了一聲，便讓李嬤嬤下去了。

「小姐，這李嬤嬤看著就知道不簡單，日後定當有大用處。只是那春容和杏兒，似乎有些木訥，做事雖然勤懇，但腦子卻不靈活。」緞兒在一旁抱怨。

司徒錦倒是不覺得木訥有什麼不好，她身邊不需要太過聰明的。聰明能幹的丫頭，必然心氣高，絕對不會安守本分。若是將來嫁到了王府，她們還不生出別的心思來？木訥一點兒的丫鬟也不錯的，至少她們不易有貳心，也較不容易被收買。

「有妳這個聰明的丫頭，小姐我就放心了。再多來幾個，恐怕我這個做小姐的要被煩死！」司徒錦笑著打趣道。

緞兒先是覺得自豪，後來一想不對，小姐這是說她煩呢！於是小嘴一嘟，有些不高興了。「小姐也忒會誇人了。這給一個甜棗又打一下腦瓜頂兒的，還真是高明呢！」

司徒錦知道她不是真的生氣，所以也沒有太在意。「好了好了，不煩妳還不成嗎？哪有這樣的主子啊，還得看丫頭的臉色，快莫要噘著嘴了。」

「小姐又取笑我！」緞兒這才收起臉上的不快，露出明媚的笑容。

翌日。

丞相夫人果然如預料般來到了太師府，一來就鑽進了周氏的屋子，半晌都沒有出來。

「姑奶奶身子可好些了？近日來嫂嫂遇事纏身，實在是抽不出時間過來，這不，剛處理完手頭的事，就立馬過來了。」丞相夫人也是出身名門，說起話來頗為中聽。

周氏不置可否地一笑，道：「倒是難為嫂嫂大老遠的過來了。丞相府一大家子要嫂嫂操心，我也能理解。」

戚氏尷尬地笑了笑，自知周氏心中有些不快，便轉移話題道：「咦，怎麼不見妾室和子女過來給妳請安？」

周氏淡淡掃了戚氏一眼，覺得她是在故意嘲笑她的無能。「我大病初癒，還帶著病氣，怕過給其他人，就免了他們的晨昏定省了。」

「姑奶奶妳也真是心慈，要是換作其他人，早就發威了。」戚氏如是說著，看向周氏的眼神略帶些責怪。

若不是這九姑娘無能，壓制不住那些妾室，她又豈會走這一遭？

想想九姑娘以前在府裡的時候，可是老太君身邊的紅人，要什麼有什麼，心思也敏捷。怎麼這一嫁出去，就失去了那份聰慧呢？是以前別人太過吹捧她了，抑或者這太師府裡真有比她更能幹的人？

周氏被戚氏那番話給刺激到了，心裡頓時生出一股怨懟來。這嫂嫂到底是來幫她還是來損她的？

「聽說悅熙也說了親事，不知道是哪戶人家？」周氏早就聽聞爹爹打算支持太子，這丞相府的千金小姐，自然要送到太子府去。

戚氏聽了這話，心裡也是堵得慌。

這簡直就是哪壺不開提哪壺！她就這麼一個寶貝女兒，身分何等尊貴，如今卻要嫁到太子府去做小，比這九姑奶奶還不如，心裡哪能痛快。

作為一個母親，自然是希望女兒嫁得好。太子雖然身分尊貴，但她女兒貴為丞相府嫡女，哪能去給人做妾？而且還只是四側妃中的一個。同為側妃的人選，身分地位都不低，上邊還有一個皇后娘娘家族的女兒，自己的女兒嫁進太子府，想必會過得艱辛。

「沒想到姑奶奶竟然如此關心悅熙的婚事，聽說大姑奶奶生的三小姐也訂了親了？」既然周氏揭了她的傷疤，那她也就不客氣，說說這太師府的醜聞了。

提到這司徒雨，周氏心裡也是憤恨不已。

近些天來，院子裡的丫頭不止一次提到司徒雨老往江氏的院子跑，根本沒將她這個主母放在眼裡！再想到前些日子，她當著那麼多人的面給了她難堪，她便已經徹底放棄這顆棋子了。

「她年紀也不小了，該找戶人家了。」

見周氏不冷不熱的態度，戚氏心中隱約有些反感。

以前在丞相府，這九姑娘可不是這般對她的，那一口一個嫂嫂，叫得不知道有多親切。因為老太君的關係，她也得給這個九姑娘一些臉面，所以當她提出要幫著管家的時候，她也不好意思拒絕，結果人人只知道丞相府出了個有能耐的九姑娘，卻不提她這個正經的主母。

想到那些過往，戚氏就有些嚥不下這口氣。

不過想到臨走前丞相大人的交代，戚氏還是忍了下來。「姑奶奶總是這樣心慈也不是個事，倒叫那些卑賤的人騎到頭上去了。」

周氏在心裡冷哼，總算是說到正題上去了。

「嫂嫂的教誨，我自當謹記。不知道嫂嫂過來，可是有什麼話要代為轉達？」

戚氏見她主動提起，省去了一番猜忌，於是爽快地將自己夫君的話說了一遍，自己又加了幾句。「如今丞相府與太子一脈相連，早已分不開。姑爺這邊倒是沒啥動靜，這讓妳哥哥很不安啊……」

原來是為了這個！

周氏眼神微微一斂，然後慢慢放鬆，將眼底的鋒芒盡藏。「哥哥已經決定站在太子這一邊？這是什麼時候的事？」

見周氏一副很驚訝的樣子，戚氏只好細細地將事情從頭到尾說了一遍。當然，其中關於女兒怎麼跟太子搭上眼的，隻字未提。

周氏自然明白他們之間肯定有番邂逅，只是不知道太子用了何種方式，將她那大侄女給騙到手。

「唉，可憐我一個婦道人家，根本無權過問朝政，我家老爺也從不在女人面前提起這檔子事。」

看著周氏有些為難的樣子，戚氏又趕緊說了幾句恭維的話。「姑奶奶一向最聰明，想必也知道這其中的利害關係。咱們丞相府和太師府早就是一根繩上的螞蚱，誰都離不開誰。如今丞相府已經投靠了太子，那與丞相府有著密切關係的太師府，自然也該向著太子才是。」

周氏見戚氏一直往這事上扯，便知道這其中肯定有很大的問題。

若是太子真的是個很好的靠山，很多大臣早就巴結上去了，也不會等到現在。戚氏這般急切想要拉她入夥，想必另有隱情。

最近聽說太子犯了一些事，讓皇上很不痛快，倒是那三皇子，由一個默默無聞的主兒，忽然一躍成為皇上跟前的紅人，這裡面的水很深呢！

誰不知道，三皇子以前可是唯太子馬首是瞻，如今藉著找到五皇子一事，將自己的能力顯現出來，實力早已壓過太子一頭，怕是迫不及待地朝皇位去了吧？

跟在太子身邊這麼多年，太子的底細三皇子定是再清楚不過的。

如今他風頭正盛，丞相府卻在這個當口攀上太子，難道就不怕押錯了寶，將來不得善終嗎？

「是嗎？如今這府裡也不是我當家，找我怕是一點用也沒有。」周氏不著痕跡地把麻煩事推得一乾二淨。

「姑奶奶妳這話說得……誰不知道這府裡妳才是正經的主母啊？那江氏與妳比起來孰輕孰重，姑爺心裡難道不清楚？我可都聽說了，那江氏也只是暫代主母之職，等妳身子大好了，必定會將掌家大權重新交還到妳手裡。」

戚氏的話說得很動聽，甚至有些奉承之意。

周氏總算是漾出一絲笑意來，對戚氏說道：「那就借嫂嫂吉言，老爺一會兒也下朝了，嫂嫂有什麼話，不妨去跟老爺說吧？」

將這個燙手山芋丟還給戚氏，周氏倒是悠閒自在起來。

第五十二章　又生事端

戚氏見小姑子態度不冷不熱的，沒心思繼續逗留下去，也等不得司徒長風回府，就留下一些禮物，打道回府了。

周氏也不知道在想些什麼，整個人更加陰沈。

司徒長風剛踏進府門，就有丫鬟上前去請了。「老爺，玉珠說身子不適，想給請個大夫瞧瞧。」

司徒長風極少過問後院之事，聽說玉珠病了，眉頭都沒有皺一下。「府裡的事都是二夫人管著，她病了不去找二夫人，跑來找我何用？」

玉珠是周氏的陪嫁丫頭，後來被周氏送給他做了通房。那丫頭十五、六歲模樣，長得極為妖嬈，但是心機太重，總愛拐彎抹角地在他面前挑撥是非，所以司徒長風一直都不太喜歡她，如今聽說她病了，也沒太在意。

那丫鬟欲言又止，但是想到玉珠塞給自己的那幾個銀子，便壯起膽子說道：「玉珠今日茶飯不思，又有些噁心嘔吐，怕是……怕是有了。」

司徒長風聽說玉珠可能有了，臉上的神色立馬好了起來。「妳說的可是真的？她真的懷上了？」

「奴婢不敢確認，但那症狀，的確像是有孕之人該有的……」丫鬟低垂著頭，不敢直視這位大老爺。

司徒長風沒想到他的通房也有了身孕，立刻調轉方向，去了玉珠的屋子。

江氏在房裡等了又等，也不見老爺過來用膳，便派了個丫鬟出去打聽。這一探聽之下，江氏得知那玉珠竟然也有了身子，氣得恨不得將滿桌子的膳食都掃到地上。

眼中閃過一絲冰冷，江氏緊握的拳頭鬆了又緊，緊了又鬆，最終還是平靜下來。「去，找個大夫給玉珠把把脈。這府裡若是多一個子嗣，老爺指不定有多高興呢！」

看著江氏那大度的模樣，她身邊的丫鬟全都忍不住嘆氣搖頭。這二夫人還是心太善良，性子又軟弱。長此以往，就算將來生下個少爺，想必也難以掌控整個後院。

江氏知道這些丫頭們怎麼想，但是老爺最在乎的就是子嗣，若是那玉珠真的有了，那她的榮寵也將被分去一部分。只是她若在此時爭風吃醋，苛待了玉珠，想必老爺會認為她是個善妒之人，容不下其他子女，這樣一來，她好不容易爭取來的一切，又將化為烏有。因此在這當下，她絕對不能慌張，也不能表現出自己的不滿。

「去準備一些補品，讓廚房做了，給玉珠端過去。」一想到這裡，江氏便壓下心頭那口怨氣，朝玉珠的屋子走去。

江氏的心腹丫鬟有些看不過去，上前去攙扶她。「夫人還沒有用膳呢，不如用過膳之後再去吧？」

「就是。夫人，那玉珠也不過是個奴才，哪能您親自去照看？」另一個丫鬟說道。

江氏微微笑了一笑，道：「先將飯菜熱一熱，再燙一壺酒，保不齊老爺一會兒餓了，要回來一起用膳呢。」

幾個丫鬟面面相覷，有些不敢相信自己的耳朵。

如今玉珠那狐媚子懷了身子，正受寵呢，老爺最是喜歡孩子，這會兒肯定是陪著那個小賤婦了，哪裡還會到夫人院子裡來，夫人這是異想天開了吧？

江氏也不多做解釋，吩咐人去庫房裡拿了些銀子、布疋，還有人參、燕窩之類的進補佳品，便去了玉珠那邊。

因為玉珠只是通房，沒有像姨娘一般有自己獨立的院子，所以跟另外一個通房紫菱擠在一間屋子裡，待遇稍微比灑掃的奴婢好一些。

此刻，玉珠一臉蒼白地躺在床榻之上，一雙含淚的眼睛瞅著火速趕過來的司徒長風，欲語還休。

「老爺，奴婢好難受……」

司徒長風看著她那瘦弱的模樣，有些心疼。畢竟是自己的女人，又懷了身子，他自然要多疼她一些。

「乖，大夫一會兒就來了……」

一個大男人，能夠說出這樣一番話來，也是不容易了。

江氏走到門口的時候，正好聽到司徒長風在安慰玉珠，腳下的步子微微一頓，但還是擠出一絲笑容走了進去。

「原來老爺在這裡，妾身聽府裡的下人說玉珠好像有了身子，便去找了大夫過來為她診脈。若真是有了，那真是一件大喜事。老爺的子嗣不多，若是玉珠能夠一舉得男，那妾身的兒子也有個伴了呢！」

司徒長風見江氏如此大方，打心眼兒裡更加讚許。想著他那原配周氏，對這些奴婢可是管得緊，又容不下別的女人，更苛待他的庶子女，江氏與她比起來，真是好了不止一點、兩點！

「妳有心了。」難得的，司徒長風也過問起這些小事來了。

江氏笑著走近他，嬌羞地站在一旁。「這都是妾身該做的。若是玉珠妹妹真的有了身子，那老爺是不是該升一升她的位分，抬為姨娘？」

見她如此懂事，司徒長風便將視線從玉珠身上拉了回來。「還是妳心慈，懂禮節知進退，這後院的事情交給妳，我很放心。」

江氏聽了這讚美，面上十分謙虛，但心裡卻早將這個負心漢罵了千百遍。「老爺過獎了，這都是妾身的本分。」

不一會兒，大夫揹著藥箱子進來了，先是給主子請了安，然後便開始為玉珠診脈。

玉珠見司徒長風的注意力又被江氏給吸過去了，心裡十分不甘。本來身子就有些不適，便藉著自己懷了身子，擺出一副可憐兮兮的模樣撒嬌賣乖。「老爺，奴婢覺得好冷……」

司徒長風打量了一下這屋子，的確是有些陰暗，便回過頭去對江氏說道：「這裡的確不適合懷了身子的人住，妳命人把楓園打掃打掃，讓玉珠搬過去住吧。」

江氏掃了那玉珠一眼，見她面有得意之色，心中暗惱，但是臉上卻沒有表現出任何不快。「老爺說得是呢，這屋子的確是小了點兒。楓園平日裡就有人打理，只要稍微收拾一下就可以住進去了。妾身見玉珠身子弱，想必也需要人伺候。不如再買兩個奴婢回來侍候她，老爺也好放心一些。」

司徒長風聽後連連點頭，道：「還是妳想得周全，就這麼辦吧。」

玉珠有些不敢置信地看著江氏，她怎麼也想不到這江氏竟然如此大方，不僅提議給她姨娘的身分，還替她想得如此周到，一時轉不過彎來。不過，她也是大宅院裡長大的，不敢掉以輕心，一邊謝恩的同時，一邊暗暗在心底想著將來如何將服侍她的丫鬟收為己用。

此時，大夫已經診斷完畢，他朝司徒長風作了個揖，笑道：「恭喜司徒大人，這位姨娘已經有了兩個月的身孕了。」

司徒長風聽後十分高興，一顆心也放了下來，便派人打賞了那大夫，又賞了一些金銀玉器給玉珠。

「老爺，妾身帶了一些補品過來給玉珠妹妹，希望她能順利為老爺生下兒子。」江氏讓貼身丫鬟將幾個紙包放下，故意將「兒子」兩個字咬得很重。

司徒長風當然希望多生幾個兒子，被江氏這麼一說，心裡更加喜悅。「嗯，若真的生下兒子，那司徒家就有希望了。」

「老爺還沒有用膳吧？妾身已經讓人準備了吃食，又燙了壺酒，老爺今兒個可要多喝幾杯。」江氏臉上一直帶著淡淡的笑容，沒有刻意討好，也沒有表現出不滿。這一點，讓司徒長風很是喜歡。

「還是妳知道我的脾性，哈哈……走，咱們回去喝酒慶祝一番。」說著就要離開。

玉珠好不容易將老爺給盼來，如今又付著自己懷了身子抬了姨娘，心思也漸漸地大了起來。於是她露出一副泫然欲泣的模樣，眼睛直勾勾地盯著司徒長風，似有不捨地說道：「老爺，妾身也還沒有用膳，您留下來陪我一起吃，好不好？」

司徒長風看到玉珠那楚楚可憐的落寞神情，心有不忍。

江氏卻在此刻捂著肚子，小聲地悶哼了一聲，似乎在極力忍著什麼。

司徒長風注意到江氏臉上痛苦的神色，一顆心就提起來了。「雲煙，妳沒事吧？是不是孩子又鬧妳了？」

江氏擠出一絲笑容，道：「興許是餓了吧，妾身想著老爺每日午時回府，正好能趕上用膳，所以就想等老爺一起。」

說著，她便低下頭去，做出一副嬌羞的姿態。

男人雖然不喜歡女人的嫉妒心太過旺盛，但也不喜愛完全不吃醋的女子。看到江氏那殷切期盼的目光，他心神一蕩，早就將玉珠給忘記了。

「妳怎麼這麼不注意身子？走，我陪妳回去一同用膳。」那口氣似帶著責怪，卻是寵溺得很。

江氏也沒有推辭，在司徒長風的攙扶下，帶著一眾丫鬟走了。

玉珠看到他們相攜離去的背影，下唇都要咬破了。看來，江氏還真是偽善，表面上對她呵護備至，以姊妹相稱，但實際上也城府極深。以後她要想繼續往上爬，怕是要先除掉她不可了。

周氏那邊也得了信兒，知道玉珠懷上了老爺的骨肉，心裡更加氣憤難平。江氏懷上也就算了，如今她親手送出去的丫鬟也懷上了，偏偏她這個正主兒卻可能再也懷不上，這教人情何以堪？

「嬤嬤，給我盯緊了那個死丫頭。」周氏有些疲憊地吩咐著，一雙眼睛黯淡無光，早已沒有了往日的光彩。

許嬤嬤應下了，卻也對玉珠恨之入骨。

夫人盼了這麼久好不容易才懷上，結果被那個下賤胚子給踢掉了，還有可能終生不孕。

而那個狐媚子，居然懷了姑爺的孩子，這不是給大人甩了臉子嗎？真是看不出來，她心比天高，居然敢在主母前面懷有子嗣！

許嬤嬤眼神暗了暗，更加對玉珠怨恨起來。

且說那玉珠一朝母憑子貴，不但入住了吳氏原先的楓園，還抬了姨娘的位分，整個人頤指氣使起來，恨不得將所有的好東西都往自個兒屋裡搬。

江氏也不氣惱，她要什麼，她就給什麼。不過她也安排了人在她院子裡，免得她又生出什麼事來。

周氏的身子差不多痊癒了，幾次暗示司徒長風該把管家之權交還到她手上。可惜不知道司徒長風心裡怎麼想的，對她的請求置之不理，甚至極少到她的院子裡去。

當綴兒幸災樂禍地將這個消息彙報給自己的主子時，司徒錦倒是沒多大意外。如今江氏將府裡管得井井有條，比起周氏管家的時候還要穩妥幾分，父親大人自然是不想這麼快就讓江氏放手。

如果萬不得已，那也是江氏生產坐月子的時候。

現在丞相府與太子走得近，又即將聯姻，她那最會審時度勢的爹爹，自然要冷落那周氏，以求自保了。

這就是男人啊！

在利益與女人之間，總是會優先選擇利益的。

「聽說玉珠最近鬧騰得挺凶，夫人就那樣放任她繼續胡鬧嗎？」不就是懷了老爺的子嗣嗎？這府裡生過孩子的女人可多了，憑什麼她一個小小的通房抬上來的姨娘也這樣囂張，簡直是不知好歹。

「就由著她鬧去吧，只要不把主意打到我們的頭上來，讓她再囂張一陣子又何妨？」司徒錦倒是極其懂得這其中的道理。

她還怕她太過本分呢，這樣的話就拿捏不住她的把柄了。玉珠一看就是心思重，如今還不知道她將來會生下兒子還是女兒，先防著也是必要的。不過，即使她真的生了兒子，最多也只能是姨娘了。不像江氏，若是她生下兒子來，恐怕這正室都有可能讓位呢！

她現在擔心的不是玉珠能翻出多少浪來，而是周氏那邊的反應。照理說，周氏在知道她送過去的丫鬟居然背著她懷了身子之後，應該大發雷霆才是。可是她也太沈得住氣了，居然沒有任何動靜。而且聽丫鬟說，周氏還派人給玉珠送去了好些珠寶首飾，對她好得不得了。這出乎意料的舉動，還真是耐人尋味。

「主子在想什麼呢？」朱雀出去了一陣子，回來之後倒是安靜了許多。

「在想母親的用意。她不但沒有怨恨玉珠，反而對她如親姊妹般照顧，這太不尋常了。若是換了任何人，恐怕心裡都會有疙瘩吧？」

「那周氏心氣高，可能是為了重新獲得老爺的寵愛，所以故作大方吧？」緞兒插話道。

司徒錦搖了搖頭，道：「沒這麼簡單。周氏自從失去孩子以後，變了許多，性子也越發陰冷了。如今，她最在意的就是孩子。玉珠是她屋裡的人，又是打小侍候她的，卻在她失去孩兒的當口懷上了爹的骨肉，這對周氏來說，是極大的諷刺。」

「小姐是說，夫人有可能會對玉珠不利，所以假惺惺地對她好？」

司徒錦還是搖頭。「我也不知道，興許有故作姿態的嫌疑。但我總覺得心裡毛毛的，很不安心。」

「放心吧，玉珠那邊咱派人盯著呢，沒事的。」緞兒安慰道。

朱雀眼睛眯了眯，繼而說道：「難道二夫人真的要讓玉珠把孩子生下來？」

司徒錦明白她這話裡的意思，卻不好親口承認。

畢竟江氏是她的生母，是她最在意的人。如今江氏想要穩固自己的地位，就必須心狠手辣，毫不留情。

「她自然是沒那福氣的……」司徒錦嘆道：「不只是娘親，這府裡不希望她生下孩子的，可是大有人在呢。」

朱雀點了點頭，表示贊同。「玉珠不足為慮，小姐就快要及笄了，還是先操心一下自己的嫁妝吧？」

司徒錦被她提及此事，臉蛋不由得泛紅。「還早呢，急什麼？」

「也不早了，世子爺可是眼巴巴地盼著小姐妳嫁過去呢！」朱雀調侃道。「再說了，小姐將來嫁得風光與否，可是跟排場和嫁妝緊密相連的。若到時候周夫人故意扣下妳的嫁妝，或者濫竽充數，那小姐豈不是很吃虧？」

「不是還有二夫人在，二夫人怎麼會容忍那些人貪沒了小姐的嫁妝?!」緞兒有些不服氣地說道。

「是，現在是二夫人當家。可是難保二夫人生產的時候，老爺又把管家的權力交到別人手上。別忘了，這府裡除了周氏，還有王氏和李氏。李氏就不說了，那王氏可是出身官宦之家，也有幾分能力。老爺雖然暫時冷落了周氏，但朝廷的局勢還沒有明朗之前，他還是會搖擺不定的。」朱雀肯定地回答道。

司徒錦聽完她的分析，覺得很有道理。

太子雖然是正統的繼位者，但三皇子也不是省油的燈，加上還有一個皇上最疼愛的五皇子，這皇位花落誰家，還很難說呢。

還不等司徒錦想出兩全的法子來，楓園那邊便傳出林姨娘不慎摔倒的消息。這林姨娘就是玉珠，自從抬了姨娘，稱呼也跟著變了。

「好好的怎麼就摔倒了呢？」江氏挺著大肚子趕過去的時候，周氏也走出了自己的院子，來到了楓園。

「夫人，您可要為婢妾作主啊！這兩個死丫頭居然將我推倒，想要害我肚子裡的孩子！」玉珠一見到周氏踏進門檻，便坐在地上嚎啕大哭。此刻老爺還未回府，她便照著計劃，打算將江氏送到她屋子裡的兩個丫頭先打發掉再說。

周氏見她在那裡哭鬧，便讓身後的丫鬟去將她扶了起來。「哭哭啼啼的像什麼樣子！妳現在可是懷著老爺的子嗣，這樣坐在冰冷的地上，會傷了胎兒的，快別哭了。」

玉珠見周氏如此和顏悅色地跟自己說話，便稍微放了心。

她也不是沒想過她此時懷孕，對夫人來說無疑是一種恥辱。可是為了自己的將來，她還是壯著膽子倒掉了夫人送過來的避孕湯藥，所以才能懷上。

起初，她還心驚膽戰的，以為夫人會過來找碴兒。但是沒想到，夫人不僅沒有斥責她，還送了她很多漂亮的衣服、首飾，更是對她的吃食嚴格把關，生怕她肚子裡的孩子有什麼三長兩短。

如今又看到她這般體恤自己，她的膽子就大了起來。「多謝夫人關懷！」

許嬤嬤看著她臉上那抹得意，氣就不打一處來。若不是夫人說留著她還有用，她早就上去給她一耳光了，哪裡還會容忍她這般行徑。

「妳們怎麼服侍姨娘的，竟然讓她摔倒了？」周氏安撫好了玉珠，便冷著臉對那兩個低垂著頭的丫鬟斥責起來。

江氏剛踏進門檻，便聽到周氏在教訓玉珠的兩個丫頭，心中有了數。

親切地向著周氏走去，江氏按照規矩給周氏請了安。「夫人有一段日子沒有出來走動走動了，妾身還想過兩日去看望呢，沒想到竟然在這裡碰上了。」

周氏冷眼打量著江氏那隆起的肚子，眼中閃過一絲不易察覺的戾氣。「二夫人辛苦了，如今有了身子，還要替我分擔，管著府裡大大小小的事務，真夠難為妳了。」

江氏笑得燦爛，並未像往日那般低垂著頭，像個小媳婦兒似的。「夫人說笑了。咱們是姊妹，幹麼這般客氣？」

周氏聽了她這番話，心中的怒氣一發不可收拾。但江氏如今正得寵，若是將她怎麼樣了，老爺必定不會善罷甘休，於是只好拿那兩個小丫頭出氣了。

「二夫人來得正好，我正要審問這兩個不懂事的丫頭呢！居然讓林姨娘在自個兒的院子裡摔倒了，妳說她們該不該罰？」

江氏知道周氏這是給自己下馬威，眉頭都沒動一下。「的確是該罰，老爺如今可寶貝著林姨娘，期盼著她能夠為府裡添丁。不過林姨娘身上一點兒傷都沒有，只不過是受了驚嚇而已，不若就罰這兩個丫頭一個月的月銀以儆效尤吧？」

「二夫人是不是太過縱容這些下人了？如此不善待姨娘，還險些傷害到姨娘肚子裡的胎兒，就這麼輕易饒恕，是不是罰得太過輕了？」周氏端著當家主母的架子，義正辭嚴地與江氏對抗。

江氏自然是不會罰這兩個自己人，讓親者痛仇者快的。「夫人，姨娘現在可是有身子的人，若是罰得太重，難免會見血腥，這可是大大的不吉利，到時候衝撞了姨娘，罪過可就大了。」

聽著江氏這麼一說，玉珠也變得謹慎起來。

她肚子裡的這塊肉可是她的護身符，萬一受到影響，那可是大大的不妙，於是她立馬換了副面容，對周氏說道：「婢妾知道夫人一片好意，怕這些奴婢怠慢我。不過二夫人說得也有道理，念在她們初犯，就饒恕她們一回吧。」

玉珠自以為是的一番話，讓周氏心裡很是不快。

被江氏這麼一蠱惑，她就只顧著自己的肚子，完全將她的吩咐拋到腦後。這樣一個成事不足敗事有餘的下賤女人，還真真是讓人恨得牙癢癢！

「既然妳都不計較，那本夫人也不管了。」周氏臉色有些暗沈地說道。

玉珠這才發現自己說錯了話，趕緊上前去將周氏迎進了屋子。「老爺昨日送了婢妾一些上好的西湖龍井，夫人要不要試試？」

那西湖龍井因為產量稀少，京城中也只有極少數的人能夠喝得起。玉珠仗著自己得寵，三天兩頭地在司徒長風耳邊吹枕頭風，將平日不敢妄想的東西都要到了手。

但她這一番炫耀，卻是給了周氏難看。

「玉珠，妳可別忘了，妳是誰提拔起來的。」許嬤嬤有些看不下去，小聲提醒道。

玉珠身子一僵，這才發現又得罪了周氏，便低眉順眼地跪下來請罪。「夫人恕罪，婢妾是無心的。婢妾只想著好好招待夫人，請夫人恕罪。」

周氏憋著一肚子的火，卻沒有向玉珠亂發脾氣，反倒是讚起了這茶的好處來。「看來老爺是真的很重視妳肚子裡那塊肉呢！連這樣稀有的名茶都肯替妳找來。」

玉珠見周氏沒有責罰的意思，膽子又開始抬頭。「婢妾哪裡能跟夫人相比，只是些茶葉而已。不過老爺的確很重視婢妾肚子裡的孩子，說是將來要好好培養呢！」

這樣明目張膽的示威，讓周氏心裡對玉珠的恨意更深。

雖然現在還不能處置了她，但等到她生下孩子，不管是男是女，玉珠必死無疑。

想到將來，周氏袖中的手默默地握緊。「起來吧。」

「謝夫人。」玉珠摸著肚子，緩緩地站了起來。

「都是有身子的人了，不要再胡鬧了，順利將孩子生下來，才是正經。」周氏說教了兩句，見時辰不早，就回去了。

而江氏早在她們進屋的那一刻，便冷哼一聲，轉身離去了。

在這個府裡，沒有永遠的敵人，也沒有永遠的同盟。

看著周氏的架勢是想拉攏玉珠，等她生下孩子，好與自己一較高下！呵呵，只可惜她江雲煙也不是吃素的，絕對不會等到她們來聯手對付自己。

「夫人，您慢點兒……」她的心腹丫鬟見她走路有些心不在焉，心都提到嗓子眼兒了。

江氏這才注意到自己走得太快了，便放慢了腳步。

剛剛穿過一個洞門，便見那許久沒有露面的王氏朝她走了過來，神情似乎很急。

「給二夫人請安。」那王氏倒是規矩了不少，見到江氏不再冷嘲熱諷，反倒拘謹了起來。

江氏覺得有些意外，不過心裡還是戒備著。「今兒個是什麼好日子，姊妹們都出來了？」

「姊姊，聽說玉珠摔倒了，那孩子怎麼樣？」王氏因為五小姐的事，早已被老爺厭棄，很久不去她房裡了，整個府裡都不怎麼待見她，她的消息自然也沒有以前那般靈通了。

江氏打量了她幾眼，見她問起玉珠的事情來，便委婉地說道：「唉，總算是有驚無險，夫人正在那邊安撫著呢，妳放心好了。」

王氏一聽說周氏在那邊，有些不屑地說道：「哼，果然是別有用心！早不出來，晚不出來，偏偏在這個時候出來，真是會挑時候啊。」

江氏但笑不語，沒有任何表示。

王氏見她那波瀾不驚的模樣，心裡暗暗詫異。

這江氏的變化可真不是一點、兩點，整個人變得貴氣了不說，說話做事也是頗為沈穩冷靜，再也不是以前那副唯唯諾諾的模樣了。

「嬌兒明年也及笄了呢，那楚家到現在都還沒有動靜嗎？」

見江氏主動提起自己的女兒，王氏便換上了一副奉承巴結的笑臉。「可不是嘛，嬌兒只比二小姐小幾個月呢！唉，說起來我們母女倆也是命苦，遇上那麼一個不負責任的紈袴少爺，唉……」

說到司徒嬌的婚事，江氏知道女兒與王氏私下有些約定，不過她不清楚內容，也就不說破。「那楚家的公子實在太不像話了，都已經欺負了嬌兒，卻一再逃避責任，真不像是皇家貴族該有的氣度。」

王氏聽到江氏這般說，心裡也不是滋味。

一個名聲壞了的女人，除了嫁給那個輕薄過她的男人，還有誰要？再加上司徒嬌庶出的身分，要想攀上別的高枝兒也是不可能了。

「姊姊，無論如何，請看在姊妹一場的分上，幫幫我那可憐的孩兒吧！」王氏說到動情之處，還給江氏跪了下來。

「妹妹這是做什麼？快快請起！」江氏嘴裡這麼說著，卻沒有去扶她。

如今她可是雙身子的人，自然是不能做一些危及自身的事情的。她身旁的丫鬟倒是機靈，上前一步擋在王氏跟前，將她從地上攙扶了起來。

「姨娘這是為何？咱們夫人最是心軟，您就算是不說，夫人也會為五小姐的婚事操心。」

京城裡有誰不知道楚朝陽是個不學無術的混蛋！五小姐以前仗著自己得寵，常常欺負她們這些下人，如今落得如此下場，那也是她自找的。

「是啊，妹妹何須如此？妳放心吧，嬌兒的婚事，我會放在心上的。」江氏也在一旁勸道。

「那就多謝姊姊了。」說著，王氏便止住了哭聲。

興許是年紀大了，王氏才跪了那麼一會兒，就覺得腿痠了。剛剛站直了身子，那丫鬟一離手，她就穩不住身子，朝著前方倒去。

「唉呀……」

一聲驚呼，江氏身邊的丫頭們也個個嚇破了膽。

因為王氏那摔倒的方向，正是江氏所站的位置。

江氏眼裡的狠戾一閃而過，幸好她躲得快，否則真的會被王氏撞倒。她受點兒傷不要緊，萬一傷到了她肚子裡的孩子，那可就不妙了。

「姨娘，您怎麼這麼不小心？」司徒錦從她身後走過來，伸手將王氏扶了起來。

而王氏在聽到那熟悉的嗓音之後，身子忍不住微微一抖。

即使心裡有鬼，王氏還是忍著心虛給司徒錦見了禮。「見過二小姐！」

「姨娘的身子越發虛弱了呢，想必是老寒腿犯了，要不我給妳找個大夫好好地治治？」司徒錦說這話的時候，面帶微笑，絲毫看不出任何不悅。

但王姨娘聽到她這話的時候，心卻怦怦直跳，比遭到訓斥還要害怕。這二小姐是個狠角色，與周氏比起來也不相上下。

「多謝二小姐掛念。」她只能如此回答。

司徒錦走到她身邊，假裝親熱地挽著她的胳膊，笑靨如花地說道：「姨娘太客氣了！嬌兒妹妹最近也不知道怎麼了，悶在屋子裡不肯出來。咱們做姊妹的，也生疏了不少呢。」

王姨娘笑得尷尬，卻不敢拂了司徒錦的面子。「嬌兒她……也該靜下心來待嫁了，所以才待在屋子裡練習女紅呢。」

說得好聽！司徒錦在心裡鄙視著。

司徒嬌之所以不肯踏出自己的院子，是因為丟不起人吧？按她以往的性子，恐怕早就憋不住跑出來了。但王氏怕她又闖出什麼禍來，只能派丫頭緊緊地盯著她，嚴令禁止她踏出房門一步。

如此一來，既在眾人面前留下個乖巧安分的好印象，又能防止別人再去害她的女兒。說起來，這王氏還是聰明人，懂得避鋒芒。

司徒錦故意「哦」了一聲，然後便鬆開手去攙扶江氏。「難怪，只是不知道那楚家什麼時候會來提親？」

王姨娘低下頭去，將心裡的怨恨深埋在肚裡，不敢輕易發洩出來。「二小姐不會忘了吧，您可是親口答應幫嬌兒的……」

為了保住母親肚子裡的孩子，司徒錦不得不採取合縱連橫的策略。利用司徒嬌這個弱點來拿捏王氏，並與她達成了協定。

只要她不打江氏的主意，她就幫助司徒嬌嫁淮楚家。

可是看到王氏這般行徑，她就後悔了。果然是養不熟的白眼狼！

司徒錦臉色微變，矢口否認道：「是嗎？我怎麼不記得？」

王姨娘見她否認，不由得抬起頭來，怒目而視。「二小姐您……您怎麼可以出爾反爾？您明明答應過的！」

「答應過妳什麼？可有憑證？姨娘怕是作夢了吧？」司徒錦毫不留情地質問道。

既然王氏還是沒有改過自新，仍舊想要害她的娘親，那麼她就不會再那麼客氣，容忍她一再傷害自己在乎的人。

「妳……好妳個司徒錦，竟然言而無信！」王氏此刻被氣糊塗了，也不管自己什麼身分，便指著對方的鼻子大罵起來。

司徒錦微微一笑，沒有還嘴。

江氏哪裡能夠容忍一個姨娘對自己的女兒如此放肆，立刻出聲喝斥道：「王氏，妳好大的膽子，居然敢對二小姐不敬？一個奴婢竟然也敢對小姐無禮！」

王姨娘被江氏罵了一通，頓時清醒了不少。只不過司徒錦的做法卻讓她恨上加恨，不由得反駁道：「二小姐，明明是妳毀約在先，竟然還責怪我無禮？」

「哦？」司徒錦蹙了蹙眉。「有這麼回事嗎？那敢問姨娘，咱們有何約定？」

王姨娘剛要將她們之間的協議說出來，但是到了嘴邊的話卻突然說不出口了。也只有到了這個時候，她才反應過來，為何司徒錦會言而無信。當初，她們之間的約定，建立在互惠互利的基礎上，可是剛才她那番舉動卻被司徒錦看了去，恐怕她已經開始懷疑自己的用心，所以才這麼說。

王姨娘此刻也是搖擺不定，與先前的理直氣壯完全是兩種心態。

司徒錦與她的交易，一直都沒什麼動靜。而「另一邊」也拿嬌兒的婚事利誘她，她一時把持不住，就想著兩邊都不得罪，兩邊都可以獲利。當周氏要她假裝不小心撞倒江氏的時候，她雖然有些猶豫，但還是答應了。

周氏也說了，就是撞倒，也不會讓胎兒流掉，最多動了胎氣而已。江氏平日裡謹慎小心，被保護得密不透風，周氏根本找不到機會下手。只要她動了胎氣，那麼周氏就可以買通診脈的大夫，到時候那孩子是生是死，就完全聽命於周氏一句話了。

想著能夠除掉一個對手也好，王姨娘這才鬼迷心竅，做出了違背約定的事情。好死不死，剛才那一幕卻被司徒錦看在眼裡。

江氏或許不會起疑，但司徒錦那丫頭可機靈著，說不定她已經發現了自己的意圖……

司徒錦見她半晌說不出一句話來，便冷笑著說道：「既然姨娘無話可說，那麼那約定便是子虛烏有，姨娘以後還是莫要再提起的好。」

說完，她便攙扶著江氏，繼續朝前走去。

王姨娘被這話刺激得雙腿發軟，跌坐到了地上。她沒有想到自己一時的貪心，竟然將司徒錦給徹底得罪，她們母女以後的命運可想而知。到了關鍵時刻，周氏真的會幫她一把嗎？她不禁打了個冷顫。

第五十三章　永絕後患

「娘親，剛才嚇到您了吧？」

送江氏回屋之後，司徒錦便輕聲細語地安撫起江氏來。剛才王姨娘那舉動，一看就是存心想要害江氏肚子裡的孩子。還好江氏反應快，沒讓她得逞，否則後果真是不敢設想。

江氏面色有些蒼白，卻搖了搖頭，不想讓女兒擔心。「無礙。」

母女倆沈默了很久，江氏才問道：「妳與那王氏之間的約定是什麼？」

「今日起，不再有了。」司徒錦如是回答。

江氏盯著女兒的臉看了很久，好像在探索什麼，又好像是在關切什麼，神情有些飄忽不定。她沒有想到錦兒這麼早就已經開始做打算了，她明明是個還未及笄的小孩子啊，怎麼就那麼成熟穩重呢？

「娘親，您看什麼呢？」司徒錦被盯得有些不自在，不免有些羞窘。

江氏只是笑了笑，說道：「我的錦兒長大了呢。」

司徒錦面上一紅，撲倒在江氏懷裡不肯起來。「娘親這是取笑女兒呢！」

江氏仔細地撫摸著女兒的髮絲，心中寬慰不少。有這樣一個貼心的小棉襖在身邊，她再苦再累也是值得的。

「如今外面也暖和了，錦兒不若出去走走，散散心。別老是悶在屋子裡，對身子不好。」江氏一邊囑咐著，一邊幫女兒打理微亂的頭髮。

司徒錦是想出去轉轉，可是府裡那些人都虎視眈眈地盯著江氏的一舉一動，她怕一時疏忽會讓那些小人有機可乘。

「女兒喜歡賦在娘親身邊，不好嗎？」司徒錦難得露出小女兒的姿態。

「妳總歸要嫁人，王府的聘禮都送過來了，婚期也不遠了。」江氏笑著捏了捏女兒的臉蛋，露出幾分不捨。

女兒大了，總歸是要嫁人的。

慶幸的是，女兒嫁得如意，還是皇上親自賜婚，榮耀無比。而且沐王府好歹還在京城，不像三小姐，周氏為她選的那門親事，遠在外地，就算要回一趟娘家，也不容易。

司徒錦知道她心裡有些不捨，於是好生安慰道：「女兒還想多陪娘親幾年呢！雖是聖上賜婚，但婚期總還是咱們自個兒說了算吧？」

「那怎麼成？就算娘親想要多留妳幾年，王府又怎麼可能等得了？」江氏雖然捨不得女兒，卻還是識大體。

那沐王府是什麼樣的人家，豈是能隨意討價還價的？能夠攀上高枝就已經不錯了，哪裡還能有過分的要求。

不過那世子並不像外界說的那般冷血殘酷，還三番兩次地幫女兒解圍，看來女兒將來嫁過去還是有福氣。

司徒錦聽了，也不再多說，在江氏屋子待了一會兒，便回了梅園。

等到女兒一走，江氏的笑容便漸漸隱去，取而代之的是一臉冷然。這府裡的女人沒一個安分，看來她要想平安生下孩兒，必須開始著手安排一些事宜了。起碼那接生的穩婆，必須是她自己的人才行。

沐王府

「阿隱，皇上最近有意為慧玉公主賜婚呢，你說他會挑上什麼樣的人家？」花弄影半倚在椅子裡，一臉玩世不恭地問道。

龍隱手裡握著一柄劍，正仔細耐心地擦拭著，神色依舊冷漠。「起碼不會是你。」

花弄影尷尬地咳嗽了幾聲，道：「說得也是。那大夏只不過是個小國，一個降國的公主，配不上身分尊貴的大龍皇家子弟。」

他說這番話的時候，不但將那慧玉公主狠狠踩在腳下，還厚臉皮地將自己的身分烘托了出來。

龍隱給了他一個「懶得理你」的眼神，然後將寶劍送回劍鞘之中。「你閒著沒事嗎？」

「嘿！我這不是怕你寂寞，所以過來陪陪你！」花弄影理直氣壯地說道。

他們從小一起長大，又有血緣相連，關係算是最好的。龍隱那脾性眾所周知，能夠跟他相處得來的，還真是沒幾個。

說起來，這花弄影很另類，卻反而與他挺合的。一個冷得像寒冰，另一個熱情得像個太陽。這樣的組合，還真是奇特。

龍隱瞪了他一眼，對他的話充耳不聞。

「想不想知道你那未來娘子最近過得怎麼樣？」花弄影見這個話題引不起他的興趣，便擠了擠眼，故意提起司徒錦。

他可是個通透的人，早在皇上賜婚的時候，就已經發現龍隱不對勁。要說那女子有什麼優點，他一開始還真是說不太上來。長得不夠美，身子也不夠妖嬈，還是個庶出的，怎麼看都配不上他的好兄弟。但是接觸久了，他便發現那女子的聰慧機警不亞於男子。在那樣的環境下長大，竟然還能活得好好的，實在是個奇蹟。

龍隱一聽到「娘子」二字，果然停下手裡的活兒。「你到底想說什麼？別吞吞吐吐的。」

花弄影放肆地大笑，然後擠眉弄眼地對他說道：「果然是有異性沒人性啊，一提到這小娘子，你就不鎮定了。」

「廢話少說，她到底怎麼了？」龍隱不耐煩地問道，絲毫沒跟他客氣。

若是換了別人，再這樣囉哩叭嗦的，恐怕早就被龍隱給丟出去了。不過花弄影還算有本事，在他面前依舊談笑自如。

「心急個什麼？左不過就是被嫡母欺負，又不是一回、兩回了。」花弄影雲淡風輕地說著，好像在談論天氣一般輕鬆。

龍隱聽了他的話之後，卻不如他那般淡定了。

司徒錦是他欽定的妻子，那個不長眼的竟然敢一而再再而三的對她出手，是活得不耐煩了嗎？

「給我一些絕育的藥粉，馬上！」

花弄影嚇了一跳，沒想到他反應竟然這麼大。「你……你……你不會真的想……」

「給還是不給？」龍隱板著臉說道。

「給給給……肯定給……」花弄影一邊將身子往椅子裡縮，一邊回覆。

看來，那一家子是真的惹火了這位世子爺了，否則以他那對世事不關心的性子，恐怕不會瞧對方一眼吧？

「那藥粉不會留下任何痕跡吧？」他再一次確認。

「絕對不會，你還信不過我嗎？」他可是毒仙的徒弟，製毒用毒的高手，豈是空口白話的主兒？

「用在男女身上，效果一樣？」龍隱繼續追問。

花弄影有些糊塗了，不知道他到底想害誰。

「你要對誰下手？」

龍隱一個眼神射過來，立馬讓他閉了嘴。「問那麼多幹麼，只管告訴我藥效就好。」

花弄影嚥了口口水，諂媚地說道：「用在女子身上，會讓她一輩子下不出蛋來。至於男子嘛……會沒種……」

龍隱得到滿意的答案，便不客氣地將他一腳踹出門。「現在就去給我把藥拿來！」

「喂喂喂，不能這麼過河拆橋，至少要告訴我一聲，你到底想對付誰吧？」花弄影捂著被踹得生疼的屁股，大呼小叫著。好在這是龍隱的書房，四周都嚴防死守，否則他們的對話早就傳到別人的耳朵裡去了。

龍隱冷哼一聲，不吭氣了。

跟這隻花孔雀對話還真是累，浪費他不少口水。

花弄影沒辦法，只得乖乖回去了。「我……我明日再來。」

龍隱也不看他，拿起一本兵書細細研讀起來，彷彿剛才那一幕並未發生過。

花弄影揉了揉發疼的部位，心不甘情不願地走出了院子。剛要往大門方向走，一個打扮得花枝招展的女子卻在一群丫鬟簇擁下往這邊而來，花弄影見狀急著掉頭，朝另一個方向狂奔。

「花表哥這是要去哪兒啊？」龍敏大喊。

此女不是別人，正是沐王府的郡主龍敏。

這花弄影乃皇帝胞姊的兒子，跟龍隱是表兄弟，所以這郡主便跟著稱呼他為表哥。只是她是個極為纏人的女子，花弄影每次到王府來，都是小心翼翼的，不想碰上這個麻煩精，一見到她就開溜。

再說，這龍敏並非龍隱的同胞妹子，憑什麼叫他表哥？她也太看得起自己了，不過是個側妃生的，哪裡有資格跟他沾親帶故！

因此花弄影對龍敏的喊叫充耳不聞，溜得飛快，完全不給她任何機會。

龍敏看到那個挺拔的男子對自己避如蛇蠍，心裡十分難受。她好歹也是個郡主，怎麼就這麼不受待見呢？

「哼，下次別被我撞到！」她跺了跺腳，滿臉不高興。

「郡主何必如此生氣？花郡王是怕有損郡主的名聲呢，這男女之防可是很嚴格的，郡王這般是為郡主好。」服侍她的丫鬟極盡所能地討好，哪裡會說花郡王半句壞話？

這郡主仰慕的世家子弟，除了皇后娘娘的胞弟楚羽宸公子，便是這位郡王了。她們可不敢隨意說別人的壞話，郡主嘴巴上雖然這麼說，但心裡可在意了。她們跟著郡主也有不短的日子了，自然清楚她的心思。

龍敏聽她這麼一說，心裡又漾起甜蜜滋味，一臉花癡。「就知道他最守禮了，一看就是個正人君子。」

丫鬟們在一旁附和著，將花弄影誇得天上有地下無的。

龍敏的虛榮心得到了極大的滿足，心情也好了起來。「母妃今兒個邀了雨薇過來，咱們快些過去吧。」

「是，郡主。」丫鬟們見她一動，都跟了上去。

莫側妃住的院子，與王妃住的院落剛好相對。因兩人互不相容，所以王爺乾脆讓她們倆各占一邊，免得她們起衝突。

莫側妃的院落雖不比王妃的院子大，卻奢華得多。仗著王爺的寵愛，莫側妃得到了不少好處。有什麼好的東西，都要她先挑過，才會送到王妃的院子裡。當然，除了皇帝賞下的東西她不敢碰之外，只要她看上眼的，王爺必定會竭盡全力幫她得到。

說起來，她這個側妃可是比正妃還要威風呢！

「母妃……母妃！」龍敏一踏進莫氏的屋子，就大聲嚷嚷起來，絲毫沒有皇家郡主的風範。平日她與龍翔都稱王妃為母妃，但私底下卻也叫莫側妃母妃，只因他們心裡根本沒有王妃這個人。

莫側妃也不止一次提醒過她要注意儀態，但畢竟是自己最疼的女兒，看不得她傷心難過，所以後來也就懶得管，任她去了。

「妳這個小潑皮，怎麼想起來給母妃問安了？」莫側妃此時正在裝扮，對女兒的無狀也是睜隻眼閉隻眼。

龍敏平日可沒這麼早過來過，想必是聽說雨薇要來，所以才特地起了個早吧？

「敏兒過來請安，母妃還責備敏兒，以後敏兒不來了。」龍敏故意撒著嬌。

「小猴精一個，也不怕別人笑話。」莫側妃說笑著的同時，丫鬟們已經端上了可口的膳食，將她們母女伺候得很是周到。

在王府裡，莫側妃才是說話算數的主子，至於東廂那位，不過是個擺設而已。這些丫鬟也都趨炎附勢，不敢輕易得罪莫側妃。加上這位側妃娘娘還是宮裡那位莫妃娘娘的胞妹，有這一層關係在，地位更加尊貴，做奴婢的更是不敢怠慢。

「母妃，您找雨薇過來做什麼？」龍敏有些好奇地問道。

那杜雨薇表面上是她的表姊，但實際上是疏遠了很多代的親戚，沒啥血緣關係。不過，那杜雨薇的爹爹在京裡是個四品官員，對莫家還有用處，所以才與他們來往比較多而已。不過，龍敏與那杜雨薇性子差不多，倒是相處得挺不錯的。

莫側妃漱了口，擦了擦嘴角，才說道：「世子爺不是要娶妻了嗎？我這個做長輩的，不送幾個女人給他當賀禮，似乎說不過去。」

根據傳統的婚俗，男子在成親之前，會納幾個通房了解人事，如此才不會在大婚當天失了面子。

莫側妃雖然與那王妃不對盤，但世子爺大婚，她這個做側妃的，也不能完全置之度外。既然雨薇那丫頭一直想要嫁給世子爺，那她何不成全了她？一來，可以在世子身邊安插一個自己的眼線，另一方面還成全了自己賢慧的名聲，豈不兩全其美？

「母妃要雨薇給二哥做妾？」龍敏很是驚訝。

依照杜雨薇的性子，恐怕不會甘願給別人做妾的。她好歹是個嫡女，雖說嫁給二哥也是高攀了，但是作為好姊妹，她可不願意看著她受委屈。「也不一定是妾室，只要她有手段，能夠博得世子爺的寵愛，那世子妃的位置，遲早會換人做的。」莫側妃高深莫測地說道。

那個司徒錦雖然是皇上賜婚的，但若是犯了大錯，還是可以休掉的。至於是什麼大錯，就要看雨薇的表現了。

莫側妃這樣想著，嘴角不由自主地向上翹。

龍敏聽完她的解釋，心裡頓時舒暢不少。「也是，雨薇一向都很仰慕二哥，能夠嫁給二哥想必會很開心。只不過做妾還是委屈她了。」

雖然稍微放了點心，但龍敏沒有莫側妃那麼樂觀，她不認為二哥會輕易換了別人當世子妃。

「不會一輩子做妾的，妳放心，我莫家的人，不會永遠低人一等的。」莫側妃眼裡閃過一道精光，說的話也是意味深長。

在宮裡，莫妃娘娘名列四妃，比皇后娘娘只矮了那麼一截。但若是三皇子繼承了皇位，那麼她便貴為皇太后，地位將尊貴無比。到時候，莫家的勢力將更加強大，她的地位也將更進一步，說不定還可以將王妃給擠下去。

她將杜雨薇送給世子做妾，還有一個目的，那就是利用聯姻，拉攏世子為三皇子效力。

誰都知道隱世子從不與皇室子弟結交，也沒有明確表示支持哪一方。如果能將他納入三皇子的幕僚當中，再好不過。

只是，莫側妃也知道一切不會那麼簡單。

隱世子這人，很難拿捏他的心思。若是雨薇有本事得到他的心，那麼一切就成定局了。

翌日。

龍隱從花弄影那裡拿到了藥粉，眉眼處隱約可見戲謔的笑意。花弄影見他那副神情，忍不住又吐槽起來。「我說阿隱，你笑起來還真是恐怖呢！」

橫了他一眼，龍隱收起笑意，一本正經地問道：「你確信不會連累任何人？」

他的意思很清楚，就是絕對不會有人查出來被下藥，否則司徒錦便會成為被懷疑的對象，他可不想害他未來的娘子受牽連。

花弄影怒視他，吼道：「你不相信我？那把藥還給我，我不給了！」

說著，就要伸手去搶。

龍隱一個轉身，躲過了他的攻勢，乘機將藥粉納入懷中。「不過是問一句，小氣鬼。」

「唉呀……居然罵起我來了？」花弄影也不是真的生氣，只是聽不慣他說話的語氣而已，所以胡攪蠻纏著。

「我還有正事，你回去吧。」藥已經拿到，他就不再遲疑了。

司徒老兒竟然一再的違背他的意思，沒有好好照顧錦兒。那他也就不必再客氣了，乾脆來個一了百了，斷了他的根，讓他一輩子再也不能有其他子嗣。

花弄影見他打算出門，於是跟了上去。「我也要去！」

龍隱停住身子，冷冷地盯著對方。好像在說，這是我自己的事，不想外人插手。

花弄影摸了摸鼻子，自然懂得他的意思。但是好奇心重的他，豈會甘心錯過這麼一場好戲？所以他一直拽著龍隱的衣袖，不肯放手。「阿隱，你就帶我一起去吧……」

龍隱覺得身上的雞皮疙瘩都起來了，他最怕花弄影這般死纏爛打。「放手！」

「不放，除非你答應帶我一起。」花弄影噘著嘴，一臉幽怨。

龍隱實在受不了他，不得已冷哼一聲，率先走在前面。花弄影見他不再阻止自己跟著，便樂呵呵地尾隨而去。後來花弄影才知道龍隱下藥的對象是司徒長風，看他毫無所覺地喝下那碗摻了絕育藥粉的湯，花弄影在心裡暗暗嘆息。唉，只能怪他不懂事，惹錯了人。

而龍隱也不打算將此事告知司徒錦，就讓司徒長風自食惡果吧！

梅園

「小姐，今兒個天氣不錯，要不要出去走走？」緞兒心情不錯地從外面走進來，臉上滿是笑意。

司徒錦放下手裡的女紅，說道：「被子都拿出去曬了？」

「嗯，外面日頭這麼大，正好曬被子。」緞兒興奮地說著。春暖花開，不用穿著臃腫的服飾，整個身子都輕便了許多，人也精神了。緞兒一身柳綠色的裙裝，笑逐顏開的模樣嬌俏無比。

司徒錦看著自己這個丫頭模樣越發好看了，心情也莫名地歡快起來。「的確是沈悶了點兒，出去走走也好。」

緞兒聽了很高興，忙著去準備。

司徒錦先是派人去江氏那邊通報了一聲，就帶著兩個丫鬟出了門。剛剛踏出院子的大門，迎面就遇上一個人。

「二妹妹這是打算出去？」司徒芸一身精緻的裝扮，隨著年歲增長，越發光彩照人起來。

款款動人的身姿、嫵媚明豔的笑容，那眉那眼，都是格外靈動，熠熠生輝，將金枝玉葉的她，襯托得更加美麗動人。雖然因為臉上有難看的傷疤，所以不得不戴了面紗遮掩，卻無法改變她天生麗質的事實。司徒錦沒想到她消息這麼快，不由得皺了皺眉。「大姊姊消息真靈通，小妹的確想出去走走。」

「那正好，姊姊與妹妹一起。」司徒芸故意忽略掉司徒錦的不快，親熱地上前捉住她的手，一副好姊妹的樣子。

司徒錦想要擺脫她，但伸手不打笑臉人。即使司徒芸的舉動看起來有些莫名其妙，但在弄清楚她的意圖之前，司徒錦打算以靜制動，看看她到底想要什麼手段。

她這麼快就得了消息，想必是自己院子裡有她的眼線，這對她來說是大大的不利。所以藉此機會抓住那個出賣主子的小人，也是勢在必行。

「既然大姊姊不嫌棄，那就一起吧。」說著，司徒錦也忽略緞兒不斷使眼色的行為，與司徒芸一起出了府。

緞兒見司徒錦一意孤行，也就不再多說，順從地跟了上去。

果然是風和日麗的好天氣，出來踏青的人不在少數。京城裡不少名門閨秀都結伴而行，在這溫暖的春日裡，閒庭信步，享受溫暖的陽光和新鮮的空氣。

「前面好熱鬧啊，小姐。」緞兒指著遠處的一條河，興高采烈地說道。

司徒錦順著她手指的方向望去，一艘豪華的畫舫躍入眼簾。那幾十丈的船身、奢華的裝飾，以及那獵獵飛揚的旗幟，一看就是身分顯赫之人所有。那船頭站著幾個手握劍柄的侍衛，威風凜凜的模樣，讓人不敢小覷。

「想必是哪個王孫貴族在河上遊玩吧……」司徒芸幽幽開口，眼神中充滿了期盼。

司徒錦倒是覺得她今日似乎有些異常，按理說她主動邀自己一同出遊，肯定不安好心，想要讓她出點兒亂子。可是這會兒卻被那畫舫所吸引，一副心不在焉的樣子，不像是裝出來的。

見司徒錦沒有回話，司徒芸這才回過神來，說道：「怎麼，二妹妹有心事？」

「大姊姊說哪裡話？不過是被眼前的美景所吸引，有些嘆為觀止罷了。」司徒錦充滿戒備地回道。

「嗯，也是。若是能夠在那樣奢華的畫舫上遊湖，也是一種至高的享受。」說完，司徒芸的目光又被那畫舫給吸引了。

司徒錦看著她那心馳神往的模樣，越發覺得莫名其妙。

這司徒芸什麼時候轉性子了？原先不是恨透了她嗎，怎麼這會兒倒是放棄與她為敵，想起別的事情來了？

「二妹妹這麼看著我做什麼？」司徒芸似乎是發現了司徒錦的打量，有些不自在地問道。

「沒有。妹妹只是覺得大姊姊今日刻意裝扮過，比起前幾日要漂亮多了。」她敷衍地說道。

司徒芸聽見她誇自己漂亮，心裡很是受用，說起話來也和藹了幾分。「瞧這嘴兒甜的，哪裡還像那個任性的二妹妹？其實二妹妹也不用時刻防備著，姊姊我以前雖然做了一些錯事，但這世間也沒有永遠的敵人。如今母親那樣對我妹妹，我算是看透她了。她這個人一心只想著自己，極其自私自利。姊姊我也想開了，與其討好她一個外姓人，還不如咱們姊妹齊心來得好。起碼咱們可以相互幫助、扶持，將來也能共享榮華富貴。」

她倒是直白，沒有遮遮掩掩。

司徒錦眉頭微蹙，一時無法判斷她這話的真假。

周氏的作為的確惹人非議，但這大姊姊忽然將自己的同盟出賣，提出要與她聯手，似乎有些太過勉強。

「大姊姊說什麼，二妹妹怎麼聽不懂？母親怎麼算是外人，她可是妳的親姨母呢。」她故意提出質疑。

司徒芸嘆了口氣，說道：「難道二妹妹還看不出來嗎？就算她是我們姊妹倆的親姨母，那又怎麼樣？她還不是照樣要將雨兒遠嫁，還是給人做小妾。原本以為看在那血緣關係上，她會像親生母親那般對我們姊妹，但沒想到還不到一年，她的本性就暴露了出來。為了在府裡站穩腳跟，她無所不用其極，還處處排擠幾位姨娘。如今，她連我親生妹妹都不肯放過，這樣心腸歹毒的人，怎麼可能會真心為我們著想？二妹妹也不要忘了，王府送來的聘禮，可都還是她管著的。」

故意拿嫁妝的事情來試探她，司徒芸就是想知道與司徒錦合作的可能性。

近來府裡可謂是發生了天翻地覆的變化，周氏大權被奪，二娘母女備受寵愛。爹爹已經不再疼愛她們這兩個嫡出的女兒，也是明眼人看得出來的事實。若她還是一味與司徒錦作對，那麼將來會是什麼樣的下場，她真的不敢想像。

與其鬥得妳死我活，讓別人漁翁得利，還不如與二妹妹聯手，將來她若是能夠嫁入皇家，她相信憑她的美貌和智慧，一定可以坐上正室的位置。只要她嫁的那個人能夠順利登基，那麼她就是未來母儀天下的那一個。到了那時候，再來收拾司徒錦，就簡單多了。

她的如意算盤打得響，司徒錦卻也不笨，自然知道人一旦沒有了利用價值，命就等於沒了，她才不會傻得幫助司徒芸登上高位，將來給自己找罪受呢。不過以目前的形勢來看，周氏的確很礙眼，若是能夠剷除娘親在府裡最大的敵人，那也不錯。

所以對於司徒芸的提議，司徒錦既沒有同意，也沒有反對。

司徒錦的態度，讓司徒芸感到彷徨的同時，也有一絲慶幸，至少她沒有拒絕她的提議。為了更加取信於她，司徒芸竟然還將梅園裡周氏安插的幾個眼線告訴了她，讓她時刻提防著，免得被賣了還不知道。

「姊姊說的可都是真心話，二妹妹若是不信，姊姊可指天發誓！」說著，司徒芸還做出一副信誓旦旦的模樣，誠意十足。

司徒錦拉下她的手，說道：「大姊姊何必如此，我信妳還不成嗎？只是不知道大姊姊想要從妹妹這裡得到些什麼？」

司徒芸忽然臉一紅，有些不好意思說出口了。

看到她臉蛋嫣紅，粉腮如霞，司徒錦不得不感嘆老天爺確實偏心。為何同樣是姊妹，她與大姊姊相差就那麼大？

司徒錦一邊暗嘆，一邊等著她的答案。

司徒芸羞怯了一會兒，便毫不猶豫地宣告了自己的雄心壯志。「二妹妹，我一定要成為太子最寵愛的那個人，妳幫幫我！」

司徒錦驚愕得半天合不攏嘴，似乎有些不敢置信。

前世，司徒芸就表現出自己的野心，一心想要嫁進太子府，成為高高在上的太子妃，幻想日後太子繼位，她就是一人之下萬人之上的皇后，然後是皇太后。她向來知道她的野心，可是如此大言不慚地說出來，還真是讓人感到汗顏。

就憑她現在的名聲，要想嫁入太子府，的確艱難。

加上太子正妃乃楚家人，是皇后一脈，她妄想得也未免太遠了點兒。那楚家人可不簡單，他們在大龍的勢力甚至不比沐王府差。楚家文有楚羽翰，武有楚羽信，一個是皇帝的謀臣，一個是手握大權的將軍，實力不容小覷。

再加上一個楚羽宸，京城第一首富，這樣的背景，誰能動搖？

雖說楚濛濛很容易對付，但是她背後的勢力太過龐大，單憑司徒芸怎麼可能鬥得過？她實在是癡心妄想！

就算司徒芸心機甚重，自信異常，但太子看不看得上她，有沒有機會進太子府，還是一個問題呢！

「二妹妹這是不相信姊姊？」司徒芸見她震驚得半晌說不出話來，便有些不高興。

了。

她都已經低聲下氣地跟她說話了，沒想到她居然用這樣的態度來對待她，實在太過分了。

司徒錦連忙擺手，道：「大姊姊誤會了，我只是覺得……覺得很震撼。大姊姊果然是胸懷大志之人，巾幗不讓鬚眉。若是身為男兒身，肯定是一人之下萬人之上的宰相之才。」

這話雖然說得有些虛偽，但司徒芸卻很享受。「既然二妹妹覺得姊姊有這個本事，那就幫我一把，只要我能嫁進太子府，絕對不會少了妳的好處。到時候咱們姊妹聯手，京城還有誰能比咱們更尊貴？」

司徒錦笑得有些勉強，這話說得實在太過駭人。

「大姊姊想要妹妹怎麼幫呢？」她不過是個深閨女子，哪有那麼大的能耐，司徒芸太看得起她了吧？

「二妹妹何必謙虛？妳可是未來的世子妃，將來的王妃。再過不久就是皇后的壽誕，到時候想必貴族子女都會進宮為娘娘賀壽。姊姊現在還被爹爹禁足，沒辦法脫身，二妹妹若是能在爹爹面前為姊姊多說幾句好話，姊姊定當感激不盡。」

司徒錦總算是明白了，這司徒芸是在打這個主意呢！

上一次在圍場丟了人，司徒長風便一直沒讓她出門，生怕被別人看見，又給自己丟臉，於是讓她在府裡好好反省。如今皇后壽誕在即，大姊姊才想著讓她在爹爹那裡美言幾句，好進宮去參加宴會，繼而勾引太子。

果然是好主意！

司徒錦在心裡冷笑。

司徒芸啊司徒芸，妳當所有人都是傻子呢！

「怎麼，二妹妹這是不想幫姊姊嗎？」看到她的臉色漸漸下沈，司徒芸便露出一副楚楚可憐的樣子，想要以此博得同情。

司徒錦在心中計較了一番，這才揚聲說道：「大姊姊說哪裡話，咱們是姊妹不是嗎？放心好了，我一定會在爹爹面前替大姊姊說好話的。」

「真的嗎？」司徒芸有些不可思議地叫了起來，臉蛋都興奮得紅了。她費盡了心思，浪費了這麼多口水，總算說服這個死丫頭，真是太好了！

司徒錦點了點頭，算是同意了。

讓司徒芸解除禁足沒問題，與她一同進宮也沒問題。只不過讓她搭上太子，為自己樹立一個強勁的敵人，她萬萬做不到。既然司徒芸想出風頭，那就讓她去，到時候可別怪她心狠，不顧姊妹情誼。

而司徒芸兀自高興著，根本沒有注意司徒錦的神情。

不遠處的畫舫上，大夏國的慧玉公主正端坐在椅子上，欣賞著湖上的美麗風景，卻不承想被一道聲音給打攪了興致。

「公主在大龍可過得習慣？」

問話的人，是一身淺紫色華麗錦服的男子，年約十八，看起來溫文爾雅，風流倜儻。臉上那明媚的笑容，像是一道陽光，讓人看著很舒服。

慧玉公主沒有像往常那般出言不遜，而是略顯謹慎。「多謝三皇子殿下關心，本宮覺得還好。」

「那就好，本皇子放心了。」三皇子龍駿見她不冷不熱的，也很知趣，沒有繼續糾纏下去，逕自端起酒杯，與身側另一邊的女子交談了起來。

慧玉公主將視線從他身上移開，並未多作停留，繼續喝著小酒，聽著小曲，神情與剛才並沒有多大的不同。

說起來，這一位公主也算是真性情的人，喜歡就是喜歡，不喜歡就是不喜歡。雖然三皇子英俊瀟灑又溫和謙遜，但是她總覺得他看起來很假，好像一切都是裝出來的。

三皇子碰了個釘子，心裡早已恨不得將這個不知好歹的女人碎屍萬段，卻還要裝出大度的模樣與其他人周旋。「今日晴空萬里，風景秀麗，不若各位吟詩作賦一番，助助雅興，如何？」

有些官家女子聽到他的提議，不禁拍手叫好。

她們受到三皇子邀請，早就已經做了充足的準備，打算一展自己的才華，也好得到他的青睞。

三皇子雖然不是嫡出的，但最近很受皇上器重。更重要的是，他雖然已經有了妃子，但正妃的位置，可還空著呢！

「殿下這個提議甚好，那臣女就先行獻醜了。」話音剛落，一個嬌滴滴的小美人就站了出來，將自己冥思苦想的一首詩詞唸了出來。

另外幾位千金小姐見風頭被搶，也毫不示弱，接二連三地上前獻藝。從剛開始的作詩，到有人撫琴有人舞蹈，還有人作畫，竟也將畫舫上的氣氛推向了高潮。

慧玉公主今日一反常態，竟不爭也不搶，而是望著畫舫外面發呆，著實有些讓人摸不著頭腦。

其實很多明眼人都看得出來，三殿下說要來遊湖，無非是想討這位公主歡心。雖說對方來自降國，但好歹身分尊貴。如今皇上打算為公主賜婚，但人選一直未定，京裡不少名門公子都在想法子引起公主的注意呢！

這位三皇子也是為了博取美人歡心，所以才邀請了這麼多人來遊湖，那些爭先恐後表現的女子，不過是陪襯品而已。

「公主似乎有心事？」三皇子倒是沒將那些千金小姐的表演看在眼裡，反倒是關心起一直默默無語的慧玉公主。

慧玉公主也是個絕色美人，雖然脾氣差了點兒，但因為貴為公主，這麼個小小的缺點也就可以忽略了。而且三皇子相信，以他的魅力，這慧玉公主絕對逃不出他的手掌心。故而對她噓寒問暖，關懷備至。

只是慧玉公主心裡早就已經有人了，哪裡還看得上別人。三皇子所做的一切，不過徒勞而已。「本宮離開家鄉時日已久，難免有些想家。」

三皇子眉頭皺了皺，不敢隨意接話。

如今這公主是降國送來和親的，是個禮物。他想要取悅她，也想得到她背後的勢力。若是表現得太過殷勤，反而會引起別人懷疑。而且自己一再示好，她卻裝作沒看見，面子上總有些過不去。

「若是父皇為公主賜婚，公主也算得上是大龍的人了，今後大龍便是妳的家。」

這話裡的意思很明確，他是在提醒慧玉公主，如今大夏乃敗軍之將，她也不再是高高在上的公主，應該弄清楚自己的身分，莫要再擺架子！

第五十四章　嫁禍

皇后壽誕當天，周氏難得花心思好好地裝扮了一番，然後便帶司徒錦和司徒芸乘坐馬車去了皇宮。

當司徒錦與司徒芸一同出現在她面前的時候，她還微微驚訝了一下，不過在明白司徒芸的意圖之後，她只是不屑地冷哼一聲，便上了馬車。

司徒錦一路上低垂著眼簾，也不知道在想什麼；司徒芸卻一直在檢查自身的裝扮，生怕哪裡做得不夠好，不能吸引別人的注意。如今要重新以靚麗的身姿出現在眾人面前，她心裡還是有些忐忑。

畢竟那不光彩的事情在上流社會已經傳開了，萬一待會兒遇上熟人，那她精心準備的一切豈不是就白費了？

就在車上的女人各懷心思時，馬車穩穩當當地停在了皇城門口。司徒錦姊妹自然坐著不動，等周氏先下去才能起身。但周氏似乎並不急著下去，反而將眼光在這姊妹倆身上來回掃視著，臉色有些陰沈。

「我不管妳們倆有什麼陰謀，若是敢給太師府和丞相府丟臉，仔細妳們的皮！」周氏狠狠地瞪著這姊妹倆半晌，見她們沒有頂嘴，這才動了動身子，在丫鬟的服侍下下了馬車。

等到周氏離開車廂，司徒芸便露出不屑的神情。「哼，還真拿自己當回事了。」

司徒錦倒是沒說什麼，撩起車簾子，也下了車。

司徒芸見司徒錦對她依舊不算熱情，心裡頗有微詞。但看在她昨日幫她求情的分上，她還是壓下心中的不快，跟了上去。「二妹妹走這麼急做什麼？」

說著，司徒芸追上去親暱地挽著司徒錦的胳膊，與她同行。

司徒錦很不喜歡別人隨意觸碰自己，便不著痕跡地拉下她的手臂，說道：「大姊姊，妳看前面，那不是丞相府的馬車嗎？」

經司徒錦這麼一提醒，司徒芸便不再與她糾纏，而是將注意力放在前面的馬車之上。不一會兒，一個打扮得高貴得體的小姐在丫鬟攙扶下，款款地下了馬車。司徒芸眼尖，一下就認出她來。

「悅熙表姊？」

「可不是悅熙表姊嘛！聽說她也是許給了太子當側妃呢！」司徒錦故意將這事給抖出來，就是想看看司徒芸的反應。

果然，司徒芸得知周悅熙也要嫁入太子府後，整個臉就變了。原本她還一副算計的模樣，似乎有意撇開司徒錦，去跟周悅熙走在一起。畢竟丞相府的嫡出小姐，身分比司徒錦這個側室生的女兒不知要高了多少。若是能夠與她一起進宮，想必會更加彰顯自己的身分。不過被司徒錦這麼一攪和，她倒是收住了自己的腳步。

那雙嫉恨的眼睛死死地瞪著前面那位嬌滴滴的大美人，一副恨不得吃了對方的模樣，讓司徒錦都有些發愣。

看來，大姊姊的意志還真是堅定啊！從小到大她都只想嫁給最尊貴的人為妻，沒想到這個志願到現在都未改變。那太子雖然是個香餑餑，但以目前的局勢來看，他未必就是皇位繼承人。司徒芸是真的太糊塗，還是太過死心塌地，連這點兒都看不通透？這樣一門心思，打破頭也要往太子府鑽，難道就沒想過萬一太子失勢，她會是什麼下場嗎？

微微嘆息之後，司徒錦便跟在周氏身後，也不管司徒芸了。

因為國母壽誕，整個皇宮都布置得金碧輝煌，所用的器皿也都是最好的。司徒錦對皇宮也充滿了好奇，但是才剛踏入大殿之上，還來不及細細欣賞，便被一個身影攔住了去路。抬眼望去，見是熟人，她微微福了福身，道：「見過公主！」

此人不是別人，正是大夏國的慧玉公主。

「妳跟本宮來一下，我有事找妳商談。」慧玉公主倒不見上次的趾高氣揚，臉色還微微有些沮喪，看起來像是變了個人似的。

司徒錦不敢亂跑，便委婉地拒絕道：「公主有什麼事，就在這裡說吧。臣女對宮裡不熟，若是找不到回來的路，那就麻煩了。」

慧玉公主見她一點兒都不配合，臉上露出一絲不耐煩。「有些話還是私底下說比較好，妳若是不想讓別人聽到，最好跟本宮走一趟！」

司徒錦很是納悶，她與慧玉公主並無交情，也就上次在圍場見過一面，為何她會找上自己呢？

「公主……」

慧玉公主是個直率的女子，哪裡見得這般推諉的舉動，於是一把將司徒錦給拉住，就往大殿外面走去。

司徒錦自然不願意跟她有任何牽連，但奈何公主力氣比她大了許多，她想要擺脫也是徒勞，只能在眾人詫異的目光中被拉走了。

司徒芸見公主神神秘秘地將司徒錦給拉走了，便起了好奇之心，於是也悄悄地跟了上去，想知道她們到底想要談些什麼。

慧玉公主因為心裡著急，所以也不管有沒有人跟，逕自將司徒錦拉到御花園一座假山後面。「這裡沒什麼人來，本公主要妳幫我一個忙。」

司徒錦蹙了蹙眉，莫說是她不同意公主的做法了，竟然還想要她幫忙，實在是太荒誕了些。「公主乃皇室明珠，還有什麼事能難倒您？臣女不過一個深閨女子，怕是幫不上公主的忙，還請公主另請高明才是。」

說著，她就想離開。

慧玉公主有些氣地拉住她的手臂，死死地拽著，就是不放手。「本公主這是給妳機會，妳別給臉不要臉！」

司徒錦被她的話給刺激了，心裡很是不舒服。「公主這話是何用意？」

「你們大龍的皇帝在為本公主挑選駙馬，想必妳也知道這件事。本公主與隱世子有過幾面之緣，只要我開口，皇上必定會親自賜婚。只要妳想辦法讓隱世子自己開口跟皇上求娶，本公主可以不計較妳占了正室的位置，只要求一個平妻。若是妳不知好歹，那本公主到時候去求皇上，恐怕妳連個側室的位置都撈不上。」

這幾日，三皇子一直對她死纏爛打，心思昭然若揭。可是她就是不喜歡他，她心裡早已全是那個男子的身影，自然不想嫁給別人。所以為今之計，只有從司徒錦下手了。她是未來的世子妃，只要她開口，隱世子肯定會點頭。

在此之前，她還派人打聽了關於司徒錦的一切。知道她出身低微，不過是個妾室所生的女兒，又不是很受寵，所以才敢如此大膽地來找她談判。

她相信以她公主的身分跟她商量，她必定不敢拒絕。

沒有想到司徒錦在聽了她的威脅之後，噗哧一聲，笑了。「公主這是在跟臣女說笑了吧？莫說男女授受不親，即使臣女與世子早已訂親，也不能私下見面。相信以皇上的英明，也不會做出出爾反爾、失信於人的事情。皇上已經為隱世子賜婚，斷不會為了公主的一句話，就將我這個未來的世子妃給廢掉，否則豈不是自打嘴巴嗎？」

慧玉公主的臉色愈來愈沈，愈來愈難看。

司徒錦的回答，無非是踩到了她的痛腳。她早先也暗示過她對隱世子的好感，但皇帝卻裝作沒聽見，三兩句話就將話題給轉移了。加上三皇子最近又逼得緊，她沒辦法才想到要司徒錦去遊說的。但是這個該死的庶女，不但沒有答應她的要求，還取笑於她，實在太過分了！

「司徒錦，別以為妳與隱世子訂了親，本公主就不敢動妳！妳信不信，我現在就殺了妳，然後偷偷地埋了。若是妳失蹤了，隱世子自然就可以另娶她人，妳說是不是？」

看著慧玉公主臉上的狠戾之色，司徒錦有些嚇到，不過她知道慧玉公主不會真的動手。畢竟這裡不是大夏，而是大龍皇帝的皇宮。一個帝王若是連皇宮裡的事情都一無所知，那他的皇位估計也坐不住了。

壯了壯膽子，司徒錦便冷笑著回敬道：「據臣女所知，此時已經到了侍衛交班的時刻，不一會兒就有人過來巡查。若是不怕被人發現的話，公主儘管動手好了。」

其實，慧玉公主還真是說說氣話而已。她也是個明白人，知道這皇宮裡的一切都在皇帝的掌握之中，她不可能貿然行事。

司徒錦再不濟，也是未來的世子妃，她若是死了，恐怕她也脫不了干係。到時候，若是影響大夏與大龍的關係，那她可就是罪人。但就此放過她，她心裡又很不甘心。慧玉公主愈想愈氣，想也不想的，一隻手就揮了出去。

司徒錦沒料到公主敢動手打她，想躲閃已來不及，只能認命地閉上眼。只是，這巴掌聲雖然清脆，但那刺骨的疼痛卻沒有襲來。

司徒錦睜開眼睛，便見一隻手臂橫在自己面前，而慧玉公主則捂著臉頰，一臉的不敢置信，死死地瞪著眼前那身穿黑色服飾、冷如寒冰的男子。

「你……你居然打我？」

慧玉公主一臉哀戚，似乎有些不敢相信自己的眼睛。他怎麼可能會為了一個什麼都不如自己的女人打她呢？

龍隱狠狠地瞪了慧玉公主一眼，懶得再理會，牽了司徒錦的手就打算離開。

「你站住！」慧玉公主見他牽著另一個女人的手，心碎地喊出聲。

她心甘情願來大龍和親，就是為了能夠嫁給她一見鍾情的男子。當年聖武帝派兵攻打大夏時，慧玉公主便對那少年將軍龍隱傾心不已。若不是為了他，就算是打死她，她也不會來大龍的。可是他卻如此這般對她，實在太傷人了！

「你……你怎麼能夠……」多年的期盼瞬間崩塌，沒有幾個人能夠承受得起。

但龍隱卻絲毫不打算與她糾纏，拉著司徒錦轉身就走。

儘管被龍隱拖著走，但司徒錦眼神卻在二人之間來回掃視，覺得他們之前肯定認識，就不知道龍隱心裡到底是怎麼想的。堂堂的公主癡戀於他，這可是很多男人求都求不來的好事呢！

見司徒錦敢懷疑他的心意，龍隱握著她的手便加重了幾分力道。

司徒錦吃痛，眉頭皺得死緊。看來他是看穿她的心思了！她的質疑讓他不高興了嗎？這個男人還真是彆扭，不高興就算了，幹麼拿她出氣?!

龍隱一直用眼角瞄著她的一舉一動，見到她眉頭皺了一下，便放鬆了力道，又輕輕地撫了撫她的手掌，表示安慰。

司徒錦意識到他舉動是多麼的駭人，若是被別人看到，恐怕又會有不少流言蜚語傳出來。

「放手……」她小聲抗議著，左顧右盼，生怕有人經過這裡。

龍隱眉毛挑了挑，似乎對她這番舉動很是不快。若不是他來得及時，恐怕那公主的一巴掌就要落到她的臉上了，她還有意見？

「不放！」他堅決地出聲。

司徒錦訝異地抬起頭，覺得他這個大冰塊也有這樣孩子氣的一面，實屬罕見，正要說些什麼，慧玉公主卻從後面跟了上來，一把將兩人緊握的手給拉開。「龍隱，你到底有沒有聽見我說的話？你為何要那般對我，我都如此低聲下氣的跟你說話了，你……」

「本世子與妳非親非故，為何要聽妳說話？讓開。」龍隱顯然對慧玉公主的盛情一點兒都不在意，甚至感到不屑。

慧玉公主沒想到得到的竟然是這樣的答案，頓時傷心地倒退幾步。「你……你竟然如此狠心！」

司徒錦看著二人的表情，忽然明白了些什麼。看來，這慧玉公主單戀隱世子好些時日了，只是剃頭刀子一頭熱，那公主再癡情，隱世子也是視而不見，苦的還是她自己。可惜了她金枝玉葉，卻被一個男人如此對待，甚至是厭惡。

司徒錦不想摻和他們之間的事，轉身打算離去時，卻看見一個白色的裙角消失在月洞門的另一邊，心中便起了疑。

看來，剛才他們的談話，已被人聽了去。

司徒錦嘴角冷冷一笑，早已猜出了那人的身分。除了她那個大姊姊，還有誰喜歡穿那樣自以為是飄逸仙子般不食人間煙火的素白衣服呢？

她到底想幹麼？在打算與她聯手的同時，也想算計她，拿捏住她的把柄嗎？

見司徒錦的心思不在自己身上，龍隱頓時覺得有些委屈。他可是早早就來了皇宮，只為等她出現。平日他們不能私下見面，那他就忍著不去找她，這回借著皇后的壽誕，便盼望能好好地與她說說話，沒想到這個小妮子在他面前，居然還有心思想其他的事情！

龍隱將她的臉轉過來面向自己，一隻手捏著她的下巴，問道：「在想些什麼？」

司徒錦見他在公主面前與自己這般親密，臉蛋迅速被紅暈占據，躲躲閃閃地回道：「世子還請自重。」

慧玉公主那眼神太恐怖了，像是要吃人的樣子，她可不想被人莫名其妙地恨上。

「我是妳未來的相公。」難得的，世子爺又多說了一句話。

看著隱世子的變化，慧玉公主也是驚訝不已。以她對他的了解，他並不是一個喜歡跟人打交道的男子，甚至可說是冷漠無情。如今，他竟肯放下架子，跟司徒錦進行如此親密的接觸，還親口承認他們之間的關係，看來他是真的動了心了。

慧玉公主眼神一黯，心痛難忍。

她等了這麼久，他都沒有正眼瞧過她一眼，而皇帝賜婚於他，他就對那未來的妻子動了情，她實在是嚥不下這口氣。

如果只有這樣才能接近他，那麼她也可以不顧臉面，再去求皇帝下旨賜婚。

想到這個法子，慧玉公主便不作停留，朝著大殿方向去了。

見周圍沒有了別人，為了避嫌，司徒錦變得更加拘謹。距離上一次見面已經有一段日子了，他似乎越發英俊成熟了。

想著他奮不顧身跳下湖去救自己，她還是有些心動。儘管他已經對她表達過心意，但是他們至今還是陌生人，她仍舊不敢輕易陷進去。

「時辰不早了，我……我要回大殿去了……」司徒錦張了張口，卻只能如是說道。

龍隱見她要走，也不攔著，卻尾隨在她身後，保持一定的距離，但又不讓她離開自己的視線。兩人默默無語地穿過一道道宮門，一直沒有言語上的交流。

司徒錦知道他一直跟著自己，心裡微微動容。他是害怕再有人傷害她吧？

不一會兒，遠處傳來說話的聲音，司徒錦這才意識到，她已經距離大殿不遠了。

「唉，你們不知道吧？聽說大夏的公主死了！」
「就是那個和親的公主？不會吧，我剛才還看到她呢！」
「才沒多大會兒的事情，據說屍體在御花園被發現了，死相真是一個慘！」
什麼?! 慧玉公主死了？她剛剛不是還在跟自己說話嗎？怎麼才一轉身就死了？司徒錦無法掩飾她的震驚。但沒多久，她就突然明白了些什麼。
當她聽到周圍這些議論的時候，心裡就不斷地在打鼓。剛才公主拉她離開的時候，可是被很多人瞧見了，如今公主出了事，眾人勢必會懷疑到她頭上吧！
果不其然，不一會兒，一個太監模樣的人來到司徒錦面前，說道：「是太師府的二小姐吧？皇后娘娘有請。」
果然是怕什麼來什麼！司徒錦深深地吸了一口氣，便跟著那太監走了。
龍隱跟在司徒錦身後，眉頭皺得死緊。他剛才一直尾隨她，並未聽到任何的響動，那慧玉公主怎麼就死了呢？
該死的，這不會是個陷阱吧？
這樣想著，龍隱很快便消失在了人群之中。
皇后娘娘此時正在自個兒的寢宮裡梳洗打扮，聽聞了慧玉公主的死訊，這才發號施令，將跟公主一同離開大殿的司徒錦宣到永和宮。

雖然那大夏公主只是降國送來和親的，但不明不白地死在大龍，想必大夏也不會善罷甘休。大夏雖然已經戰敗，不足為懼，但其他大國可是盯著大龍的一舉一動，若此事處理不好，恐怕會影響大龍的聲譽。

因此，一發現公主的屍體後，皇后便讓人封閉了御花園，派御林軍守護，生怕遺漏了什麼，讓真凶逃離了。

若說司徒錦殺了那公主，皇后還是有些不信。

畢竟，司徒錦不過是個弱女子，哪來的膽子殺人？那公主可是有功夫的，要想一刀致命，那也要有點本事才行。

只不過，眾人都知道是司徒錦跟著公主一起離開的，公主出了事，她也不可能那麼輕易就擺脫嫌疑。

當宮女進來稟報司徒錦已到的消息時，楚皇后正在戴護甲套。「讓她進來吧。」

一旁為皇后裝扮的美麗女子在此時開口了。「母后，聽父皇身邊的公公說，慧玉公主曾經暗示父皇，說是想要嫁進沐王府呢！」

這沒頭沒腦的一句話，讓楚皇后怔怔地望著自己的侄女，臉色微變。「這樣沒根據的話，還是少說，免得惹禍上身。」

皇帝是個疑心很重的人，若是知道有人向他的貼身太監打聽消息，那可是犯了大忌，會有殺身大禍的。她雖然貴為皇后，但在這一點上還是有些分寸，不敢觸碰皇上的禁忌。

楚濛濛見皇后生氣了，便低下頭去認錯。「昇兒臣魯莽，說錯了話，請母后責罰。」

自從嫁給了太子，楚濛濛就改了口，不再稱呼楚皇后為姑母，而是跟著太子稱呼母后。平時她在皇后面前撒嬌，皇后也沒有多說什麼，但是一旦觸犯禁忌，皇后也是不會看在她們同為楚家人的分上，對她寬恕的。

楚皇后嘆了口氣，說道：「濛濛，不是母后說妳。妳都已經嫁入太子府了，原先那些心思，還是收起來吧！」

面對皇后的勸誡，楚濛濛原本的鎮定被打破了。她驚愕地看著皇后，有些不敢相信。她心裡那些秘密，皇后是怎麼知道的？

「以前，母后可以不管妳是怎麼想的。但如今妳已經貴為太子妃，就要記住自己的本分，不要再有非分的妄想。那沐王府指不定是太子的一大助力，切莫得罪。若是太子失勢，妳的下場又能好到哪裡去？一榮俱榮一損俱損的道理，妳不會不懂吧？」楚皇后自然是知道她的那點兒小心思的。

哪一次不是隱世子進宮，楚濛濛也碰巧進宮來看她？如此的巧合多了，也就不能稱之為巧合，而是預謀了。

雖然她嘴上沒有說，但她這個過來人又怎麼會看不出來？可她們楚家的女子，都是要進宮的，即使她再不願意，也擺脫不了命運的安排。

楚濛濛沒有說話，一味低著頭，也不知道在想什麼。

正好此時，司徒錦在宮女的帶領下，進了永和宮。見皇后和太子妃都在，司徒錦便款款下拜，規規矩矩地行禮。「臣女給皇后娘娘請安，給太子妃請安，娘娘萬安，太子妃金安。」

楚皇后見她如此冷靜，心裡便有了數。

「起來回話吧。」

司徒錦拜謝之後，這才起身，站在一旁，不敢隨意四處打量。

「據說慧玉公主拉著妳一塊兒去了御花園。在那裡，可有發生什麼事？」皇后也不提起公主的死訊，倒是像聊天一般地問起話來。

司徒錦心裡微微一鬆，覺得皇后娘娘果然不是個簡單的角色，並未一開口就拿她問罪，看來還是相信她的。

「公主的確是在御花園與臣女聊了兩句，不過不久之後公主就離開了。臣女貪看御花園的珍貴名花，所以趕回大殿的時辰稍微晚了些。」她這樣的回答，一是將她們之間的談話給掩飾了過去，二是闡述了自己的清白。

皇后娘娘見她心思如此縝密，倒是高看了她一眼。

看來隱世子的眼光還是不錯的，這個丫頭雖然不算絕色佳人，卻是個勇敢聰慧的孩子，說不定將來會是隱世子的賢內助呢。

見皇后沒有說話，司徒錦也低眉順眼，不敢再開口。

倒是一旁默默無語的楚濛濛沈不住氣了，大聲喝斥道：「好一個大膽狂徒，竟然敢在御花園行凶，還敢巧舌如簧地狡辯！來人，拖下去打五十大板，看妳招不招?!」

司徒錦和皇后都是一驚，沒想到太子妃居然二話不說就要打她，實在是有些過了。

「臣女不知道所犯何事，太子妃要懲罰臣女？」司徒錦也不會任人欺負，雖然恭敬地下跪，但質問的語氣還是透露了她的堅決和勇敢。

太子妃眼睛半瞇著，狠毒的眼光恨不得將她碎屍萬段。「妳還敢狡辯！那慧玉公主是與妳一起離開，所以才遭了毒手的。妳竟然說得如此輕巧，想要隱瞞妳的罪行，實在是該打！母后，這樣的歹毒之人，不打是不會說實話的！」

那意思很明顯，她就是不想讓司徒錦好過。

楚皇后對太子妃的做法很是不贊同，但好歹是自己的侄女，她也不忍苛責，只好在一旁周旋。「今日是母后的壽誕，母后可不想見血。好好地問話就是了，幹麼非要打？」

太子妃一臉不滿地瞪著皇后，卻不敢反駁，心裡更是恨透了司徒錦，想著如何才能夠將對方置於死地。

「既然母后怕見血，那就先不打。司徒錦，妳可要想好了再回答，本宮也不是輕易冤枉了妳，本宮可是有證人的。」

司徒錦心裡一緊，嘴角泛出一絲冷意。

看來，這太子妃是非要置她於死地不可，居然連證人都找好了！可是她一定想不到吧，當時在場的可不止她一個人。

「臣女沒有做過這些事，身正不怕影子斜。」她堅定地回答。

太子妃胸口起伏得很厲害，眼神更加冷厲。「殺了人還這麼鎮定，看來妳的心一定是石頭做的！母后，如此冥頑不靈之人，不給點兒教訓是不行的。」

皇后娘娘依舊一臉淡然地看著司徒錦，並沒有同意太子妃的話。

就在此時，宮女進來稟報，說是皇上駕到。

皇后一聽皇上過來了，先是一驚，繼而冷靜下來，穿著朝服過去見駕。

「臣妾給皇上請安。」

「兒臣給父皇請安。」

「臣女給皇上請安。」

一時之間，宮殿之內所有人都跪下，三呼萬歲。

身穿明黃色龍袍的聖武帝虛扶了皇后一把，然後走到高位坐下，這才免了所有人的禮。

「都起來吧！」

太子妃心裡有些打鼓，當看到跟隨著皇帝而來的隱世子時，她一顆心就亂了。

「皇上不是在勤政殿看摺子嗎，怎麼有空過來？」皇后體貼地端上香茗，溫柔地坐在他身邊。

聖武帝望了殿上之人一眼，這才威嚴地說道：「大夏的公主死在朕的皇宮，發生這麼大的事，朕哪裡還有心思看摺子。」

皇后尷尬一笑，道：「今日是臣妾的壽辰，臣妾原不想打擾皇上處理政務。既然皇上已經知道了此事，那就請皇上親自審理此案吧。」

皇上聽了這話，對皇后的不滿少了一些。

太子妃此刻再也不敢胡亂說話，只是站在一旁，但是一雙眼睛卻時不時往那個黑色的身影上瞟。

「慧玉公主遇害前，與誰在一起？」皇帝簡單地問了一句。

司徒錦不等被人指出，便主動站出來，說道：「回皇上，是臣女。」

皇帝看了一眼龍隱，繼而才將目光轉移到那個嬌小的女子身上。看來，隱世子也不像傳聞中的那麼冷血無情嘛。如今他的未婚妻遭受別人的懷疑，他就坐不住了，還去勤政殿請了他過來，這不是維護是什麼？

看來，這小子是真的動了凡心了。

不過這樣也好，以後要拿捏他，就容易多了。

「妳，就是隱世子未來的世子妃？」

司徒錦猜不透皇帝的心思，只好老實地回答。「正是臣女，司徒錦。」

「妳與慧玉公主去御花園，可還有其他人在一起？」皇帝若有所思地問道。

司徒錦咬了咬下唇，一時不知道如何回答。

如實回答吧，恐怕會落得個私會男子的罪名；若說沒有，那豈不是陷自己於不利？

「回皇上的話，當時臣女沒有注意，不知道周圍還有沒有其他人。」想來想去，她只能如此回答了。

皇帝聽了這個回答，很是滿意。

司徒錦這個小丫頭，不簡單啊！這麼輕易就將自己給撇清了，還真是聰慧。隱兒的眼光不錯，當初自己賜婚這一舉動，看來是做對了。

而此刻，太子妃卻心急如焚。

事情已經脫離了她的掌控，再這樣下去，恐怕司徒錦就能輕易脫身了。不行，她絕對不能就這麼放棄！

於是楚濛濛上前一步，不顧皇后的眼神示意，堅持站出來開口道：「啟稟父皇，兒臣這兒可是有個人證，說是……看到了些什麼……」

她故意不將話說明，也是給自己留了條退路。

皇帝打量了自己的兒媳婦一眼，眼中的戾氣一閃而過。「太子妃有人證？那還不快宣進來？」

太子妃面上一喜，卻不露任何破綻，對宮女吩咐道：「去將證人請進來。」

只要那人親口指認，想必司徒錦就算有三頭六臂，也是說不清了吧？到時候，皇帝震怒，那麼她的小命可就玩完了。哼，誰讓她霸占了原本屬於她的位置？若不是她，那世子妃的位置，早就是自己的了。

司徒錦倒是鎮定得很，她也想到了那個證人是誰，所以並未見慌張。若是司徒芸夠聰明，斷然不會在看到隱世子在場的情況之下誣衊她。

果然，不一會兒，一身素白的司徒芸便被帶了進來。

龍隱眉頭微蹙，但卻冷靜如初，沒有任何動作。

「臣女司徒芸，參見皇上。」司徒芸嬌滴滴地跪倒在地，極盡所能地表現出自己最美好的一面。

皇上在看到她絕麗的臉龐時，頓時想起來了。「妳是太師府的大小姐，司徒芸？」

「臣女正是太師府嫡長女，司徒芸。」她故意將「嫡長女」幾字說出來，就是想將自己的身分提一提，也好壓司徒錦一頭。

皇帝聽了她的話，卻是微微蹙眉。「太子妃的人證，就是妳？」

「回皇上的話，臣女也是好奇，所以才跟了上去。」司徒芸話只說了一半，剩下的一半卻是不敢隨意開口。

剛才太子妃的宮女找到她，交代她事情的時候，司徒芸還掩不住驚訝。畢竟出現在御花園裡的，就那麼幾個人，這太子妃如何知道她也在場，還給自己安排了這麼一個重要的角色？太子妃差人告訴她，說是只要她幫太子妃除掉司徒錦，那麼她就向太子進言，讓太子去司徒府提親，並將最後一個側妃的位置留給她。

眾所周知，太子四個側妃的位置即將滿了，而其中一個還是丞相府的周悅熙。司徒芸原本就不覺得自己比周悅熙差，現在她也有機會進入太子府，怎能不歡喜?!

司徒芸正想著怎麼引起太子的注意，這太子妃就找上門來，要與她聯手。這讓司徒芸感到欣喜的同時，也有些不敢相信。

太子妃是什麼樣的人，司徒芸雖然不了解，但是關於楚家人，她可是略知一二。在一般情況下，楚濛濛怎肯平白無故地將一個敵人迎進府去?她怎麼會這麼好心，又有這樣的胸襟?

所以，司徒芸應下的同時，也在權衡著利弊。

先不論太子妃的承諾是否為真，除掉司徒錦也未必不是一件一舉兩得的好事。反正她早就想要除去司徒錦這個眼中釘，既然有這樣的機會，她還是會好好利用。至於太子妃的話是不是空頭許諾，她還得觀察觀察再說，免得得不償失。

「那妳說說，妳都看見了些什麼?」皇帝放下茶盞，問道。

「臣女……臣女不敢說……」司徒芸支支吾吾的，看了太子妃一眼，又看了那閻王般的隱世子一眼，再也不敢抬起頭來。

若是隱世子不在，或許她可以將罪名栽贓到司徒錦身上，然後再跟太子妃談條件，早日嫁入太子府。但好死不死的，那個閻王在這兒，她就不好說了。隱世子可是皇上身邊的紅人，他自然維護司徒錦，與他比起來，她的話就微不足道了。想要陷害司徒錦，那可是自尋死路。

太子妃看到她吞吞吐吐的，有些不耐煩了。

明明說好的，這個賤女人不會反悔了吧？若是她將自己供出來，那可不得了！想到這裡，太子妃暗暗著急起來。

皇后看到太子妃那焦急的模樣，就知道此事定然與她有關。但為了自己的兒子，就算太子妃做了大逆不道的事情，她還是要幫忙掩蓋一二。

「有什麼話，妳就直說，朕恕妳無罪。」皇帝見她不肯直說，耐心也用盡了。

司徒芸嚇了一跳，不敢再有所隱瞞。「臣女當時跟著慧玉公主和二妹妹，見她們躲到假山後面去說話了。過了一會兒，公主就氣呼呼地離開了。臣女不小心看到公主的臉頰泛紅，隱約可見巴掌印……過了很久，臣女才又看到二妹妹從假山後出來。」

「這麼說來，公主臉上的傷，是司徒錦打的？」皇后這時候適時地出聲。

司徒芸不敢回答，只是低垂著頭。

她這樣回答，不算明確。既沒有指出司徒錦殺了人，也沒說她沒有殺人。這答案模稜兩可，卻更易引起別人懷疑，而她自己就可以從兩難的境地擺脫出來。如此一來，既幫了太子妃，指認了司徒錦，又沒有得罪其他人，真是一舉兩得。

司徒芸不禁想為自己的小聰明歡呼了！

司徒錦眉頭只是微微動了動，她早已想到司徒芸肯定會給自己使絆子，所以也不感到意外。

倒是太子妃在聽了司徒芸的話之後，便給司徒錦定了罪。「司徒錦，妳還有何話說？還不承認是妳殺了公主？」

「臣女完全不知此事與自己有何關係！」司徒錦驚呼，似乎對楚濛濛的指責感到不知所措。

太子妃見她惺惺作態，再也忍不住，立刻上前準備給她一巴掌。

然而，在她的手落到司徒錦臉上之前，只見一個黑影從她面前晃過，硬生生地將司徒錦帶走了。

「太子妃這是要屈打成招嗎？」一道冷冷的嗓音響起，令在場所有的人都怔住了。

第五十五章　世子維護

聖武帝將所有人的反應都看在眼裡，當龍隱出手阻止太子妃掌摑司徒錦的時候，他的眼睛不由得瞇了瞇。

太子妃一向端莊賢淑，如今卻為了一個莫須有的罪名要動手打人，這實在是太不可思議了。抑或是，這件事情，她也參與了？

皇后很是著急，敢在天子面前動手，太子妃還真是吃了熊心豹子膽！皇上都未說話，她倒是先動手，怪不得隱世子會出手救人。太子妃這一次實在太魯莽了，即使她有心想要袒護她，也有些困難。

太子妃一臉震驚地看著被揮開的手，身子被那一股蠻力給震退了好幾步，差點兒摔倒在地。當看清是誰出手推開她時，她的眼眸瞬間睜大，似乎不太相信自己所見到的一切。

「太子妃，朕還未定罪呢，妳怎麼如此心急，還動上手了。這哪點兒像個太子妃該有的作為？」皇上眉頭微皺，語氣略顯嚴肅地責備道。

皇后見皇帝都開口問話了，也不便插嘴，只希望太子妃能夠趕緊認錯，免得愈錯愈多，最後一發不可收拾。

太子妃先是怔怔地看著龍隱，又聽到皇上的責問，膝蓋一軟，跪倒在地。聰明如她，也知道此刻不能繼續任性下去，只得低頭認錯。「父皇恕罪，兒臣知道錯了。兒臣……兒臣只是想為父皇分憂，那大夏公主畢竟是一國皇親，如今在大龍皇宮裡出了事，兒臣也是想儘快找出凶手，好給大夏一個交代。」

她說的話，句句在理。可惜她想錯了一件事，那就是聖武帝還不會將一個小小的大夏放在眼裡，至於給對方一個交代，更是說得有些過了。

「皇上息怒……太子妃妳還不閉嘴！」皇后看到聖武帝的臉色微沈，忍不住對楚濛濛喝道。

英名偉大的聖武帝，怎麼可能會對一個無足輕重的小國低頭？雖然要給個說法，但用「交代」一詞，實在是有辱聖上的聲威。

楚濛濛也意識到自己錯了，否則皇后不會這樣嚴厲地喝止。可是她就是見不得龍隱那般護著司徒錦，心中酸味洶湧，那滋味真的很不好受！

司徒錦見龍隱當著皇上皇后的面替自己解圍，心跳又抑制不住地狂奔了起來。私底下他不止一次幫過她，也說過一些讓人臉紅心跳的話，但是當著威嚴的皇帝面前做出這番舉動，真的讓她受寵若驚。

他這般行為，不但得罪了太子妃，還在眾人面前留下了擅作主張的不良印象。她是既開心又替他擔心，一時之間不知道如何回應。

「皇上，司徒錦不可能是殺害公主的凶手。」龍隱給了她一個安心的眼神，然後轉過身去對皇帝說道。

聖武帝淡淡笑了，看向龍隱的目光也變得探究起來。「那你說說看，她為何不會是凶手？」

龍隱毫不避諱地答道：「因為那時候臣也在御花園，而且還是跟她在一起。」

司徒錦聽到他如是回答，早就恨不得找個洞躲起來了。

雖說他們名分早已定下，但還未拜堂，這樣光明正大地在御花園幽會，傳出去可不怎麼好聽。

「這麼說，是司徒錦不守婦道，引誘世子去御花園約會了？」見龍隱不顧自己的身分，將這個隱情說出來，太子妃就再也沈不住氣了。

司徒錦心中一凜，她怎麼就不守婦道了？她又不曾紅杏出牆，不過是和龍隱見了一面，怎麼就成了放蕩無恥之人？這太子妃為何對她有如此大的成見，非要將她置於萬劫不復之地呢？難道是……

回想起第一次進宮的時候，當時還未嫁給太子的楚濛濛剛好也在皇后宮裡。猶記得當時楚濛濛見到她的時候，也是一臉的不屑加痛恨。她不記得自己何時得罪過這位高高在上的太子妃，但現在想來，這似乎又與龍隱有關。

果然，人長得俊美，就容易惹麻煩！

龍隱即使渾身冒著生人勿近的寒氣，但還是無法掩蓋他那過人的魅力和顯赫身世帶來的極大誘惑。那些趨之若鶩的女人，不就是看到手中的餡餅兒被她這個不知道從哪裡冒出來的小庶女給搶走了，所以對她懷恨在心。

她這是招誰惹誰了？

「是本世子強迫她的，別動不動就把過錯推到一個無辜的人身上，太子妃也不怕有失身分？」

他第一次同她說話，竟然是這般指責的語氣，這讓楚濛濛那顫巍巍的心靈再一次受到嚴重打擊。

「世子何必維護這樣一個不知檢點的女子？若世子怕受到牽連，本宮大可為世子擔保，絕對不會影響到沐王府的聲譽。」強忍方才他對她的羞辱，楚濛濛裝作大方得體，想要為自己掙回一些面子。

可惜龍隱只是冷哼一聲，根本沒將她的「施捨」放在眼裡。「太子妃也不怕閃了舌頭，本世子用得著妳來憐憫？」

那不屑的語氣，任誰聽了都會火冒三丈。

楚濛濛沒想到他不但不感激她的仗義執言，還曲解她的好意，心裡就像貓爪子撓一樣。

「不識好歹！」

除了這麼一句，楚濛濛再也找不到其他言語來形容此刻的心情。

司徒錦看著太子妃滿臉羞憤，心裡忽然覺得輕鬆不少。龍隱根本不怕得罪人，即使在皇上面前，也是直言不諱，根本不給太子妃留半點情面。

聖武帝看著他，心裡也說不出什麼滋味。

對於這個兄長的兒子，他應該忌憚才是，尤其他還是個少年成名的將軍，曾經統領三軍。而他本身的地位也不低，更是個冷酷無情的人。可偏偏每次面對這個孩子的時候，他就忍不住喜歡他。

他從不結交權貴，也不支持任何一派，獨來獨往，恪守自己的本分。偶爾倔強，但絕對忠心。就這幾點，還真是讓聖武帝捨不得對龍隱嚴加苛責。

所以對剛才那一幕，他也假裝沒看見。

「皇上，既然司徒小姐跟隱世子在一起，也就排除殺害公主的嫌疑了，司徒大小姐所作的證詞也不能說明什麼。皇上還是要命御林軍好好搜查御花園，捉住那真凶才是。」皇后趁此機會大膽進言，想要將太子妃目中無人的舉動給掩飾過去。

聖武帝也是個聰明的帝王，自然不相信司徒錦會是殺人凶手。他冷冷地瞥了太子妃一眼，便起身藉故離去了。

「這捉拿凶手的事情，就交給御林軍統領吧。」

一干人等跪著目送聖武帝離開，整個永和宮頓時鴉雀無聲。

龍隱站起身來，對皇后娘娘作了個揖，也不說什麼，逕自拉著司徒錦就往外走。而跪在一旁，被徹底忽視的司徒芸也起身，跟了上去。此時不走，恐怕待會兒她就沒辦法脫身了。

想著自己英明的決策，司徒芸就一陣暗喜。
太子妃眼睜睜地看著他們離去，拳頭握得緊緊的，一口牙差點兒咬碎。
楚皇后嘆了一口氣，對她說道：「都叫妳閉嘴了，妳竟然不肯聽。差點兒惹怒了妳父皇妳知不知道？」
太子妃這才將注意力從龍隱身上收回來，低下頭不吭聲。皇后娘娘說教了她兩句，見她無動於衷的樣子，也懶得多管，只叮囑以後做事要以太子的考慮為先，切不可讓皇上動怒云云。至於太子妃有沒有聽進去，那就不是她所能左右的了。
看楚濛濛一臉不甘地退出永和宮，楚皇后忍不住又嘆了口氣。
「唉，好好的一場壽宴，竟然鬧出這樣的事情來，實在太不吉利了！」楚皇后雖無心責怪這個從小疼到大的侄女，但出了這麼大的事，她還是有些耿耿於懷。
「娘娘，時辰不早了，是不是該去大殿了，命婦與各家小姐都已經到了。」作為皇后娘娘身邊的得力之人，秀巧姑姑很會看人臉色。
楚皇后叨唸了一陣，在秀巧姑姑的提醒下，這才想起前面大殿之上還有許多人在等她，於是在宮女們的簇擁之下，她萬千風華地朝著前殿款款而去。
司徒錦被隱世子拉出永和宮，在宮女和太監的驚訝注視中，被帶到了距離大殿不遠處的一個偏殿之內。因為此刻其他人全都聚集在大殿之上等皇后娘娘駕臨，所以這偏殿顯得格外安靜。

司徒錦有些羞赧地想要掙脫他的手，奈何一個柔弱女子的力量有限，彆扭了半晌都沒能將那緊握的手給拉開。

「世子……這樣於禮不合，快快鬆開吧？」

看著她那雙靈動的大眼睛此刻略顯焦急，龍隱這才稍微鬆開了一些，卻仍舊未放手。

「剛才……她們沒有為難妳吧？」

仔細檢查了她一番之後，他才問出口。

司徒錦搖了搖頭，道：「還好你及時趕到，她們還來不及動手。」

對於那慧玉公主之死，司徒錦仍舊一頭霧水。但對於太子妃一味栽贓自己的做法，讓她非常氣憤。雖說她地位不如她尊貴，但好歹也是個規規矩矩的大家閨秀，不曾做過什麼傷天害理的事情，她這般往她身上倒污水，她如何能夠坦然接受？

龍隱自然也知道她所受的委屈，他抬起手臂，輕撫著她那帶著淡淡哀愁的臉蛋，千言萬語埋在胸口，卻只有這麼一個動作，這讓司徒錦內心感到悸動不已。

他不是個花言巧語的風流公子，所以不會說那些甜言蜜語，但這樣的動作卻又讓人覺得他骨子裡的確是個感情充沛之人。

司徒錦的臉微微泛紅，還不習慣與他這般親暱地相處。

龍隱似乎也察覺到了她的羞澀，內心蕩漾起一陣莫名的漣漪，久久不能散去。那種渾身細胞都在叫囂的感覺，讓他恨不得不顧男女之防，在這殿宇之中將他心愛的女子緊擁在懷。

他極力克制著，眼睛一直停留在她的身上，不肯移開。

兩個人沈默了良久，最終還是司徒錦受不了那種折磨人的煎熬，率先打破了僵局。「世子……那慧玉公主怎麼忽然就死了？又是誰，敢在皇宮大內這樣明目張膽地殺人？」

最後，還將矛頭對準了她。

她剛才面見皇后的時候，腦子裡就已經有了無數想法，只是她一介女子，又無權無勢，要去證實自己的想法，實在太難。在這個世上，她能相信的人也不多，如今唯一可以相信的，也就只有眼前這位了。

說起這事，龍隱眼中的陰冷絲毫不掩飾地表現了出來。「我會查清楚，絕對不會讓她們再有機會傷害妳一分一毫。」

司徒錦聽了他這話，微微抬起頭。

他的話，她絕對相信。只是這樣的保證，在她聽來，卻像是誓言一般，讓人不由得臉頰泛紅，心跳加速。

「那就有勞世子了。」除了這樣回應，她再也不知道該說些什麼。

龍隱聽到這「世子」一詞，眉頭忍不住皺了起來。「以後旁邊沒人的時候，叫我隱。」

司徒錦抿了抿嘴，卻沒有答應。

這樣親暱的稱呼，實在超出她能接受的範圍了。況且他們還未成婚，這樣稱呼起來，她會覺得很不好意思。

「隱，我的名字，只有妳可以這麼叫。」他再一次聲明。

司徒錦暗暗驚訝，看他的眼神也變得探究。難道說，還沒有人這般稱呼過他？她是第一個？那王爺和王妃怎麼稱呼他的？

看出了她的心思，龍隱也沒有多作解釋，而是對她發出警示。「妳那大姊姊心機過重，她一直沒安好心，以後還是不要跟她走得太近。」

司徒錦見他這般說，不由得點頭。

今日之事，想必司徒芸也是太子妃的一顆棋子。如果不是局勢有所扭轉，想必司徒芸肯定會一口咬定是她殺了大夏公主。也正因為後來皇上親自審問，才沒有將她自己逼到絕境。想必她現在還在暗暗得意，認為自己聰明無雙吧？只可惜，這樣一來，她還真是兩邊都得罪光了。

「她，不足為懼。」司徒錦這點兒自信還是有的。

她那大姊姊雖然有些小聰明，但多行不義必自斃。她得罪的人不在少數，以後怎麼死的，恐怕連她自己都不知道。

龍隱也很贊同，但作為一個護妻心切的男人，任何一點隱患的存在，他都會覺得不妥。

「出來很久了，我……該回去了……」淡淡地瞥了一眼他的神色，司徒錦提出自己的建議。

龍隱也知道該回大殿上去了，但能與她相處的時光是那麼短暫，這讓他非常不捨。只不過今日是國母壽宴，他們消失太久也不好。

「嗯。」他應了一聲，便朝門口走去。

剛才為了方便他們談話，所以龍隱拉著司徒錦進殿之後，便輕輕地將殿門掩上了。可是就在他們打算離開的時候，那門忽然就拉不開了。

龍隱眉頭微蹙，很快便明白了一件事。

見他收住了腳步，司徒錦便好奇地問道：「怎麼不走了？」

為了避嫌，他們也是想一個人先走，然後另一個人再走，如此便不會被人抓住把柄。龍隱也算是個君子，他可不想別人拿司徒錦的閨譽來作文章。可是此刻，他的怒火徹底被點燃，若非顧及這裡是皇家內院，他真想一掌將這門給劈了。

「都好幾個時辰了，怎麼還不見人影？芸兒，妳剛才不是與妳二妹妹一起的嗎？」一個焦急的聲音由遠及近地傳過來，聽力非凡的龍隱立刻意識到，這是有人故意要陷害他們。

「母親莫要著急，女兒剛才的確是與二妹妹一起，可是慧玉公主將二妹妹帶走之後，女兒就沒見過她了。想來二妹妹也不是那莽撞之人，定是迷路了。」那端莊大方、好心為司徒錦開罪的聲音，司徒錦再熟悉不過。

冷哼一聲，司徒錦心裡也有了數。

這司徒芸與周氏還真是不死心，非要置她於死地不可。先是誣陷她殺害公主，接著又來這麼一招。若是真的讓人看到她與世子在這裡幽會，想必她的閨譽定會毀得一乾二淨，成為人人口中不知廉恥的蕩婦。

原本以為司徒芸有所改變，看來狗永遠都改不了吃屎，一邊跟她談著合作，另一邊又背地裡給她使絆子，還真是個好姊姊呢！

「咦……這殿門怎麼關著？」一個在前面領路的太監眼尖地瞧見那關閉的殿門，好奇地說出口。

與那周氏母女一起來找人的，除了帶路的宮女太監，還有不少和她們交好的命婦和閨閣千金。瞧見那太監這麼說，大夥兒的視線全都落在了那緊閉的大門之上。這大白天的，怎麼會大門緊閉，想必裡面有什麼見不得人的事情吧？

不少的閨秀已經開始拿著帕子，竊竊私語了。

「那二小姐怕是在這偏殿裡吧？也不知道在做些什麼見不得人的事情，大白天的，還關著門……」

「那二小姐的閨譽可不怎麼好，做出什麼出格的事來也不稀奇。」

「說得也是，這太師府的醜聞還少嗎？那戴著面紗的千金，不就是前段日子當眾出醜的司徒大小姐嗎？沒想到，她竟然還有臉出來。」一有些跟過來看熱鬧的人，也開始數落起太師府來。

司徒錦盯著那扇門，心中一股鬱結之氣得不到抒解，只得緊緊地握住了拳頭。周氏、司徒芸，我不會再心軟，讓妳們一再踐踏我的尊嚴！

外面的交談聲，龍隱自然也是聽了個清楚。一向冷漠待人的他，也忍不住對這些所謂的名門閨秀厭惡起來。平時一個個裝得多麼端莊賢慧，但背著人的時候，還不是喜愛拿別人的事來說是非，真真是可惡至極！

「這殿門怎麼會關著？我剛剛路過的時候，可是開著的……」司徒芸用很小的聲音說道，像是喃喃自語。

但那聲音不大不小，剛好讓周圍的人都聽到。

「想必是有人在裡面做什麼見不得人的事吧？」一位自認為剛正不阿的夫人大膽地提出自己的見解。

聽到她這麼說，不少人開始附和。

司徒芸嘴角帶笑，但神色卻裝得極其不安。她轉過身去，對身後的人辯解道：「不會的，我二妹妹可是即將及笄的人了，這點兒分寸還是有的，怎麼會在大白天做出這等不知羞恥的事情來？」

這話表面上是維護，但仔細聽來，卻是寓意深遠。

她句句都是在為司徒錦說話，但卻默認了這殿內之人，便是自己的妹妹。如此一來，就算裡面不是司徒錦，別人也會認為裡面正在做不齒之事的就是司徒錦。

司徒錦氣得閉上眼睛，瞬間睜開眼眸時，整個人變得像是嗜血的惡魔。

這還是龍隱第一次從她身上看到如此強大的氣勢，那種像是要衝破身體束縛的怨憤，似一把無形的利劍，直擊人心。

記得第一次見到她的時候，她被他制住，微微驚訝之後，便是冷靜坦然地接受，似乎一點兒都不害怕他會傷害她。那時候，他正執行一個任務，誤打誤撞進了太師府，又不小心驚動了府裡的家丁，情急之下才躲進司徒錦的閨房之內。

想著司徒長風帶著人闖進她房內，她冷靜沈著地應對，他就忍不住讚嘆。一個還未及笄的小姑娘，竟然也有這份勇敢和機智，實在令人匪夷所思。從那之後，他心裡便常常回想起她的模樣。剛好那時皇上有意為他指婚，於是他便順水推舟，大膽要求皇上賜婚。

看到司徒錦那駭人的怒氣，龍隱卻不感到害怕或是厭惡，反而覺得理所當然。那司徒芸和周氏，的確是討人厭！就算是他這樣冷漠的人，也對她們一再栽贓陷害的舉動非常惱火。

然而此時，最重要的是先解決這個危機。

若是她們此刻衝進來，即使他們有一千張嘴，也說不清了。

仔細觀察了一番周圍的環境，龍隱快速走到司徒錦面前，一把摟住她的細腰，然後藉著高深的內力，騰空而起，穩穩地落在殿內的橫樑之上。

司徒錦剛開始還嚇了一跳，不過在聽到他穩穩的心跳之後，便漸漸地恢復了平靜。剛好此時，心急的周氏推門而入。「錦兒？錦兒……妳在哪裡？」

司徒錦嘴角泛起一抹弧度，似乎在嘲笑周氏的愚昧。

剛才還打不開的門，此刻卻被她輕易推開。看來，這幕後的指使人肯定少不了她，虧她還自以為聰明，此刻急著給她潑髒水，連平日裡的冷靜都消失無蹤了。

司徒芸本來是帶著看好戲的心態跟著周氏進門的，但環視一周後卻發現這偏殿之內竟然一個人都沒有！她明明親眼看到司徒錦被隱世子拉進這偏殿，又悄悄掩上門的，怎麼就不見了呢？

剛才還大罵司徒錦不守婦道、不知廉恥的人，看到空空如也的大殿，臉上都有些難看。不少看破內情的人，忍不住嘲笑起來。「咦，不是說司徒二小姐在這殿裡嗎，怎麼不見人影呢？這殿就這麼大，若是要藏個人，可不是那麼容易哦……」

「看來，這是有人故意引咱們來看戲呢。我說司徒夫人，妳到底演的是哪一齣啊？」

周氏被這般質問，臉色非常難看，不斷地瞪視一旁面紅耳赤的司徒芸。

「想必是在別處吧，大家隨我再去找找，興許……興許真的迷路了。」司徒芸結結巴巴地說著，還沒有完全從這戲劇化的情景中反應過來。

那些夫人好戲沒看到，也累了，哪裡還肯跟著她們瞎折騰，便一個個走了。不少人對周氏母女的印象，也壞到了極點。哪裡有這般為人母、為人姊的？只知道往那庶出之女身上栽贓。

「唉，那孩子真可憐！有這樣的嫡母，哪裡會有好日子過？」

「這周氏也做得太過了，畢竟是嫡母，哪能這般心胸，簡直太小人了！」

「原本以為司徒大小姐那樣清豔高雅的閨秀，定是成熟懂事。看來咱們是太高估她了，還不如那庶出的呢！」

這些話語聽在司徒芸和周氏的耳裡，無疑是巨人的打擊。那些毫不留情的抨擊，就像是無數把尖刀，直戳進她們的心窩子。

周氏臉上的血色早已褪盡，整個人眼看著就要倒下。

而司徒芸臉色也非常難看，要不是因為戴著面紗，恐怕她早就羞愧得無地自容了。

「妳怎麼辦事的？不是說將他們鎖在裡面了嗎，怎麼不見了？」到了此刻，周氏的怒氣無處可發洩，只能將司徒芸大罵一頓。

司徒芸心裡也極為委屈，她不過是想賣個人情給周氏，好讓她以後對自己好點兒。但沒想到事情沒辦成，反倒被她責罵一番，心裡愈想愈氣，便出言頂撞起來。「母親這話是什麼意思？難道說是我將他們放走的？」

周氏見她對自己不敬，心裡更加氣憤。

看來，這司徒芸也想脫離自己的掌控，與她對著幹了。很好，那她就不必再顧及那微弱的姨甥之情，可以先收拾她了！

「妳這是什麼態度，有這樣跟嫡母說話的嗎？妳學的規矩呢？」周氏端著嫡母的架子，出口教訓道。

司徒芸見她拿這嫡母的名號來教訓她，便冷笑著回敬道：「我母親早就死了，妳不過是個填房，有什麼資格對我這個嫡出的大小姐大呼小叫？不要仗著自己是我的姨母，就搞不清楚狀況，胡亂指責！」

「妳……」周氏沒料到她真的與自己撕破臉，一時氣得說不出話來。

司徒芸也懶得理會她，衣袖一甩便離開了。周氏氣得渾身發抖，良久之後才平息下來。正要趕往大殿，卻見一個熟悉的身影漸漸走近，仔細一看，不就是司徒錦嗎？

周氏心裡那股無名之火，在見到司徒錦的那一刻，再一次點燃。「妳到哪裡去了？剛才到處找妳也不見妳的人影。我是怎麼交代的，皇宮內院也是妳能隨意亂闖的？」

司徒錦冷眼掃了她一眼，並未給她什麼好臉色。「不過是皇后娘娘召見，母親這是生的哪門子氣？也不怕生氣多了，提前衰老？」

周氏見她們姊妹一個一個地跟自己作對，上前就是一巴掌。但那巴掌還未落下，便被司徒錦給接住了。

「母親還是注意一下場合比較好，若是皇后娘娘問起，恐怕母親不好交代。」說著，她使勁地將周氏的手甩開，便轉身離開。

周氏被她這麼一甩，踉蹌地後退了幾步，差點兒摔倒在地。

「司徒錦，妳敢這麼對我?!」

面對周氏的質問，司徒錦假裝沒聽到，加快了腳下的步伐。

以前，她還可以容忍她在府裡作威作福，盡一盡庶女的本分，可如今看清了她的面目，一而再再而三的容忍之後卻是這般結果，她也就不想再忍了。

她愛怎麼鬧，就讓她去鬧好了。

司徒錦踏進大殿的時候，皇后娘娘還未到達，各宮的主子卻早已在場，各自與親近的命婦們交談著，氣氛十分祥和。

莫妃娘娘眼角掃到那剛進門的身影，便吩咐宮女將司徒錦請了過去。

司徒錦不知道那莫妃娘娘想要做什麼，但不得不跟著那宮女來到她的面前見禮。「臣女見過莫妃娘娘。」

莫妃今日裝扮得格外細心，更顯妖嬈撩人。那張精緻的臉蛋上帶著淺笑，眼神中卻有著濃濃的蔑視和不屑，讓人瞧了心生厭惡。

司徒錦見她久久都不讓自個兒起身，想必是因為她即將嫁入沐王府的關係吧？這莫妃娘娘身旁坐著的那位，與她有幾分相像，穿著也十分華麗，不用想也知道是誰了！

「莫妃妹妹這是怎麼了，怎麼叫司徒小姐一直跪著呢？她可是隱世子心尖上的人，妳這樣做，不是讓莫側妃以後難做人嗎？」突然，一道溫柔卻不失剛烈的嗓音傳來，司徒錦認出這位為她說話的妃子，正是有過一面之緣的齊妃娘娘。

莫妃雖然看不起齊妃，但還是對她有著幾分忌憚。於是換了副笑容，說道：「唉呀，我只顧著跟自家妹妹說話，忘了司徒小姐還跪著，真是罪過。」

說完，她又側過身子，以高高在上的姿態恩准司徒錦起身。「司徒小姐起來吧。」

司徒錦得到了恩准，款款地起身，臉上的神色依舊，不見任何不滿和怨憤。

「聽說剛才司徒夫人四處尋找司徒小姐妳呢，難道是在宮裡迷路了？」莫妃貌似無心地問道。

她這一開口，所有人的注意力都集中了過來，司徒錦再一次被推到風口浪尖上。

不過，她倒也沒將莫妃的話放在心上，敷衍著回道：「多謝娘娘關心。」

見她這樣的態度，一旁坐著沒有吭聲的莫側妃忍不住出聲了。「妳這是什麼態度？莫妃娘娘也是關心妳，妳怎麼能如此敷衍？難道就不怕娘娘降罪？」

司徒錦掃了她一眼，道：「臣女已經道謝，自覺並無不妥。莫側妃為何要故意曲解臣女的意思？莫妃娘娘也是寬厚仁慈，哪裡會像您說的那樣，動不動就降罪於人。娘娘，您說是吧？」

莫妃原本想借著妹妹的一席話，給司徒錦定罪的。

但她卻未料到，司徒錦竟然說出這樣一番話來，倒教她不能隨意責罰她了。司徒錦故意將她抬高，她若是因為此事懲罰了她，那不就是變相承認自己心狠手辣、心胸狹窄嗎？想到這裡，她看向司徒錦的眼神就更加森冷了。

莫側妃被司徒錦頂得半句話都說不出來，只能閉了嘴在一旁生悶氣。

這時，原先還坐著的齊妃忽然走了過來，她笑著走到司徒錦面前，拉著她的手，打量了她良久，這才再次開口道：「果然是個蕙質蘭心的孩子，難怪隱兒會喜歡，本宮瞧著也甚為喜愛呢！」

莫妃和莫側妃的臉色均是一變，齊妃這話簡直就是在貶低她們二人，可是想到她是皇上最寵愛的女人，而且莫妃的勢力還不夠強大，因此不敢隨意得罪她，只得撇開頭去，假裝沒聽見她的話。

司徒錦望著齊妃，有些驚訝。她不知這齊妃為何以這種口氣跟她說話，還處處維護她。基於禮節，司徒錦微微屈膝，回道：「娘娘謬讚了，司徒錦愧不敢當。」

齊妃拍了拍她的手，說道：「隱兒的眼光，本宮自然是信得過的。以後有空，就進宮來陪本宮說說話，可好？」

司徒錦有些受寵若驚，但凡事不能只看表面，這位齊妃一再對她示好，似乎有些太過了。於是她淡淡地應了，沒有表現出驚喜。

看著她的舉止得體，齊妃更加喜愛不已，連連誇讚。

莫妃見齊妃這樣維護司徒錦，便又有些沈不住氣了。「齊妃姊姊還真是愛屋及烏啊，只要是隱世子喜歡的，妳都跟著喜歡。可惜人家小姑娘不領情呢！」

齊妃臉上依舊保持著得體的笑容，並沒有因為莫妃的話而變了顏色。「隱兒喜歡的，本宮自然喜歡。誰教他是本宮的姨甥呢！」

聽到齊妃如此說，司徒錦心裡便生出一絲愧疚來。

剛才她還在懷疑，覺得這齊妃的舉動有些莫名其妙，但沒想到她與龍隱居然有這一層關係在。

可是，這位娘娘封號是齊，想必本姓是齊，而隱世子的生母，似乎是姓沈。這到底是怎麼回事呢？

齊妃見她微微好奇，也沒打算隱瞞。「本宮叫妳錦兒，不介意吧？妳肯定很好奇，為何隱兒會是我姨甥，對吧？其實，本宮原本也是姓沈，只不過從小過繼給了舅家，所以就從了齊姓。」

司徒錦見齊妃如此耐心地解釋，頓時羞愧得臉紅不已。「是錦兒唐突了。」

齊妃但笑不語，一直拉著她的手不放。這樣的態度，讓那些原本對司徒錦就妒忌的人，心理更加不平衡。這齊妃的地位，只在皇后之下，但受寵程度卻遠在任何一位妃嬪之上。就連那新近得寵的寧貴嬪，也對她忌憚幾分。如今她這般厚待司徒錦，豈不是在向世人宣告，司徒錦是她罩著的，不能任人欺負嗎？

四周安靜得出奇，氣氛詭異。

不過好在皇后娘娘到來，打破了這一沈寂。

莫妃與那莫側妃本來想給司徒錦一些警告，但齊妃橫插一腳，讓她們白白錯失了良機，哪裡肯甘休！

但礙於齊妃的勢力，她們又不敢輕易得罪，只好將所有的怨氣都化為眼刀，射向一旁淡然處之的司徒錦。

她也不是第一次感受這樣不甘的壓迫了，所以司徒錦倒是很沈著。只要她們不使壞，她可以當她們不存在。於是她眼觀鼻鼻觀心，在一旁神遊。

莫側妃雖然不及莫妃那般妖嬈動人，但容貌也甚為美麗，故而一向自視過高，認為司徒錦這個相貌平凡的丫頭好拿捏。殊不知她的舉動在司徒錦看來，極其幼稚。莫說她不過是個側妃，就算是正妃，她司徒錦也不懼。

「錦兒一會兒挨著本宮坐吧？」齊妃也頗有眼力勁兒，知道她與周氏她們不對盤，於是事先安排好她的去處。

司徒錦自然是巴不得不用跟那兩個噁心的女人坐在一起，便欣然跟著齊妃走了。

司徒芸冷冷地瞪著司徒錦，恨不得將她身上燒出洞來，方能解自己的心頭之恨。憑什麼她司徒錦處處都有貴人罩著，而她一個嫡出之女，卻一再被人踩低?!

「司徒小姐，有人想見您，請跟奴婢走一遭吧？」忽然，一個故意壓低的嗓音在司徒芸耳旁響起，讓她不得不收起自己的心思。

「是誰想見我？」她好奇問道。

「小姐跟著奴婢來就知道了。」那宮女裝扮的丫鬟也沒有多說，就朝著側門方向去了。

司徒芸有些猶豫，畢竟此時皇后娘娘和各位娘娘都在場，她若私自離開，似乎不太好。但那宮女透露的訊息，又讓她的好奇心被勾了起來，不去弄清楚個究竟，她非常不甘心。萬一邀約她的人，是太子呢？

想到那種可能性，司徒芸不由得一陣激動。趁著大夥兒的注意力放在皇后娘娘身上，悄悄地溜出了宮殿。

第五十六章　大小姐遭陷

眼角掃到司徒芸那抹白色的身影悄然離去，司徒錦有些詫異。但想到她的死活與自己無關，便不再多想。

大殿上，命婦們輪流上前送上賀禮，圍在皇后娘娘身邊說著話。司徒家因為有周氏在，所以也沒有司徒錦的事，讓她覺得輕鬆自在不少。

「錦兒，妳若是在家裡受了什麼委屈，大可告訴本宮。有本宮在，斷不會讓她們欺負到妳頭上去。」齊妃第一眼看見這個女孩兒，就很喜歡，加上隱世子這層關係，她對這個聰慧的丫頭更加喜愛，愈看愈覺得投緣。

儘管沐王妃一再跟她抱怨，說兒了大了，不聽她這做娘的話了，還說了很多關於司徒錦的不利之詞，但在齊妃看來，這丫頭卻是塊上好的料子，只是還需要雕琢一番罷了，並沒有沐王妃說的那般不堪。

司徒錦感到有些汗顏，這突如其來的示好，讓她真的有些不適應。「多謝娘娘關懷，錦兒不曾受什麼委屈。」

就算有人找她的麻煩，她也會自行解決，斷不會拿一些芝麻綠豆的小事來煩這位皇帝的寵妃。即便她是隱世子的姨母，也不代表她就可以依仗著這層關係去要求一些什麼。

齊妃見她如此懂事，心裡更加歡喜。

大殿之上，眾人有說有笑，恭賀之詞不絕於耳；大殿之外，司徒芸提著裙襬，一路尾隨著宮女，左彎右拐來到一處僻靜之地。

「司徒小姐裡面請吧，那人在屋子裡等著您呢！」那宮女總算停下腳步，還算恭敬地示意她獨自進去。

司徒芸有些不放心，但好奇心使然，她又不想就這麼白白放棄。於是在宮女離開之後，她便小心翼翼地推開那扇虛掩著的宮門，走了進去。

四周的窗戶似乎被什麼蒙住了，陽光完全透不進來。殿宇之中不甚明亮，有種陰森森的恐怖感。司徒芸蒙著面紗，一襲白色的衣裳在屋子裡徘徊前進，像是幽靈一般。

「有人在嗎？」她不確定地呼喚了一聲。

沒有人回應。這讓司徒芸感到自己被騙了，頓時有些惱火。「誰這麼無聊，居然敢騙本大小姐?!活得不耐煩了嗎？」

「司徒小姐這是在埋怨本殿嗎？」不知什麼時候，殿門口突然出現了一個人。

他佇立在門口，將外面的光線擋住了大半，讓人很難看清他的長相。只不過他那熟悉的嗓音，還有隱約可見的黃色服飾，讓司徒芸的小心肝七上八下亂跳，久久不能平靜。此人不正是她期待已久的那一位嗎？

「太子殿下……」司徒芸見到那高大的身影，連說話的語氣都變得格外嬌柔纏綿。

那人也不應答，而是上前邁了一大步，然後猛地將門關上了。頓時，屋子裡陷入了一片黑暗。

司徒芸覺得自己快要窒息了！

太子殿下約她出來見面，她自然開心不已。只是他是不是有些心急了？畢竟今日是皇后娘娘的壽誕，他應該在大殿之上陪著皇后娘娘才是，怎麼還會約她到這僻靜之處來呢？只不過這個念頭只是一閃而過，並沒有在司徒芸腦海裡停留太久。接著，她便被一雙有力的手掌給抱住，來不及驚呼便被那人堵住了嘴。

殿宇內側的一張大床邊，散落著數件衣物。從外袍到中衣再到褻衣，雜亂地散落一地，床上的兩個人則是忘我地糾纏在一起。男子粗魯的對待，讓司徒芸痛得尖叫出聲，眼淚不由自主地流了下來。儘管她一心想要嫁給太子，也曾經無數次幻想過新婚之夜的甜蜜，但在他覆上她身子的那一刻，那撕裂的痛楚差點兒讓她無法承受。她就像是漂浮在水上的樹葉一般，毫無自主的能力，只能隨波逐流，任由別人主宰她的命運。

「太子殿下……」司徒芸夢寐以求的事情總算來臨了，雖然不正大光明，但是經過此番纏綿，想必她進太子府是板上釘釘的事情了。

司徒芸身上的男子並未出聲，只是一味索求，恨不得將她給弄壞了去。司徒芸是個嬌滴滴的千金小姐，哪裡被這般折騰過，整個人都像要散了一樣，渾身疼痛。

她沒有想到太子殿下私底下居然如此放浪形骸，不由得暗自得意。太子妃她見過，楚家培養出來的大家閨秀自然不差，只不過美則美矣，卻太過賢淑端莊，根本就不知道如何討好男人。

自己就不同了。她不僅美貌傾城，還知道如何討男人歡心。將來嫁入太子府，憑她的手段，定能將太子殿下迷得七葷八素，只寵愛她一人。到時候她想要什麼，還不是手到擒來？儘管身體被折磨得沒一處好，司徒芸卻仍舊信心滿滿。

太子殿下若不是喜歡她的身體，又怎麼會這般與她廝磨糾纏，怎麼都嫌不夠呢？看來，她以後可以多學習一些房中術，也好牢牢地將太子的心抓在手裡。

司徒芸一邊承受著無盡的歡愛，一邊在腦海裡架構著未來的美好光景。女人的嬌吟和男人的低喘聲，不斷飄出帷幔之外，在整個殿堂之內形成羞人的插曲。

床榻不斷搖晃，終於在一陣猛烈的吶喊聲中歸於平靜。

男子似乎是累得不行，趴在司徒芸的嬌軀之上，漸漸陷入了沈睡。司徒芸原本也累到不行，但她過於興奮，在願望實現的這一刻，怎麼也睡不著。感覺到男子身上那特有的味道，司徒芸便忍不住伸出手去輕輕摟住他健碩的腰，滿足地輕嘆。

早知道太子對自己上了心，她又何必低聲下氣與司徒錦那個賤女人談條件，也不用被太子妃威逼利誘了，哼！不過她現在已經成為了太子的人，往後便是太子府的主子，到時候，就算是司徒錦，也沒辦法超越自己的地位。她想要怎麼樣，誰也阻攔不了！

正得意之時，門外傳來紛亂的腳步聲。

司徒芸心裡一驚，難道是有人發現她與太子在此幽會？她推了推身旁癱倒不動的身軀，小聲喊道：「殿下……殿下……有人。有人過來了……殿下……」

那睡得跟死豬似的男子，在經過頻繁的翻雲覆雨之後，哪裡還有力氣回答她的話，兀自睡得香甜。

司徒芸咬著下唇，想要將他推開。

奈何女人的力氣較之於男人，實在相差得太遠。她推了好幾次，都徒勞無功，只能默默承受他的重量。

其實，司徒芸倒是不怕有人闖進來，畢竟如此一來，太子想要賴帳也不行。只是婚前失貞，這樣不光彩的事，她還是有些忌諱的。加上皇后娘娘就是楚家的人，肯定會站在太子妃這一邊。若是她與太子在皇宮幽會這件事被人發現，那她就算能嫁入太子府，將來也不一定能夠問鼎太子妃的寶座了。

想到這裡，司徒芸便使出吃奶的力氣，將身上的男人推到一邊。剛要掙扎著爬起來穿衣服時，門「哐啷」一聲被人推開了。

「這裡黑漆漆的，會有人？」一個不確定的聲音響起，有些猶豫地朝裡面而來。

司徒芸緊張得手心出汗，又不敢發出任何聲響，一時愣在那裡，不知道如何是好。那進來尋人的，聽腳步聲便知道是男子。若是讓人看到她衣衫不整的樣子，她哪裡還有臉出去見人？

那些人在門口轉了幾圈，發現沒什麼可疑之處，轉身便要走。

司徒芸正要鬆一口氣，突然有人驚呼道：「那屏風後面似乎有人？」

司徒芸的心再一次被提了起來，伴隨著眾多紛亂的腳步聲闖入，她不得已只好鑽進身下的被窩，死活不敢露臉。

一群拿著刀劍進來的侍衛，看到那床榻上髒亂的痕跡，便知道發生了何事。有些人很自覺地轉過身去，不敢打擾別人的好事；還有一些則愣在當場，一時竟然沒有反應過來，直勾勾地看著那具白花花的身軀趴在軟被之上。

這香豔刺激的場面，的確有些不雅觀。

那領頭進來搜人的侍衛大手一揮，將所有人都帶了出去，又叫了兩個宮女進來帶話，說是皇后娘娘有請楚公子。

那「楚公子」的稱呼一出來，司徒芸的身子就僵住了。

明明是太子殿下與她在這裡幽會歡好，怎麼會變成楚公子？她明明看見那人頭戴金冠，身穿黃色衣袍，不是太子又會是誰？

若她真的弄錯了，那後果……司徒芸都不敢想。

打了個冷顫，司徒芸總算是從不切實際的幻想中恢復了過來。她怯怯地從被子裡鑽出來，小心翼翼地打量著身旁睡得像死豬一樣的男人。

只一眼，她整個人就像是被雷劈了一樣，半晌都回不過神來。

這張臉，她也是熟悉的。只不過，不是她日思夜想的太子龍炎！

「怎麼會這樣？明明就是……怎麼會是他……」司徒芸此刻已經有些語無倫次了。

她渾身上下還使不上勁兒，到處都是那人留下的痕跡。她寶貴的貞潔，已經獻給了一個男人，而這個男人卻不是她想要的那一個?!

此刻，司徒芸真想一頭撞死算了！

「不，怎麼會這樣……怎麼會這樣……」想到自己被那個紈袴子弟給糟蹋了，司徒芸便後悔地大聲哭泣起來。

一直站在門外侍候的宮女聽見女子的啼哭聲，趕緊走了進來。「司徒小姐，您沒事吧？」

司徒芸雙手緊緊地拽著手裡的被子，惡狠狠地瞪著衝進來的那兩個宮女，吼道：「誰讓妳們進來的，給我滾出去！」

那兩個宮女沒有吭聲，但卻面露鄙夷，不聲不響地退了出去。

司徒芸懊悔地啼哭著，根本沒有意識到危機。

一個大家閨秀，毫不知恥地在皇宮內與男子幽會，還做出這等難以啟齒的事來，實在是大不敬！而司徒芸不僅沒有意識到自己犯了大錯，還有臉在這裡哭哭啼啼，顯得更加愚蠢。

「怎麼了，還沒找到楚公子嗎？」

一道威嚴的嗓音在門口響起，所有見到她的人都跪了下去。

「參見太子妃娘娘。」

太子妃撫了撫袖子，睥睨著眾人，道：「要是找不到楚公子，小心你們的腦袋！」

其中一個膽子稍微大點兒的，見太子妃問起楚公子，便吞吞吐吐地回道：「娘娘請勿擔心，公子爺已經找到了。」

「哦，是嗎？帶本宮去見他。」太子妃臉上的笑容一閃而過，快得讓人捉不住。

司徒芸在聽到門外的動靜時，已經醒悟過來了。這一切都是有人設的局！而那個想要她身敗名裂的人，就是一會兒要出現的那個人。

想到自己的一生都被這頭死豬給毀了，司徒芸再也忍不住內心的悲憤，狠狠地將床榻上的男人痛打一頓。「你個混蛋，居然敢這麼對我！」

睡夢中被人吵醒，還以暴力手段相待，楚朝陽當然非常的不悅。當看清楚對方時，剛才經歷的那番銷魂體驗，頓時回到他的腦海。看著司徒芸那半露在外面的香肩，他渾身又是一陣悸動，恨不得立馬撲上去，再好好地蹂躪她一番。

司徒芸像是瘋了一般，狠狠地捶打著她深惡痛絕的男人，恨不得將他生吞活剝。而被她的指甲一陣狠戳的楚朝陽也從美妙的幻想中回過神來，大聲呼救。「妳這個瘋女人到底在做什麼？妳知道小爺是誰嗎，竟然如此無禮?!」

司徒芸聽他這般說辭，心裡更加來氣，下手也就更狠了。「你這個登徒子，敢欺負我，我教你不得好死！」

「妳瘋了吧？死女人，敢打我？」楚朝陽也是個世家公子，從小錦衣玉食受寵到大的，哪裡受過這般委屈？他一時氣不過，便開始還手。

司徒芸顯然不是男人的對手，很快就挨了一巴掌。「楚朝陽，你打我？」

楚朝陽看到司徒芸那楚楚可憐的臉蛋，頓時心裡一軟。他可是愛慕了司徒芸好多年，好不容易才找到機會奪了她的清白之身的。如今看到她那泫然欲泣的模樣，他就狠不下心來打她了。

「我……我也不是故意的，誰教妳剛才下手那麼狠，我不過……不過是想制止妳罷了！芸芸，妳會原諒我吧？」

司徒芸狠狠地瞪著他，恨不得將他撕裂。

她渾身的痠痛，加上被人瞧不起，這一切都是他造成的，他還有臉叫她「芸芸」?!

「大哥，你真的在這裡？咦……這位不是司徒大小姐嘛，你們怎麼會在一起？」太子妃適時地走進來，看到兩個人都赤身裸體，立刻就有宮女擋在她面前，不想讓高貴的她看到這麼不雅的一幕。

太子妃尖叫著轉過身去，臉色微紅。「你們……你們竟然在皇宮……」

司徒芸見到太子妃裝模作樣，心中便已了然。看來，策劃這一切的，不是別人，正是這位高高在上的太子妃！

剛才她在皇上面前沒有幫太子妃作證，所以太子妃就懷恨在心，找來這個人渣破了她的貞潔，想要毀掉她。

好狠的心，好歹毒的計謀！

司徒芸氣得渾身發抖，一雙眼睛似乎要噴出火來。

倒是楚朝陽，在看到太子妃那一刻，便鬆了口氣。「妹妹，妳……妳不會到姑母那裡告狀吧？」

這本就是他們兩人說好的計劃，太子妃自然不會讓皇后娘娘知道。她只是想要教訓一下這司徒芸，誰讓她出爾反爾，在關鍵的時候給她使絆子。這口氣不出，那她這個太子妃豈不是當得太窩囊了？

哼，這個不知廉恥的女人，居然還妄想嫁進太子府，簡直是癡人說夢！

如今被大哥玩弄了，她以後就再也別想靠近太子半步。

看到司徒芸滿身傷痕、悲憤欲絕的模樣，太子妃心裡就十分舒爽。「哥哥放心，本宮不會這麼絕情。畢竟是一家人，本宮會替你們掩蓋過去的。」

話說了一半，她停頓了一下，繼續說道：「不過剛才進來的人不少，就算本宮有心幫你們隱瞞，但也堵不住悠悠眾口……不若你們自行去向母后請罪，相信母后仁慈，一定會從輕發落的。」

楚朝陽聽了這話，頓時又陷入惶恐。

太子妃怎麼突然改變計劃了？不是說會幫他將司徒芸弄到手，然後讓她嫁進楚家給他當正妻的嗎？這可是他盼望了多年的心願，好不容易有機會抱得美人歸，太子妃怎麼就反悔了呢？

「妹妹……我們說好的，可不是這樣啊……」他有些急了。

太子妃瞥了他一眼，有些嫌惡地說道：「本宮什麼時候跟你有過約定？我怎麼不記得？」

她將一切都推得一乾二淨，表現得似乎真的不知情。

楚朝陽見她打算過河拆橋，心裡越發著急。而司徒芸一直看著他們倆，直到太子妃的真實面目露了出來，她才吭聲道：「果然是妳設計的，妳真是好歹毒的心思啊！」

太子妃不屑地冷哼一聲。「妳是什麼東西，居然也敢對本宮無禮？來人，給我掌嘴，本宮要看看妳有多強硬！」

那些宮女本就是太子妃身邊的人，自然聽從她的差遣。一聲令下，這些丫頭便上前，將司徒芸從被窩裡拖了出來，按在地上就是一陣打。

「啪啪啪」的響聲充斥在耳旁，太子妃得意地望著那臉腫得像包子的司徒芸，享受著折磨人的樂趣。「怎麼樣，妳還敢對本宮出言不遜嗎？」

楚朝陽本想上前去勸說兩句，但想到她貴為太子妃，地位比他高出一大截，只好默默地站在一旁，靜觀其變。

太子妃似乎很滿意眼前看到的，臉上神色出奇的冷漠。「怎麼樣？背叛本宮的滋味如何？是不是生不如死啊？」

面對太子妃那挑釁的語氣，司徒芸簡直恨不得撲上去將這個害她的女人撕碎。奈何她光著身子，又被宮女們制伏，根本動彈不得。

這般羞辱，她司徒芸一輩子都不會忘記！

「太子妃，妳是否做得太過了？難道我剛才偷偷離開，就不會有人發現嗎？這一切都是妳安排的，若是皇后娘娘真的追究起來，妳也逃不掉！」除了言語上的攻擊，司徒芸再也想不到其他報復的方式。

太子妃冷笑一聲，笑容格外燦爛。「說妳傻還是笨好呢？妳以為本宮不會想到這些問題嗎？誰能證明那宮女是本宮派去的？是妳不守婦道，在皇宮與男人私會，還如此放蕩地在此纏綿不休，怪得了誰？妳覺得母后會聽信妳一個小小的太師府千金，還是本宮這太子妃的話？哼，真是不知天高地厚！

「若是讓太子知道妳如此淫蕩，妳說他會怎麼想？妳不是一直想要嫁給太子，還想搶了本宮太子妃的位置嗎？呵呵……如今妳已是破敗之身，誰還會要妳?!哈哈！」太子妃說到高興之處，忍不住大笑出聲。

楚朝陽一開始對司徒芸還有很深的內疚，畢竟他覺得這樣強取豪奪有失體統，應該先上門提親，然後再要了她的。可是當太子妃說她的野心是嫁給太子的時候，楚朝陽整個人就被怒火包圍了。

從見到司徒芸的第一面起，楚朝陽就已經喜歡上這個高傲的大小姐。他總是尋了機會，三番兩次在她身邊打轉，但不管他如何討好她，她也無動於衷。本來想著生米煮成熟飯之後，她就會乖乖承認是他的人了，沒想到她心比天高，根本看不起自己，反而一心想要嫁入太子府，這個女人簡直太可惡了！

「司徒芸，妳這個賤人！虧我以前那樣喜歡妳，事事都順著妳，原來妳一直瞧不起我，還妄想著飛上枝頭變鳳凰！」

面對楚朝陽的責難，司徒芸只是給他一個冷眼。

她本就是想利用他，根本沒有喜歡過他，不過是看在他身分特殊，可以透過他結交一些權貴而已。他還真把自己當回事了，以為自己傾心於他，真是個蠢蛋！

見司徒芸那眼中的不屑和蔑視，楚朝陽徹底地被激怒了。「妳這個水性楊花的女人，看我不好好教訓妳！」

說完，楚朝陽走上前去，一把將那些宮女推開，然後拉起司徒芸就是一頓毒打。他將內心所有的憤怒都化作凌厲的拳頭，一下又一下地打在司徒芸的身上。

司徒芸原本就是個閨閣女子，沒什麼力氣，想反抗也是徒勞。在挨了楚朝陽那麼幾下之後，便體力不支地暈了過去。

太子妃怕楚朝陽就這麼將人打死了，便讓幾個侍衛進來，將他給架開。她還沒有看到司徒芸悲慘的下場呢，怎麼能這麼容易就讓她死去，那豈不是太便宜她這個賤人了？

「好了，別生氣了。為這種人生氣，值得嗎？你如今已經得償所願，應該高興才是。只不過這樣的女子，玩玩也就罷了，你還是打消娶她的念頭吧，楚家不可能接受這樣一個女人進門的。」

楚朝陽還在氣頭上，被她這麼一提醒，便憤憤地開口：「呸，本公子怎麼會看上這種假裝清高的放蕩女子？能寵幸她，是她的福氣，還妄想進楚家的大門？簡直是不自量力！」

「哥哥能這麼想，那本宮就放心了。」好戲看完了，太子妃自然要離開。畢竟她是打著尋人的幌子，才從大殿離開的。

今日是皇后娘娘的壽誕，她離開太久也不好。

吩咐宮女給楚朝陽換了衣服，將司徒芸隨意往御花園的假山洞裡一丟，便了事了。楚朝陽經歷了這事之後，對司徒芸的那份心思也淡了。

畢竟美女多得是，他也不缺女人。

若是司徒芸想通了，願意做他的地下情人，他還可以考慮給她一些好處。若是她仍舊死性不改，還想著一些有的沒的，那麼這樣三心二意的女人，他也不必放在心上了。

大殿之上，氣氛依舊祥和。

司徒錦大部分時候都是沈默地微笑著，偶爾回一、兩句話，恭敬又不失禮數。只是司徒芸消失了兩個時辰仍未出現，想必是出了什麼事了。

果然，不久之後就有御林軍進來稟報，說是在御花園的假山後面發現了一個衣衫不整的女子。

司徒錦看向太子妃的時候，發現她正帶著諷刺的笑意，便了然了。

「看來，妳那大姊姊是出事了。」齊妃剛才一直在跟其他的妃嬪說笑，聽到這個消息的時候，便側過身來，對司徒錦暗示道。

司徒芸出了何事，司徒錦並不擔心。

但齊妃的意思，是要她注意自身的安全，免得讓一些人給算計了。儘管她說得不是很明確，但司徒錦卻越發讚嘆起齊妃敏銳的直覺來。

不愧是皇宮內院裡生存下來的強者，任何事在她的眼裡都是那樣透澈。

司徒錦感激地回以一笑，將在場的所有人都掃視了一遍。當看到太子妃身邊多出來的那一個人時，她的嘴角不由得往上揚了揚。

太子妃果然是有仇必報之人，這麼短的時間之內，就安排了這麼一齣好戲，還真是不簡單。

周氏在聽到這消息的時候，也顯得很不安。

儘管她不在乎司徒芸的死活，但丞相府和太師府的聲譽，她可是很看重。若司徒芸真的做了什麼名譽掃地的事情，那她這個做嫡母的也沒臉面。所以第一時間，她的反應就是看向齊妃身側的司徒錦。

若是司徒芸出事，那麼司徒錦就是最大的獲益者，這事肯定跟司徒錦脫不了關係！可是那丫頭一進門就跟齊妃坐在一塊兒，根本沒有離開過。她是怎麼陷害司徒芸的呢？難道是齊妃幫忙安排的？

想到司徒錦那個賤丫頭，居然跟齊妃娘娘坐在一起，周氏心裡就嫉妒得發狂。憑什麼一個低賤的丫頭，比她這個丞相府嫡女還要受歡迎？憑什麼她可以高人一等，壓過自己一頭?!

司徒錦自然也感受到了周氏仇視的目光，只不過她內心坦然，沒做過的事情，她本就不必心虛。

所以當周氏打探的目光落到她身上時，她依舊能毫不心虛地回望過去。

周氏看到她那清澈的眼神時，微微愣了一下。但由始至終對司徒錦的厭惡，卻讓她更加怨恨這個丫頭了。

如今的太師府，掌家大權依舊在江氏的手裡，她這個正室反而成了擺設，說起來就讓人生氣。

想到那些命婦們背後對她的議論，她就恨不得一頭撞死在南牆上算了。可想到江氏和司徒錦這兩個死敵還好好地活著，她心裡就非常不舒服。若不將她們置於死地，她絕對不會善罷甘休。

皇后娘娘聽聞此事，仍是處變不驚。她命令宮女將那年輕的女子帶下去清洗了一番，又讓御醫前去診治之後，這才帶著眾人前去偏殿探望。

一些舌頭比較長的夫人已經開始小聲議論了起來，那些話十分難聽，甚至不堪入耳。

「聽說了沒，發現的時候，還是光著身子的呢！」

「姑娘家的清譽豈不是全都毀了？以後還有誰家敢要？」

「據說是個一品大員家的閨秀呢！」

「在皇宮裡做出這麼不檢點的事情，真是沒教養！」

司徒錦跟在人群中，神色依舊。

不管司徒芸發生了何事，都與她無關。只是那算計司徒芸的人，恐怕心仍是不甘，看來以後她也要提防著一些，免得被鑽了空子。

這樣想著，眾人已來到偏殿之中。

皇后和一眾妃嬪走在最前面，當看到那床榻上依舊昏迷的女子時，她忍不住瞥了一眼身旁的太子妃。

太子妃卻似乎一點兒都不心虛，坦蕩蕩地面對。「母后，這位不是太師府的大小姐司徒芸嗎？她怎麼會昏倒在御花園裡呢？」

皇后身後的妃嬪也都好奇地張望著，聽到司徒芸的大名時，不少人都帶著幸災樂禍的表情。

尤其是莫妃和莫側妃姊妹倆，更是笑得一臉燦爛。只要是對司徒錦不利的，她們都會感到很開心，其中莫側妃尤其開懷。畢竟司徒芸出了事，整個司徒府都會受到牽連，到時候她就算嫁入沐王府，也不會受王爺和王妃待見。只要能夠讓王妃和她之間產生隔閡，那麼對她就愈有利。

眾人各懷心思地站在一旁，而周氏卻是心急火燎，一時之間有些手足無措起來。

「微臣參見皇后娘娘。」那把完脈的御醫跪倒在地，恭敬地請安。

皇后讓他免禮，接著關心問道：「她身子怎麼樣，為何會突然昏倒？」

那御醫張了幾次口，都不好意思將真實的原因說出來，只能含糊其辭地回稟道：「啟稟娘娘，這位小姐乃是體虛，體力不支所以昏迷不醒。」

「體虛？剛才不是還活蹦亂跳的嗎，怎麼會這麼嬌弱？」莫妃瞄到那脖子處的痕跡，自然知道發生了何事，故意挑事。

皇后瞪了她一眼，覺得此事不宜鬧大，萬一傳到皇上的耳朵裡，到時候徹查起來，對她沒什麼好處，便大聲訓斥道：「莫妃，妳給本宮住口！」

莫妃冷冷地回敬了皇后一個示威的眼神。如今她的兒子才是最受寵的那一個，她才不怕皇后那點子威嚴呢！放眼整個皇宮，唯有齊妃還能算是個對手，至於這位皇后娘娘，她還沒有放在眼裡。「皇后姊姊這是怎麼了，難道臣妾關心一下都不行？」

「妳若是好心，就不必用這種語氣說話了，分明是語帶諷刺，唯恐天下不亂。」皇后也忍受莫妃夠久了，如今三皇子越發強大起來，搶走了她兒子不少風頭。這筆帳，她還沒有跟莫妃算呢！

不過是皇上一時興起，讚美了三皇子兩句，她的尾巴就翹到天上去了，如今連她這個正宮娘娘都不放在眼裡，簡直是豈有此理！

「皇后娘娘誤會了，臣妾怎麼敢當著姊姊面這般放肆呢？」莫妃雖然一副認錯的姿態，但神色間卻沒有半分恭敬和羞愧。

皇后娘娘冷凝著眉頭，若不是有人攔著，她肯定不會善罷甘休。

「娘娘，此刻最要緊的，是趕緊醫好司徒小姐的病。其他的事，以後再說吧。」開口的不是別人，正是一向不怎麼管事的齊妃。

皇后娘娘驚訝地瞥了她一眼，暫時將心裡的怒火給壓下。「看在齊妃妹妹替妳求情的分上，本宮就暫且饒過妳。」

莫妃對皇后的警告也不以為意，看向齊妃的時候，眼神就像刀子一樣，變得凌厲起來。齊妃一向不管閒事，如今這般又是為了什麼？

齊妃沒有兒子可以依靠，只有一個小公主。雖然皇帝對她的寵愛經久不衰，但只要皇上駕崩，她便不足為懼。

一個沒有皇子的女人，是可悲的。

莫妃這樣想著，將視線收了回來。

司徒錦先是好奇地看了一眼那床榻之上的司徒芸，然後又將注意力放在一直悶不吭聲的太子妃身上。

這一切都是她策劃好的，目的就是為了給太師府難堪，也是給她難堪。她想藉著抹黑司徒芸的名聲，讓整個太師府受到牽連。最好沐王府一怒之下，退了她這門親事，抑或是為她日後進府埋下隱患，不被婆家所喜。

唉，隱世子啊隱世子，你還真是會惹麻煩！

司徒錦一邊感嘆，一邊默默地推算接下來要發生的事。太子妃既然安排了這麼一齣好戲，恐怕不會就這樣輕易放過司徒芸。

果然，在眾人不注意的時候，楚濛濛悄然走到司徒芸床邊，假裝不經意地瞄到一些不該看到的東西，驚呼起來。

「太子妃娘娘，您沒事吧？」她的貼身宮女立刻上前去將她扶住，她才不至於摔倒。

那驚魂未定的模樣，真是裝得再逼真不過。

「太……太恐怖了……」太子妃一張臉慘白不已，就像是活見鬼一樣。

前世，司徒芸輕而易舉地就將楚濛濛除掉了，沒想到重活一世，結局倒是反過來了。司徒芸從太子那裡沒得到半分好處，反倒被太子妃給設計了，真是世事難料。

很多不明所以的人，聽見太子妃的驚叫，便都湊上前去一探究竟。如此一來，司徒芸縱有一千張嘴，也無法澄清了。

「真是沒想到，太師府的嫡出大小姐，竟然是這般不檢點。」

「敢在皇宮裡與人苟且，膽子不小呢！」

「這回真是有好戲看了，不知道那姦夫是誰？」

周圍的議論聲，讓周氏的臉忽然變得慘白。她想過很多種可能性，大不了就是司徒芸行為有缺失，但萬萬沒想到這情況要嚴重得多。看她身上那些痕跡，明眼人都知道是怎麼回事了。若不是跟男子歡愛，怎麼會有那些痕跡出現？而且還暈倒在御花園的假山洞裡，更顯得她放浪形骸，不知廉恥了。

周氏渾身顫抖著，半晌說不出一句話來。

皇后娘娘先是微微瞇了瞇眼，看了太子妃好一會兒，這才出聲道：「這件事誰都不准說出去，違令者定斬不饒。」

一句「定斬不饒」，讓許多人都乖乖閉了嘴。

皇后這樣做，無非是想保住太師府的名聲。如今與太師府有姻親關係的丞相府，已經是太子一派的頂梁柱，若是這事傳出去，恐怕會對丞相府不利，繼而影響到太子的聲譽。皇后在責怪太子妃做事魯莽的同時，還必須積極地挽救，這番苦心又有誰知道？

莫妃眼睛一直滴溜溜地轉著，想通了某些事情，她便有自己的思量。既然皇后不准她們開口，那就私下散播謠言好了。只要太師府的名聲臭了，丞相府的名聲也不會好到哪裡去。

畢竟這司徒芸是丞相府的外孫女不是嗎？只要能夠扳倒太子，讓她的兒子成為皇位繼承人，她還有什麼事做不出來？

皇后的命令可以震懾那些膽小的命婦，她何嘗畏懼？哼，皇后，妳等著吧！總有一天，她莫妃會將她踩在腳下，肆意欺凌！

第五十七章　司徒芸發瘋

司徒芸醒過來時，已經是深夜。

看著窗外皎潔的月光，那清幽泛冷的銀色，讓她忍不住拉緊了身上的被子。她的驕傲，她的尊嚴，她的一切一切，都在這一場宮宴上毀得一乾二淨！進宮之前，她還在憧憬能夠重新回到大家面前，以高潔的形象再一次征服世人。她還預想過無數次，當太子見到她的時候，會是怎麼樣的驚豔。

然而這美好的一切，全部都葬送了。

那個該死的男人，毀掉了她的清白，還將她摔得渾身是傷。還有那該死的太子妃，為了報復她沒有替她作證，就利用姓楚的那個畜生玷污了她。她不甘心就此成為眾人眼中鄙視的對象，她真的很不甘心！

可是即使心有不甘，又能怎樣呢？

如今她早已不是高傲清貴的太師府大小姐，只是一個被人唾棄的可憐人罷了。想起耳邊那些閒言碎語，想起爹爹一臉憤怒失望的模樣，想起那些庶出姊妹的嘲笑，她就恨不得立刻去死。

但死了，她就沒辦法報仇。

所以即使落入這般情境，司徒芸仍舊明白她不能隨意結束自己的生命，只能選擇忍辱偷生地活著。活著，只為有一日可以將那些欺負到她頭上的人，全部除去！

微微閉上眼睛，司徒芸放下心頭的包袱，這才清楚地感受到渾身的痛楚。楚朝陽那個混蛋，下手真的毫不含糊，一點兒憐香惜玉的意思都沒有。御醫診斷出她身上多處瘀傷，肋骨還斷了兩根。她一個嬌滴滴的閨閣小姐，竟然被人如此對待。

打從被爹爹自皇宮接回來，全府上下看她的眼神都變了。府裡那些死對頭姑且不論，自個兒的親生妹子也冷眼看她，不見絲毫同情，就連那些服侍她的丫頭，眼裡也帶了些鄙夷的色彩。

司徒芸深吸了好幾口氣，這才讓自己平靜下來。

她不能再意氣用事，不能任性地亂發脾氣，否則她可能連最後僅有的一點地位都沒有了，只是徒惹爹爹生氣而已。

尖尖的手指使勁地拽著錦被，司徒芸仰望頭頂的帷帳，一直睜眼到天亮。她不能消沈，不能就此任由別人欺負，她相信只要她重新獲得爹爹的歡心，她依舊會是太師府高貴的嫡出大小姐！

「沒想到大姊姊如此妄為，居然敢在皇宮裡做出那樣羞人的事來……」被禁足很久，最近終於開始拋頭露面的五小姐司徒嬌一身嫩黃色的裙裝，小臉長開之後更加清麗動人了。但樣貌的改變，並沒能讓個性有所改善，仍舊尖酸刻薄。

「她自己不檢點，還影響咱們整個太師府小姐們的清譽，若是以後嫁不了好人家，她就是全府的罪人！」司徒雨撇了撇嘴，完全不理會司徒芸的死活，反而只擔心自己。

周氏最近一直操心著玉珠的事，似乎將司徒雨的婚事給忘了。過了這麼些時日，男方暫時不再提起婚事，司徒雨也就漸漸地將這事給淡忘了。

如今司徒芸的事情鬧得京城大街小巷人人皆知，世人對司徒家上上下下都投以異樣的眼光。司徒雨跟司徒嬌這兩個同病相憐的人，反倒因為這件醜聞放棄了過去的成見，整日窩在一起自怨自艾，最後還一起將矛頭指向司徒芸。

「三姊姊還是比妹妹有福氣，起碼還有母親替妳作主。如今爹爹不疼我了，那楚家的公子也不上門提親……」司徒嬌絞著手裡的手絹，滿臉幽怨。

爹爹說了，除了那楚家公子，她沒有別的人家可以嫁。她的身分又是一個庶女，正室的位置完全落不到她頭上。她堂堂太師府的女兒，卻只能嫁人為妾，想想就不甘心。

司徒雨打骨子裡還是瞧不起司徒嬌，畢竟嫡庶有別。她從小在周氏的教育下，一直沒有將這些庶出的當成是親姊妹，所以就算司徒嬌現在跟她站在一起，她關心最多的還是自己。

「那楚公子也不是個好東西，整日遊手好閒，拈花惹草。不過，家世倒是不錯，是太子殿下的表兄呢！」司徒雨說起那楚朝陽，眼睛中帶著一些莫名的神采。

司徒嬌也是極其不願意嫁給楚朝陽，有哪一家的姑娘願意嫁給一個不學無術的紈袴子弟呢？更何況那楚朝陽早已妻妾成群，據說還玩變童，京城裡的閨秀對他避之唯恐不及，哪裡還願意嫁給他？

可是司徒嬌一點辦法也沒有，誰教那個登徒子看了她的身子，占了她的便宜。

司徒雨看到司徒嬌那副委屈的模樣，忍不住在心裡冷笑。剛才被司徒嬌這麼一提醒，她忽然想到一個法子，可以逃脫被遠嫁的命運。既然司徒嬌不願意嫁給楚家公子，那何不跟她交換？這樣她就可以繼續留在京城當她的少奶奶，以她嫡女的身分，當楚朝陽的正室也夠了。

「五妹妹，妳真的不想嫁給那個紈袴子弟嗎？」

司徒嬌絞著手裡的帕子，不甘不願地說道：「那還用說?!若不是爹爹堅持，我也不想啊……」

司徒雨見她是真的不情不願的，心裡便樂開了花。「其實……其實五妹妹也不用煩惱，爹爹也許說的都是氣話，在一切還未定下來之前，還是有轉圜餘地的。」

司徒嬌聽她這般說，心思也活了起來。「三姊姊說的可是真話？」

「當然！」司徒雨笑著走到她的面前，將她的手拉起來與自己的手握在一起，表現得親暱無間。「姊姊難道還會騙妳？只要我去跟爹爹說說，他一定不會讓五妹妹受委屈的。」

但司徒嬌也不是傻子，見司徒雨無緣無故地跟她示好，早就起了疑心。只不過在這個家裡，她們都是同樣被人欺凌的可憐蟲，所以她才暫時忍耐。「多謝三姊姊的好意，若是妹妹將來能夠嫁個好人家，一定不會忘記姊姊的功勞。」

司徒雨見她感激涕零的樣子，虛榮心得到了極大的滿足。

「對了，最近母親也不知道在忙什麼，連三姊姊的婚事都給耽擱了。萬一那男方有了意見，那三姊姊豈不是做不成新娘子了？」司徒嬌裝作不經意地提起這事，想要看看司徒雨的反應。

據她得到的消息，司徒雨要遠嫁到外地，而且還要嫁給一個糟老頭子，那糟老頭子還有個悍妻，她過去也只能做貴妾。按照司徒雨那般心高氣傲，斷然不肯嫁過去。也不知道母親是怎麼想的，突然就冷落起司徒芸姊妹來了，還給她訂了這麼一門親事，真是讓人捉摸不透。

「哼，她能忙什麼？如今當家的又不是她，她就會討好林姨娘那個不要臉的狐媚子！」司徒雨說起周氏來，還真是毫不避諱。自從跟周氏生了嫌隙之後，她便再也無法將她當作嫡母來尊敬了。

「姨娘也是有了身子，所以母親才會為了她而冷落了三姊姊吧？三姊姊也不用生氣，說不定姨娘能生下個兒子，到時候母親也就有了盼頭了。」

這府裡，誰都知道周氏可能已無法再生育，將來必定會將妾室的孩子抱過來撫養。原本四少爺司徒青已經過繼給她，只是因為吳姨娘之死，四少爺恨透了這個嫡母，還將她打得小產，甚至永遠無法懷上孩子，這才被老爺罰去家廟，到祖宗面前贖罪去了。

司徒嬌說出這樣一番話來，也是故意在挑撥她們之間的關係。畢竟司徒雨還是周氏的親姨甥女，不是她一個庶女能比的。若是司徒雨真的將主意打到她身上，她也得防一防才是。

想到周氏居然對一個低賤的姨娘噓寒問暖，司徒雨就心裡有氣。「自己不會下蛋，就只想著搶別人的兒子來養，真不要臉！」

司徒嬌強忍著笑，一臉嚴肅地說道：「三姊姊莫要妄加議論才好，若是傳到母親耳朵裡，又有苦頭吃了。」

「哼，我被她處罰得還少嗎？動不動就罰禁閉抄女誡，她以為她是誰?!不過是霸占我母親位置的人罷了，論資格，遠比不上嫡女來得尊貴！」司徒雨說著大話，絲毫沒有將長幼尊卑放在眼裡。

即使周氏不是她的親生母親，好歹也是太師府明媒正娶的繼室，是她的嫡母，她這般辱罵嫡母，實在不應該。

司徒嬌一邊抿著嘴，一邊裝出很自責的樣子，似乎不該提起這事。「三姊姊，還是不要再說了，這樣議論嫡母，嫡母會不高興的……」

「我管她高不高興，她沒資格管我！」司徒雨還在兀自謾罵，根本沒把她的警告當一回事。

就在此時，周氏在丫鬟簇擁下，從院子門口進來，聽了司徒雨的羞辱之言，頓時面如黑炭。「沒想到關了這麼久的禁閉，雨兒還是沒有學會守規矩。背後說人是非，羞辱當家嫡母，妳可知錯？若是我這嫡母沒資格管妳，還有誰有這個資格？來人，將三小姐杖責二十，關進祠堂，三日不准吃飯！」

那些粗使婆子上前，一把將司徒雨按住，就要拖走。

司徒雨哪裡那麼容易服輸？她一雙眼睛像是淬了毒一樣死死地瞪著周氏。「好妳個歹毒的嫡母，居然敢這麼對我！妳不過是我母親的替代品，有什麼資格罰我？」

「替代品」三個字，無疑像把刀子，深深地戳進周氏的心窩子。

她的確是個繼室，是姊姊死後，母家為了繼續維持兩府的關係，才將她送過來當填房的。也許大家嘴裡沒說什麼，但比起正經的正室，她還是差了那麼一點點的。雖說姊妹共嫁一夫，被傳為一段佳話，但怎麼說她都是個後來者。說得好聽點兒，是個正室夫人；說難聽點兒，就是個繼母，始終都不如原配來得好。

如今被司徒雨這麼一頓謾罵，周氏心裡的陰影就再也掩飾不了。「還敢頂撞？看來妳還是不知悔改，目無尊長！二十板子看來是輕了，給我重打四十板子，立刻執行！」

夫人發了話，丫鬟、婆子便再也沒有猶豫，上前拉了司徒雨就走。任憑司徒雨再倔強、再不服管教，依然雙拳難敵四手，不一會兒便聽不到她的謾罵聲了。

司徒嬌見司徒雨被罰，心裡也被震懾了一下，見到周氏也是恭敬地低下頭，不敢有半句不敬之詞。

周氏瞥了這庶女一眼，並沒有錯過她臉上那一閃而過的幸災樂禍。「都站在這兒幹麼，沒事做嗎？」

司徒嬌低眉順眼低垂著頭，微微福了福身，轉身就要離開。

「嬌兒的嫁衣可繡好了？」周氏突然開口問道。

司徒嬌嚇得心臟直跳，勉強撐起笑臉回道：「啟稟母親，女兒已經在準備了。只是楚家那邊一直沒有消息，所以……」

「這個妳放心，母親一定會讓那楚家上門來提親。妳好好地待在屋子裡練習琴棋書畫，沒事就做做女紅。沒什麼事情，就不要到處走動了。」周氏說得很明白，她雖然拉攏王氏一起對付江氏，但並不代表她就能容忍一個庶女在背後給她使絆子。

只是，她這話說得太過好聽了。司徒嬌心裡明白，連爹爹都拿楚家沒轍，周氏一個失勢的婦道人家又有什麼辦法？說這些話不過是為了展現自己的威嚴罷了，根本不可能成真。只不過司徒嬌一句話都不能多說，畢竟司徒雨的下場明擺在眼前，她犯傻了才會去衝撞周氏。

思及此，司徒嬌唯唯諾諾地應著，不敢表達任何不滿。

周氏說完這一番話，也沒有多作停留，便離開了。如今江氏的地位愈來愈穩，她若不早點兒將那個賤人除去，那麼她日後的地位可就不保了。

一個不會生育的女人，就算她貴為正妻，也會被夫君嫌棄。如今因為丞相府那邊投靠了太子，司徒長風卻仍舊還在觀望，所以越發對她冷淡了。若是太子將來能夠繼位，她倒還有希望重新掌握家裡的大權。萬一太子失勢，那麼她的好日子也就到頭了。

想著一個卑賤的妾也能騎到自己頭上，周氏就恨得牙癢癢。

「許嬤嬤，叫妳安排的事，妳到底是怎麼做的？都過去這麼久了，也不見江氏的胎兒有問題。」

周氏回屋後發了好大一頓脾氣，所有的丫頭、婆子都戰戰兢兢，不敢上前勸阻。就算是許嬤嬤，也不敢隨意開口。

「夫人，老身的確是讓人將那香囊以二小姐的名義送給了夫人。那香囊裡也動了手腳，至於為何沒有動靜，老身也是百思不得其解。」

「我不管是什麼原因，總之，我不能眼睜睜地看著她平安生下孩子！」

「夫人放心，離生產還有段日子了呢，咱們來得及準備。」許嬤嬤壓低聲音安撫道。

她的確是將那香囊交給了江氏的丫鬟，沒道理沒效果啊？難道是那丫頭被江氏收買了，所以背叛了主子？

「最好像妳說的那樣。去打聽一下，江氏打算請哪個穩婆幫她接生。若是能夠收買，就收買，若是不能收買，就讓她來不了。」周氏陰狠的眼眸冒著火苗，恨不得立刻將江氏給生吞活剝。

許嬤嬤又說了一番江氏的壞話，這才讓周氏平息了怒火，恢復原本的鎮定。

「去，將夫人的蜂蜜茶端上來。」

周氏平日最喜歡蜂蜜茶，此刻生完了氣，也該口乾舌燥了。許嬤嬤最是了解周氏的心思，自然懂得投其所好。

周氏安然地坐在椅子裡，滿意地看著許嬤嬤的安排，臉上總算有了一絲笑容。

「還是嬤嬤了解我，妳們以後都學著點兒。」周氏瞥了一眼屋子裡的下人，眉頭微微抖動。

一屋子的人全都低垂著頭，不敢有半分踰矩。見丫鬟、婆子們全都戒慎恐懼，周氏這才收斂了心神，將心思放在其他事情上。

梅園

「小姐，聽說大小姐這兩天都不吃不喝，見了人就尖叫不止，好像是得了癔症。」緞兒帶著若有似無的笑容走進來彙報。

「癔症？」司徒錦蹙了蹙眉，不太相信。

依照司徒芸那大小姐脾氣，又怎麼會這麼脆弱，連這點兒小挫折都接受不了？她又想玩什麼花樣？

「是的，丫鬟們都這麼說的。」

「請大夫看過了嗎？」司徒錦繼續追問。

「據說是請了大夫，只是大小姐那個樣子，沒有人能夠近得了她的身，所以……大家都在猜測，大小姐是得了癔症。」緞兒解釋道。

癔症？虧她想得出來！還真是有些小聰明，想要以此博取別人的同情，好降低流言蜚語對她自身的傷害。只是，她絕對不會讓司徒芸就這麼輕鬆地躲過這一切。

「既然是癔症，那可就麻煩了。」司徒錦不急不緩地說道。「若是讓外人知道司徒府的大小姐瘋瘋癲癲的，爹爹的官譽可是會受到嚴重影響。緞兒，立刻去稟報老爺，將大小姐的病情如實告訴他老人家。若是處理得不好，日後可是會有大麻煩的。」

緞兒道了聲是，便吩咐下人去稟報了。

司徒錦翻轉著繡花針，嘴角有隱藏不住的笑意。娘親如今已手握掌家大權，弟弟也好好地在娘親的肚子裡。等到娘親平安生下孩子，她的地位就更加的穩固了。周氏沒辦法生養孩子了，光憑這一點，娘親就可以牢牢地握住爹爹的心，壓周氏半頭。即使坐不上正室的位置，但母憑子貴，娘親的地位在這府內也算無人可及了。

這樣一來，她出嫁之後便可以安心了。

不過，為了確保萬一，她會徹底將府裡那些女人打垮，好讓她們再也沒有能力傷害娘親和弟弟。

「小姐，三小姐被罰了，仍舊不甘心，在祠堂裡大聲叫罵呢！」朱雀慢悠悠地晃進門，笑著提起了這事。

司徒雨被周氏杖責關進祠堂，司徒錦也是有所耳聞。

不過，司徒錦倒是覺得司徒雨挺直率的，若不是她經常欺負自己，她倒是願意幫她一幫。只是往事歷歷在目，她也沒心情理會她，就讓她們狗咬狗去鬥好了。

「四弟在家廟過得可好？」

見小姐提起這個人，朱雀難免會有些好奇。那四少爺都已經被老爺送去家廟，想必是打算放棄這個兒子了，對小姐應該已無威脅。「小姐問他幹麼？」

「四弟可是爹爹目前唯一的兒子，受寵這麼多年，哪會那麼容易被放棄？爹爹那不過是做做樣子，給別人看罷了。若是真的要處罰，早就送到衙門去了，哪裡只是送去家廟這麼簡單？」

聽完司徒錦的解釋，朱雀這才明白。「小姐打算怎麼做？」

「畢竟是我弟弟，他一個人在那裡也挺苦的。妳拿些好吃的給他送去，別讓人怠慢了他。還有，這府裡見不得他好的人，可是大有人在。讓他注意著點兒，千萬別做了那冤死鬼，死得不明不白。」

朱雀揚了揚眉，下去吩咐人做事去了。

那個呆子，只需要一點點暗示，就會疑神疑鬼。而他在太師府內最大的勁敵，就是周氏。只要讓司徒青認為周氏還要害他，相信他隨時都可能鬧上一陣，如此一來，周氏往後又要提心弔膽地過日子，不得安寧了。

司徒長風正在書房看書，聽丫鬟進來稟報，說大小姐得了瘋癲之症，頓時有些惱火。

「好好的，怎麼就瘋癲了？」

他又停頓了一下，這才問道：「請大夫來了嗎？」

「請了，只是大小姐根本不讓任何人接近，大夫也沒辦法看診。」丫鬟如實回答道。

司徒長風無奈地放下手裡的書，正打算去司徒芸的院子瞧瞧，便見江氏挺著大肚子走了進來。

「老爺，妾身見您最近經常熬夜，便吩咐廚房燉了冰糖雪梨給您降火，您趁熱喝吧？」

江氏溫柔體貼的舉動，讓司徒長風很是感動。

「妳都大著肚子了，還這麼操勞，應該多注意身子才是。」

江氏嬌羞地來到司徒長風身旁，幫他捏肩膀。「老爺為了國事操勞，又是家裡的主心骨，妾身做的這些小事不足為道，但願能為老爺分擔一二，好讓老爺能夠輕鬆一些。」

「有妳這麼個賢慧的人在身邊，我這一生也知足了。」司徒長風被江氏這麼一哄，整顆心都暖暖的。

有哪一個男人不喜歡被女人崇拜？江氏如此放低身姿，以他為中心的做法，的確是極大的滿足了他的虛榮心。

江氏細心地幫他捏著肩膀，讓司徒長風忘了正事。

「聽說大小姐那邊出了事，老爺是不是要過去看看？」江氏來書房，本就是司徒錦授意的，剛才有丫鬟在前面開了頭，她說起話來也就方便許多。

司徒長風見她主動關心司徒芸，心裡也是十分欣慰。

周氏如今愈來愈不像話，不僅對庶出的子女嚴苛，就連嫡出的兩個女兒，也是一樣不待見，前些日子更將雨兒給打了，還關進祠堂。剛進門的那會兒，周氏還是挺隨和的一個人，又將家裡管理得井井有條，找不出半點兒不好之處。怎麼才不到一年，就變了個人似的，陰沈沈的，連大周氏留下來的孩子也百般苛待，讓他非常失望。再加上丞相府那邊試圖拉攏他站邊的作為，讓司徒長風選擇冷落周氏，再也沒有踏進她的屋子一步。

現在看來，還是江氏比較適合當主母。無論是對子女，還是在管家方面，她都勝任有餘。如今又懷了孩子，將來若是一舉得男，她將是司徒家最大的功臣。

看著眼前這個溫柔如水的女子，司徒長風不禁感慨道：「妳有心了……」

「老爺說哪裡話，這都是妾身該做的。大小姐是您的嫡女，是太師府的大小姐，都是老爺的孩子，妾身自然一視同仁。」江氏說得理直氣壯，並未討好地說因為司徒芸是嫡出的，就多關照一些。

這樣的說辭，倒是更讓司徒長風信服。

畢竟錦兒是她親生的，作為一個母親，疼自己的孩子多一些也是正常的。江氏老實地將心裡的想法說出來，對他毫不隱瞞，這讓他非常開心。

「嗯，也好。咱們一同去看看芸兒。」說著，就要過去。

江氏自然不會阻攔，只是她也不會這麼輕易讓司徒芸得逞。想要裝瘋賣傻獲取同情，無異自尋死路。

「老爺，妾身已經請了城裡最好的大夫過來，只不過大小姐如今不讓人近身，大夫也沒辦法。但若是強行將大小姐制住，恐怕會傷了大小姐。」

司徒長風蹙了蹙眉，覺得江氏說的話有道理。「那就叫人在她的飯食裡放些安眠藥物，讓她睡一會兒，這樣就沒問題了。」

江氏聽了他的建議，點頭稱是。「老爺說得是。」

由司徒長風親口說出來，總比她自作主張來得好。此外，還可藉此確認司徒芸的癔症是否為真。就算以後那些風言風語過去了，她想「好」起來，也沒機會了！她愛裝就讓她裝，往後她就要有永遠當一個瘋子的準備。

裝瘋和真瘋，其實很容易辨別。

但司徒芸若一意孤行，想博取眾人同情，那麼她就讓大夫滿足她的願望，讓她一輩子都翻不了身！

司徒長風和江氏來到司徒芸院子的時候，司徒芸正在大吵大鬧，還砸了不少東西。

「你們走開，走開……不要碰我……都走開！」

「大小姐，您好歹也要吃點兒飯，千萬別餓著自己。」丫鬟們都不敢近身，只好將飯食放在門口，退了出去。
司徒長風看著女兒那副瘋癲的模樣，心裡隱約有些不忍。
這個女兒一直是他的驕傲，又是他的第一個孩子，自然是要多疼愛一些的。男人對自己的第一個孩子，總是有著更多的期待。而司徒芸在過去的十五年裡，一直都表現得很不錯，是他的驕傲。
如今看到她變成這個樣子，他心裡不是不心疼的。
「唉……這裡就交給妳了。」司徒長風不忍見司徒芸那副模樣，垂頭喪氣的離開了，將所有的事情都交給了江氏。
江氏目送著司徒長風離開，臉上的笑容頓時隱匿了起來。
「給二夫人請安。」丫鬟們見到她的身影，全都規矩的上前來行禮。
江氏撫了撫衣袖，將司徒長風的命令轉達了一遍，然後又打量了一番四周。「大小姐突然發病，想必是這屋子裡有不乾淨的東西。妳們仔細的搜一搜，看看有什麼異常。」
「是，二夫人。」這些婆子可都是有些眼力勁的，如今江氏掌家，她們自然是見風使舵，聽從她的指示。
但也有不少司徒芸的心腹，見江氏這般頤指氣使的模樣，暗暗為大小姐鳴不平，若不是大小姐另有打算，恐怕她們就會鬧起來了。
掃了一眼那屋子裡嚇得渾身發抖的司徒芸，江氏冷笑著出了院子。

司徒芸就算再裝瘋賣傻，也不可能捨得讓自已餓肚子，私底下她的心腹定會偷偷給她送吃的。而江氏要動手腳，就要從她這幾個心腹身上下手。

「眉兒，盯著點兒那幾個丫鬟，看她們何時給大小姐送飯食。查明了，就按老爺的吩咐去做吧。」

「是，二夫人。」眉兒恭敬地回道。

她是二小姐送到二夫人身邊服侍的，自然一切都聽江氏吩咐。剛才江氏在書房與老爺說的那番話，她也都聽見了。

江氏嘴角隱含笑意，抬頭望了望湛藍的天空。

以前她都不知道天空是這樣的色彩。在司徒家待了半輩子，她一直老老實實做人，結果卻落了個人善被人欺。如今，她變得堅強，學了不少手段，爬上了平妻位置，還得到了老爺的歡心，這是不是有些諷刺？

她也不想做壞人，只是要在這樣的環境下生存，她就必須狠下心來。

不一會兒，就有下人過來稟報，說是大小姐的屋子裡，竟然被人放了迷惑心智的熏香。頓時一石激起千層浪，就連司徒長風也被驚動了。

「真是豈有此理，到底是誰想害我的寶貝女兒?!」司徒長風拍案而起，恨不得立刻將凶手正法。

江氏在一旁安慰著。「老爺，您保重身子。」

「是啊，老爺，您可要愛惜自個兒的身子……」王氏也假惺惺地拿起帕子拭淚。

因為事態嚴重，司徒長風將所有人召集在一起，挨個兒問話。各房的姨娘和子女都被叫了過來，周氏也不例外。

「想必是有些心懷不軌之人，故意放在大小姐房裡，想要害大小姐吧？如今這府裡可是江氏妳當家，妳有何話說？」周氏說出這番話來，就是拿掌家之權來說事了。

江氏臉色微沈，卻不見一絲慌張。「的確是妾身的疏忽，沒能照顧好大小姐。」

她沒有否認，沒有強詞奪理，而是先承認自己照顧不周，反而獲得了司徒長風的同情。

「妳懷著身孕，難免有些事情不能周全，何必妄自菲薄？芸兒屋子裡的人，都是原先的老人，出了這樣的事，這些人難逃干係。來人，將大小姐院子裡的丫鬟、婆子都給我帶上來，挨個兒地審問。若是不老實，只管打了再說。」

周氏見老爺如此偏袒江氏，心裡很是不快。「老爺，大小姐屋子裡的人，都是姊姊精挑細選留下來的人，怎麼可能害自己的主子？這事肯定不是她們做的，老爺這樣屈打成招，豈不是說亡姊不會挑人？」

江氏也不惱，一雙水潤的眼睛低垂著，任憑周氏在一旁替司徒芸屋子裡的人開脫，樣子看起來十分委屈。

「是啊，大小姐屋子裡一向相安無事，倒是江姊姊妳掌家之後，就出了這麼多事，也不知道是不是有人存心跟大小姐過不去？」王氏原本就與江氏鬧翻了臉，如今投靠了周氏，自然向著她。

江氏眼神一黯，便落下淚來。司徒錦不忍母親被那些人欺負，於是站出來說道：「爹爹，既然母親說了大姊姊屋子裡的人都很忠心，想必是真的沒問題。但若大小姐屋子裡的丫頭都忠心耿耿，怎麼會讓外人鑽了空子？那熏香是在內室的香爐裡發現的，能夠接近大姊姊的屋子，又能進入內室，想必不太容易吧？」

司徒長風看著司徒錦，讚許地點頭。「錦兒說得沒錯，芸兒的院子裡一天到晚都有人守著，外人怎麼進得去？若不是內鬼，我還真想不出誰有那個本事，能夠做得神不知鬼不覺。」

周氏聽她這麼一說，便改口道：「老爺這是懷疑芸兒身邊出了背叛主子的小人？」她的聲音不大不小，剛好在場的所有人都能夠聽見。而那些在司徒芸身邊侍候的丫頭們更是嚇得膽戰心驚，若老爺真的懷疑到她們頭上，又沒有人肯站出來承認的話，恐怕她們都要跟著遭殃。

「說，是妳們之間的誰，收了別人的好處，膽敢暗害太師府的嫡出大小姐?!」司徒長風一發怒，後果可以想像得到有多嚴重。

周氏也仔細打量著這些丫頭，心中忽然有些不好的預感。

原本她也沒打算護著司徒芸，只是那江氏太過可惡，三言兩語就得到了司徒長風的信任，她實在是看不過去，所以才站出來說話的。至於司徒芸身邊有沒有那樣的小人，她也不太清楚。

但此事是江氏查出來的，若她真的害司徒芸，不可能故意留下把柄來給人拿捏。掌家大權如今在她手裡，她才不會這麼笨，給自己找麻煩呢！

難道真的有人想害司徒芸，抑或是想嫁禍給別人？

想到這府裡的女人，周氏不免憂心起來。

地位最低的李氏一直低著頭，平常在這樣的場合，她都唯唯諾諾，沒有主見，沒人問到她的名下，她絕對不會開口。

然而今天，她卻第一次主動開了口。「老爺……妾身有句話不知道該說不該說？」

司徒長風打量了一下這個怯懦的女人，對於她的表現很是驚訝。「妳有什麼就說，別吞吞吐吐的！」

李氏嚥了嚥口水，喏喏地說道：「前幾日，妾身身子不適，所以讓丫鬟出去買了些藥回來。結果月兒說，說……」

「說什麼，妳能不能一口氣說完？」司徒長風沒耐性，聽見李氏這般回話，都要急死了。

李氏被他這麼一嚇，說話立馬順暢多了。「她說……她說她在藥鋪看到一個府內的丫鬟，鬼鬼祟祟地跟老闆要了一些禁藥。妾身怕是她胡說八道，影響了府內的聲譽，便讓她封了口，不准對外人說起這事。如今想來，大小姐屋子裡的那東西，恐怕就是那時候弄回來的……」

許嬤嬤聽到這話的時候，心裡打了個突，雙腿開始打顫。

為了不讓江氏平安生下孩子，她可是費了很多心思。為了怕別人懷疑到自己身上，她很少親自去做這些事情，都是讓身邊的小丫頭出去辦事的。如今李姨娘這麼一說，她就記起來了。前些日子，她讓院子裡的香兒去了藥鋪一趟，難道說李氏的丫鬟看到的人，就是香兒？

想到這些，她不禁開始冒冷汗。

周氏也發現了許嬤嬤的異常，她心裡的擔憂愈來愈重。看來，今兒個演的一齣戲，怕是衝著她來的。

「哪個是月兒，站出來回話！」

家主一聲令下，一個面黃肌瘦的小丫頭從人群中站了出來，戰戰兢兢地跪倒在地。「奴婢月兒，見過老爺。」

司徒長風也認出了她來，她的確是李氏身邊的丫頭。當年，他喝醉了酒，將李氏當作了周氏，這才有了司徒巧。那個丫鬟，也是李氏被抬為姨娘之後，周氏送給她的。

「說，妳在藥鋪看到的是誰？」司徒長風一邊問話，一邊打量著院子裡其他人，想要從她們身上看出些端倪來。

司徒錦看著那許嬤嬤，嘴角露出一絲笑意。

娘親這招真是高明啊！她不過是透露了許嬤嬤的行蹤給她，她居然聯合李氏，想了這麼個蹩腳的理由，將許嬤嬤這幫子人給引了出來，真是讓人刮目相看！看來，她就算是嫁人了，也可以安心了。

月兒的性子跟她的主子一樣，十分懦弱。只見她顫顫巍巍地抬起頭，小心翼翼地瞄了周氏身後一眼，這才指向那個身穿淺粉色衣裙的丫鬟，道：「奴婢看見的，是那位粉色衣裙的姊姊。」

司徒長風順著她的手指望去，見是周氏身邊的人，頓時大喝道：「周氏，是妳屋子裡的人，妳有何話說？」

第五十八章　許嬤嬤遭打殺

那身穿淺粉色衣裙的丫鬟，此時早已面色慘白，整個人都驚呆了。若不是許嬤嬤機靈，一腳將她給踹跪下，恐怕她還要愣在那裡動彈不得。

「老爺饒命！奴婢沒有去過什麼藥鋪，一定是月兒栽贓陷害奴婢的！」

司徒長風才不相信她所說的話，厲聲喝道：「好個大膽的刁奴，居然還不肯認罪?!來人，給我掌嘴！」

周氏有心想要維護自己的人，但此刻司徒長風正在氣頭上，她也不好出面，只得任由那些婆子上前，噼哩啪啦地掌嘴。

一個嬌嫩的丫頭，哪裡經得住這樣的對待，很快的，半邊臉已經腫了起來，看起來非常恐怖。

「老爺饒命！奴婢……奴婢沒做過啊……」

「還想狡辯?!看來是打得不夠，來呀，給我拖下去打二十大板！」司徒長風知道不罰得重一些，她是不會老實交代的。

許嬤嬤看著自己帶的小丫頭被打得這麼慘，有些於心不忍。雖然知道棄車保帥的道理，但那丫頭是她一手帶大，很得她喜歡，於是忍不住上前求情。「老爺，您莫要聽信別人的讒言，那丫頭一向規規矩矩，怎麼會做出如此大逆不道的事情？何況，這二十大板是個男人也吃不消啊，她不過是個小丫頭，這樣下去會被打死的！」

司徒長風瞥了一眼那許婆子，心中有些不滿。

她居然敢懷疑他的判斷力，簡直該死！

「好妳個老貨！居然敢懷疑老爺我的判斷？來人，拖下去一起打！」

一聲令下，幾個粗使婆子便要上來押人。

許嬤嬤是周氏身邊得力的人，又上了年紀，周氏自然不忍心她也被罰。「老爺，許嬤嬤是妾身身邊的人，一向是個穩妥的人，老爺這樣不分青紅皂白，就要重罰，有沒有想過妾身的感受？」

司徒長風瞇了瞇眼，似乎對周氏的話很是反感。

也是，周氏這般心急維護自己的人，有些說不過去。總不過是個奴婢罷了，她卻一再袒護，實在有些不成體統。

「不過是奴才，夫人這般維護，莫非其中另有隱情？」

面對司徒長風的質問，周氏心裡一慌，但很快便鎮定下來。「老爺，月兒的話還不知是真是假，您就要聽信這片面之詞，給妾身定罪嗎？」

那月兒見主母懷疑自己的話，便不住磕頭，一口咬定道：「奴婢不敢欺瞞老爺，當時奴婢可是看得很清楚。那個丫鬟，的確是剛才那位穿淺粉色衣服的姊姊。就算是換了個髮型和衣服，奴婢也是認得的。當日，這位姊姊去藥鋪的時候，還順便買了一些金創藥。月兒聽說這位姊姊前幾日不小心割傷了手，老爺若是不相信奴婢，大可以找人去驗傷。」

周氏一聽這供詞，頓時再也說不出話來。

那個叫香兒的丫頭，前幾日的確不小心被打碎的杯子滑破了手，而且也的確買了金創藥回來。

看來，那些人是有備而來！

至於那一直低調的李姨娘，為何站出來為江氏說話，就不得而知了。不過這些人想要害她，門兒都沒有！

「來人，去那丫頭的屋子裡搜一搜，看有沒有金創藥之類的藥物。」司徒錦適時地開口，不一會兒幾個婆子真的從香兒的房間搜出一些金創藥來。

而被打得快要昏死過去的香兒，也不得不開口招認了。「是，奴婢的確去過藥鋪，也買過一些禁藥……」

司徒長風聽後大怒，大聲追問道：「妳奉誰的命去買禁藥，快說！」

香兒輕輕地抬眼，看了一眼那許嬤嬤，卻不敢開口。

周氏見這丫頭有幾分骨氣，便想斷尾求生。「老爺，都怪妾身治家不嚴，才讓這妮子在我眼皮子底下犯下如此大錯，害得大小姐受苦，請老爺責罰！」

這招以退為進的確妙得很！

不但撇清了自己，還讓司徒長風狠不下心來懲罰她。畢竟這治家不嚴之罪，跟謀害嫡長女的罪名相比起來，實在微不足道。

「爹爹，」司徒錦站了出來，故作無辜地問道：「那丫頭一個月的月錢也只有二兩銀子，據說那禁藥可貴著呢，她一個丫頭，哪裡來的那麼多銀子？」

司徒長風聽完司徒錦的話，頓時疑心再起。

「說，是誰指使妳在大小姐的屋子裡放那些齷齪東西的？」

香兒有些發愣，她從來沒有將那些害人的東西放到大小姐的屋子裡去，她不過是幫許嬤嬤跑腿。

「奴婢……奴婢沒有害過人……」

「還狡辯?!」司徒長風狠狠地甩了她一巴掌，繼續說道：「既然沒有想要害人，那妳買那些東西幹麼？若是不說，我立刻將妳打殺了！」

香兒身子忍不住一抖，心裡也開始掙扎起來。

她年紀還小，不想這麼早就死啊！

剛要開口，卻被許嬤嬤一把扶住。「是不是妳偷了夫人的首飾拿出去賣，被大小姐發現了，大小姐罰了妳，妳不甘心，所以妳懷恨在心，想出這樣的法子來害大小姐？妳怎麼這麼糊塗啊！妳老子娘可都還要靠妳養活呢！妳這麼做，對得起他們嗎？」

香兒臉上本來就沒有了血色，聽了許嬤嬤這話，就更加蒼白了。她知道，許嬤嬤這是要她頂罪呢，不然，她的老子娘也要跟著遭殃。

司徒錦嘴角微微勾起，許嬤嬤的用意她可是清楚得很。想要棄車保帥，她可不想讓她就這麼如願！

「啟稟老爺，奴才為了避免有人栽贓嫁禍，剛才去搜香兒的院子時，也順便將所有下人的屋子都查了一遍。這些東西，是從許嬤嬤的屋子裡搜出來的，請老爺過目。」開口的，正是太師府的管家。

這位管家在府裡也有些年頭了，一直很得司徒長風的信任。他這般做，司徒長風自然是非常欣賞。

「許婆子，妳還有何話說？」司徒長風雙眼一瞪，狠狠地射向一臉慘白的許嬤嬤。

許嬤嬤看著那幾包她藏起來的禁藥，整個身子如篩糠一般抖了起來。「老爺，老身……這不是老身的……一定是有人栽贓啊，老爺……」

司徒長風一腳將她踹翻在地，啐道：「妳個老貨，到了這個時候，還敢狡辯，豈有此理！來人，給我拖下去打！」

周氏臉色一陣紅一陣白，眼睜睜看著許嬤嬤被打，心裡很不好受。但若此時再求情，恐怕老爺都會懷疑到她頭上來了。

只是她們根本沒有做過的事情，要如何承認？那些人還真是有本事，居然能夠查到禁藥一事，還栽贓到她們頭上，果真厲害！

「老爺，不若先查一查這藥吧？興許是誤會了呢！」江氏見到周氏那滿臉的憤慨，走上前去勸道。

「到了這個時候，妳還替她們求情？」司徒長風不解地看著江氏說道。

江氏當然沒那麼好心，只不過就這樣放過周氏，實在是太便宜她了。扳倒了許嬤嬤，頂多剪除她的左膀右臂，但周氏自身卻不會受到半點兒影響。不將周氏拉下水，她無論如何都不會甘心的！

「老爺，這問罪還得有真憑實據不是？剛好大夫也在，不若就讓他檢查檢查，也好讓大家心服口服。」

司徒長風思慮了一下，覺得江氏的做法十分周全，於是讓人將那藥包遞給那名給司徒芸診脈的大夫，讓他仔細判定。

那大夫也是京城有名的醫者，只是聞了一聞那藥包，便知道了那是何物。「回太師大人的話，此藥與大小姐房內的迷幻藥並不相同。」

許嬤嬤聽了這話，頓時安心不少。「老爺……您瞧，奴婢並沒有害大小姐啊！請老爺明鑑！」

周氏卻是皺了皺眉頭，覺得更加可疑了。

若是查出那藥是迷幻藥還好說一些，起碼可以讓許嬤嬤頂了罪。但那藥卻不是迷幻藥，這就更加危險了。

「老爺，既然不是許嬤嬤做的，還請老爺饒了她吧？此事定是香兒那丫頭心有不甘，想要報復芸兒，所以才被豬油蒙了心，做下了蠢事。老爺大可將她打殺了，莫要冤枉了好人啊……」周氏擠出幾滴淚來，看起來倒也情真意切。

司徒長風知道那藥不是害自己女兒瘋癲的藥，這才稍微鬆了口氣。

不過當他正要開口饒了許嬤嬤時，那大夫又開口說話了。「不過……這藥也有些問題。」

司徒長風一驚，急切地問道：「這藥有何問題？」

那大夫猶豫了半晌，又看向江氏的肚子，不安地說道：「這藥，對普通人沒多大的效用，不過對孕婦，危害極大。」

司徒長風眼睛一瞇，眼光掃向院子裡的這些個女人。

許嬤嬤心裡打了個突，整個人都僵住了。

她怎麼把這事給忘了？那些藥買回來，就是準備對付江氏的，她怎麼這麼大意，讓人給搜了出來呢？她明明藏得很好，不容易被人發現的。

看著渾身打顫的許嬤嬤，司徒錦故意提高聲音，驚呼道：「這……難道妳想……害爹爹的骨肉？」

一提到子嗣問題，司徒長風就不淡定了。

「好妳個賤婆子，居然敢打本大爺子嗣的主意?!妳吃了熊心豹子膽了？說，誰指使妳幹的！」

面對司徒長風那熊熊的怒火，周氏也忍不住顫抖了一下。

司徒長風最在乎的，不是某個女人，而是他的子嗣。不管是姊姊還是她，抑或是江氏，都不是他最在乎的，這一點她早就看出來了。若是他真的疼一個女人，姊姊也不會那麼早就死去，江氏也不會在府裡受了那麼多年的欺負，那個先前最得寵的吳氏，也不會死在府外，連個收屍的人都沒有。

剛開始，司徒長風對她還是極好的，可惜，知道她不能生育之後，他的態度就完全變了，甚至連她的屋子都不願意去。加上江氏和玉珠都懷了身子，他的注意力就更少放在她身上了。

如此薄情寡義的男人，她真的很後悔嫁給他。

「周氏，妳可有話說？」司徒長風掃視了周圍一圈，最後將目光落在了她的身上。

許嬤嬤見老爺懷疑到了夫人身上，便再也顧不上許多，磕起頭認罪。「一切都是老奴做的，不關夫人的事！是老奴對二夫人懷恨在心，恨她奪了原本屬於夫人的掌家大權，又嫉妒她懷了身子，而夫人卻……是老奴一時豬油蒙了心，才心生不滿，想要害二夫人的，真的不關夫人的事，請老爺開恩……」

許嬤嬤說得在情在理，而周氏也只是默默地流淚，並沒有為自己辯解。

司徒長風聽說她要謀害江氏的孩子，頓時火冒三丈，一腳將她給踹開。「好妳個不知天高地厚的奴才，竟然想謀害我的孩兒，死不足惜！來人，拖下去打殺了！」

許嬤嬤見要處死她，頓時就慌了。

她不斷望著周氏，希望她能夠為自己求情，但周氏如今要自保，根本力不從心，只能眼睜睜地看著她被拖下去。

頓時，整個院子裡便只有許嬤嬤那撕心裂肺的嚎叫聲。不久之後，那哀嚎聲越來越小，直到有小廝過來稟報，說那許嬤嬤出氣多進氣少，司徒長風才叫人罷手。

「周氏，看妳教的好奴才！」已經處罰了許嬤嬤，司徒長風還是嚥不下這口氣，只得將周氏訓斥了一頓。

周氏自然不敢反駁，便一個勁兒地磕頭認錯。「老爺恕罪，都是妾身管教無方，請老爺開恩！」

司徒長風冷哼一聲，道：「連自己的奴才都管不好，還有話說！我本來打算過幾日就把管家大權歸還給妳的，看來這個決定大錯特錯。妳自個兒去祠堂待著吧，什麼時候想清楚了，就什麼時候再出來！」

說完，他有些暈眩地倒退了幾步，差點兒沒站穩。

江氏見他氣得渾身發抖，趕緊上前去攙扶。「老爺息怒……妾身這不是好好的嗎？您千萬保重身子啊！若是您有什麼事，教妾身怎麼活啊？」

王氏在一旁看著這一幕幕，頓時心寒了。

周氏倒了，那她怎麼辦？她的女兒又該怎麼辦？這一切都是江氏設計的吧？只有她才有這個能力，將所有的一切都安排得好好的，簡直天衣無縫啊！

想到自己已經投靠了周氏，還幫周氏誣陷了江氏，她就不禁打了個冷顫。

「王姨娘這是怎麼了，這麼暖和的天氣，怎麼打擺子了？」司徒錦看到王氏那心虛的模樣，故作天真地問道。

司徒長風凌厲的眼神一射過去，王氏就抖得更厲害了。

「王氏，妳也有什麼事瞞著我？」司徒長風冷冷的說道。

王氏嚇得後退了一步，連連擺手。「妾身沒有……妾身只是……只是身子虛弱……」

「妳的身子可是好得很，別以為我好唬弄！說，妳到底隱瞞了我什麼？」

面對怒火沖天的司徒長風，王氏腿一軟，眼看就要跪下去。好在司徒嬌反應快，一把將她攙扶住。「爹爹，您怎麼能這樣冤枉娘親……」

那粉嫩的小嘴兒微微嘟著，眼眶中充滿了淚水，看起來楚楚可憐。

司徒錦冷哼一聲，提醒道：「五妹妹，她可是姨娘，娘親在那邊呢！」

司徒嬌自覺說錯了話，立馬改口。「是嬌兒說錯了話，女兒該罰！」

司徒長風冷冷地瞪了她一眼，繼續問道：「王氏，妳真的不打算說實話嗎？還是要我去妳屋子裡找證據，妳才肯說？」

王氏心怦怦地跳個不停，內心更加不安起來。

她自認為沒有可以讓人拿捏的把柄，但是看到司徒錦眼裡的鄙視和冷漠，她就有些不敢肯定了。

司徒長風見她支支吾吾，半天說不出一句話來，心裡就更加有氣。「管家，去王姨娘屋子裡搜一搜！」

「老爺！」王氏大驚，跟著跪了下來。「老爺，您讓一個奴才去搜妾身的屋子，這不是打妾身的臉嗎？」

她乃官家小姐出身，是正經的嫡出，怎麼可以讓奴才隨意搜她的屋子呢？

司徒錦冷笑著，說道：「姨娘莫要忘了自個兒的身分，爹爹的威嚴豈是妳隨便能夠抹殺的？說起來，姨娘也不過是個奴婢，比起下人來高貴不了多少，怎麼說得這般委屈，好像侮辱了妳似的？」

司徒嬌見她如此羞辱自己的娘親，恨不得撲上去與她纏打。「二姊姊，姨娘好歹也是妳的長輩，妳怎麼能如此大逆不道？」

「長輩？她一個奴婢，也配稱為我的長輩？五妹妹是越發的糊塗了。」司徒錦不緊不慢地說道。

司徒嬌被嗆得一句話都說不上來，只能用眼神狠狠瞪著她。

江氏聽了女兒的話，心裡很是贊同。

姨娘就是姨娘，最多也只是半個主子，哪能跟太師府的千金相比？就算不是嫡出的女兒，那也是司徒長風的子嗣，是高高在上的主子。她王冷香算個什麼東西，也敢要人稱她長輩，真是不自量力。

王姨娘早已被司徒錦的幾句話給打擊到不行了，本想就此干休，回自己的院子去休息的。但管家卻拿著一包可疑的物品匆匆回來，她差點兒當場暈過去。

「這是什麼？」司徒長風狠狠地將那包東西摔向王氏。

王姨娘瞪大了雙眼，有些不敢置信地看著那些粉末狀的東西，嘴巴張了很久，就是發不出聲來。

一旁的大夫見了那藥，便大聲喊道：「快捂住口鼻，若是吸進去了，會讓人神志不清的！」

於是眾人像是躲避瘟疫般，逃離了王氏身邊。

司徒嬌也像是被針刺了一般，急急地放開王氏。於是王氏身子一歪，便摔倒在了地上，而那些粉末好死不死的就黏在了她臉上。

「啊……」

「原來是王姨娘幹的！」

「真是太歹毒了！大小姐哪裡得罪她了，竟然下這般黑手！」

「可憐的大小姐……」

頓時，院子裡亂成了一團。

司徒錦緊挨著江氏，一手將帕子遞給她，一手用衣袖捂住了嘴。「快，將王姨娘抬回去，莫要驚擾了他人！」

那剛被抬了位分的玉珠也是小心地護著自己的肚子，離王氏遠遠的，生怕也被那藥給黏上。

她如今可是懷著老爺的孩子，若是有個三長兩短，她以後還怎麼在府裡立足？如今周氏不再受寵，她又只是個丫鬟出身，沒有任何背景，就只有靠她肚子裡的那塊肉了。

「老爺，婢妾的肚子好痛。」

司徒長風聽到玉珠的呼喊，便甩開江氏的手臂，朝她走過去。「大夫呢？快來給她看看！」

司徒錦冷笑，這玉珠還真是會把握時機。剛才一直在一旁看戲，都不怎麼說話。如今倒是看準了，肚子就適時地痛起來了。

不過，她倒是不擔心她會翻出天去。暫時讓她得意著吧，等收拾掉了那幾個麻煩，再來找她算帳。

玉珠依靠在司徒長風的懷裡，眼淚汪汪的，看起來十分可憐。

司徒長風怕她肚子裡的孩子有事，便親自將她抱起，朝著她所住的院落而去。

司徒錦上前去攙扶江氏，無聲地給她安慰。

江氏倒是想得開，反正她已經對這個男人死心了。不管他在乎誰，她都已經心如止水。

這麼多年的夫妻之情，早已隨著他一個又一個女人娶進門漸漸化為烏有了。

「都散了吧。」當家人都已經離開了，她也就將所有人打發了下去。「那個叫香兒的，等她傷好了，發賣了吧。至於那許嬤嬤，就交給夫人處置吧。」

是埋還是丟棄在亂葬崗，她都不過問了。畢竟是周氏的人，她想怎麼做就怎麼做，反正她的目的已經達到了。

「江氏，妳真是好手段！」周氏起身，對著江氏冷冷地說道。

江氏臉色絲毫未變，轉過身去坦然地面對。「這還要感謝夫人呢！若不是夫人起了那些心思，又怎麼會被妾身拿住把柄呢?說來說去，還是妳們想害人在先，才讓我可以藉此機會剷除這些毒瘤。」

周氏沒想到她會這麼明目張膽地說出真相，頓時氣得渾身發抖。「沒想到這府裡，還有妳這麼一號人物，看來是我太低估妳了！」

「多謝夫人誇獎。」江氏毫不謙虛地回敬道。

周氏還想說什麼，一個丫鬟便上前去，將她攔了下來。「夫人，奴婢給您收拾收拾，一會兒搬去祠堂住吧？」

想到自己痛失了一個得力助手，又被司徒長風罰去祠堂，周氏那股子傲氣便消失殆盡。不過離去之時，她又放了狠話。「江氏，妳莫要得意!鹿死誰手還很難說，咱們走著瞧!」

江氏看著她離去的背影，絲毫不懼地回道：「夫人一路走好。」

司徒錦見江氏如此有力的回擊，心裡很是替她高興。一下子除掉了兩個心腹大患，她總算是可以安心一陣子了。

不久之後，大夫確診了司徒芸癔症，司徒長風再一次受到打擊，整個人昏昏沈沈的，加上府裡這些女人的勾心鬥角，讓他身心俱疲。一向穩健的身子，頭一次病倒了。

梅園

司徒錦聽著緞兒彙報司徒芸最近的狀況，嘴角忍不住彎了起來。「她這是咎由自取。原先不過是裝瘋，現在倒好，真的瘋了。」

「可不是嗎？聽說大小姐最近只知道坐在院子裡傻笑，連飯跟草都分不清楚了呢！」緞兒一張臉興奮地透著紅暈，並沒有為司徒芸感到惋惜或同情。

司徒錦自然知道她的下場，那藥本就是她讓朱雀去下的。

她不過是成全司徒芸的心意罷了，也算不上是害人吧？反正她本來就想瘋，她不過是順著她的意思去做而已。

一個瘋瘋癲癲的女子，如何能夠嫁人？看來，司徒芸這輩子，就只能在府裡關著了。若她知道事情與她想像的相去甚遠，恐怕就不會用裝瘋來博取同情了。

「夫人那邊如何了？」司徒錦最放不下的還是周氏。那個女人比一般人要聰明許多，要想徹底將她打垮，還真不是件容易的事。

「這個小姐就不用擔心了，四少爺在那兒呢。若是出了什麼事，那都是四少爺造的孽，與小姐無關。」朱雀眨了眨眼，說得很無辜。

司徒錦總算是舒展了眉頭，臉上難得露出輕鬆的神情。

「算算日子，離娘親生產的日子也不遠了，穩婆可找好了？」如今她最擔心的，便是江氏肚子裡的那個孩子了。

雖說周氏已經去了祠堂，但府裡她的眼線甚多。她一向心機深沈，恐怕早就想好了對策。本人雖然不在這兒，但她的爪牙可還在呢！

「穩婆夫人自己請了，不過我會去排查清楚，確保萬無一失！」朱雀回道。

司徒錦點了點頭，心裡鬆快了些。

屋子裡靜默了片刻，忽然有丫鬟來稟報，說是李姨娘過來了。司徒錦剛想睡一會兒的，聽說李姨娘過來，也只好打起精神應付。

「請姨娘進來吧。」她調整好姿勢，纖細的手指揉了揉發疼的太陽穴。

最近府裡發生了很多事，她既要忙著應付那些暗地裡的小人，又要看護著江氏，已經許久沒有休息好了。

緞兒有些心疼自家小姐，原本想讓李姨娘改日再來的，但小姐既然已經發了話，她只好讓人將李姨娘請了進來。

隨著李姨娘一起進來的，還有她那最小的妹妹司徒巧。

「二姊姊。」司徒巧一見到司徒錦，便乖巧地上前行禮，親暱地叫著。

司徒錦神情微鬆，伸手要司徒巧過來，仔細審視一番之後才說道：「六妹妹總算是長好了一些，不似以前那般清瘦了。」

「多謝二小姐關懷，這都是託了二小姐的福。」李氏見司徒錦對司徒巧的態度與其他姊妹不同，不由得放了心。「奴婢給二小姐請安。」

司徒錦這才抬頭看向李姨娘，連忙伸手虛扶了一把。「姨娘快請起。」

李氏見她對自己還算客氣，決心就更加堅定。不等司徒錦反應過來，她便撲通一聲跪下。「請二小姐憐憫！」

話剛開了頭，李氏便哽咽不止，說不下去了。

司徒錦見到這陣仗，有些摸不著頭腦。於是讓丫鬟、婆子都退了出去，只留下朱雀和緞兒兩個心腹。

「姨娘這是做什麼？快起來啊！」司徒巧見李氏給二姊姊下跪，不由得嚇得紅了眼睛。

李氏搖了搖頭，看著司徒巧的時候，也是滿臉哀戚。

若不是情非得已，她又豈會這麼做？說來說去，她這輩子一直活在別人的欺凌之下，若不是為了這個女兒，她早就一條白綾了結自己了。

看著女兒那張稚嫩的臉，李氏忽然有些不捨，但為了女兒的將來，她不得不狠下心來懇求道：「請二小姐允許，將六小姐帶下去吧！」

司徒巧見要她走，她就慌了。「姨娘……我不要離開姨娘……」

那小丫頭一哭，司徒錦心裡便一緊。她知道李氏肯定有事相求，司徒巧不適合在這裡，於是要緞兒將司徒巧帶出去，也好方便她問話。

「好了，這裡沒有旁人了，姨娘有什麼事就請明說吧。」

李氏瞟了一眼司徒錦身邊那個不起眼的丫頭，欲言又止。

司徒錦自然知道她的顧慮，於是開口道：「朱雀是我的心腹，妳有什麼話，不妨直說。」

李氏見她堅持，知道不好再強求，於是將心裡的話一股腦兒地都交代了。「二小姐，奴婢其實生了重病，即將不久於人世。奴婢知道，接下來要說的話，實在太過放肆和勉強，但請二小姐看在巧兒是您親妹妹的分上，答應奴婢的請求吧？奴婢自知人微言輕，又活不了多少時日，奴婢唯一放心不下的，就是六小姐……」

李氏傷心了好一陣，這才接著說下去。「自從奴婢生下六小姐之後，老爺便沒有再踏進奴婢的房門半步。奴婢知道，老爺只是心懷愧疚，才抬了奴婢做姨娘。可惜奴婢福薄，只生了個女兒，老爺更是不喜。奴婢一直恪守本分，不敢有非分之想，也只想在府裡苟活一世，奈何天意弄人……」

司徒錦也唏噓不已，她剛才還在懷疑李姨娘是否別有用心，所以才主動站出來為娘親當證人，沒料到她是為了這個。

「姨娘的心思，我已經了解。姨娘放心，有司徒錦一日，便會好好保護六妹妹，不讓她受欺負。日後，等她及笄了，我也會讓娘親為她許一門好親事，讓她風光出嫁。」她能做的承諾便只有這些。

若是司徒巧一直柔順聽話，不像那些人有野心，她可以讓她一輩子活得開心幸福，若是……她就不能保證會怎麼對她了。

不過照目前的情形來看，李氏倒是將巧兒教得不錯。

李氏不敢置信地看著司徒錦，沒想到她只是開了個頭，二小姐就已經明白了她的來意，頓時欣喜得淚流滿面。「奴婢多謝二小姐成全。奴婢來世必定結草銜環，做牛做馬報答二小姐的大恩大德！」

司徒錦看著李氏那消瘦的模樣，微微心酸。

李氏在府裡也活得不容易，原本只是個小丫頭，卻被自己那禽獸爹爹占了便宜。生下女兒之後，雖然被抬了位分，卻從此獨守空房十載。他何其殘忍，讓一個如花的女子為他苦等十年，實在太過薄情！

如今李氏染上重病，即將不久於人世，不得已才來懇求她收留司徒巧。如此偉大的母親，她打從心底敬佩。

所以不等李氏說完，司徒錦便許下自己的諾言，也好讓她去得無憂無慮。

李氏看著司徒錦眼中那抹憐憫，感激地磕頭致謝。「如此，奴婢就走得安心了……二小姐保重！這府裡怕是不會太平，二小姐可要好好照顧自己。」

司徒錦知道她也是個明白人，於是點了點頭，然後讓朱雀將她扶了起來。「姨娘也好好保重身子，六妹妹還小，需要姨娘呵護。」

李氏感激地看了司徒錦一眼，然後紅著眼睛出去了。

等到李氏一離開，朱雀就開口了。「小姐何必這般好心？這李氏雖然不曾害過人，但也是頗有心計。不然，她也不會不去求二夫人，而來求小姐您了。」

「哪個母親不為自己的孩子著想？我不過是成全她的護子之心罷了。」李氏的遭遇值得同情，而且司徒巧還小，若是將來寄養在娘親名下，也對自己有利。

見司徒錦心意已決，朱雀便也不再多說，默默地站在一旁。

「許久沒有嚐過那醉仙樓的鳳梨酥了，朱雀妳幫我去買些回來吧。」司徒錦心情不錯，偶爾也會任性地吩咐丫鬟們做一些難以理解的事情。

朱雀自然是應下了。

醉仙樓的鳳梨酥，的確是很不錯的糕點。只是醉仙樓美名在外，每日不知道有多少人排隊等候，這會兒都晌午了，怕是買不到了吧？

不過，即使知道結果，朱雀還是去了醉仙樓。

「不好意思，姑娘。鳳梨酥每日只有一百份，早已賣完了。如果真的喜歡，明日請趕早吧！」掌櫃的倒也客氣，只是朱雀豈能這麼輕易認輸，若是買不回去，小姐心裡肯定會有疙痞。

她可是個盡職盡責的丫頭，哪能讓小姐失望？

「一天真的只做一百份？就不能破例一回？我可以多出點銀子。」朱雀不依不撓地繼續遊說。

掌櫃的很為難，規矩一旦破了，恐怕以後很難做生意。

兩個人正僵持不下，一輛華麗的馬車駛來，在店門口停了下來。掌櫃的見到那馬車，頓時兩眼冒出閃光，主動迎了上去。

朱雀見他這般熱情，便知道這車子裡的人肯定就是幕後老闆。於是也不動，就站在一旁看好戲。

「主子，您總算是來了。」掌櫃的像是見到救星一般，將那人從馬車裡迎了下來。

「哦？可是遇到了什麼麻煩？」那人一身華麗的錦服，貌似潘安，氣質一流，一看就是教養良好的世家公子。

朱雀眼睛微微一瞇，收斂起了眼裡鋒芒。

「就是……就是這位姑娘，她說她家主子想吃鳳梨酥，但店裡每日只賣一百份，奴才不敢破例，那姑娘便不依不撓起來，奴才也不知道怎麼辦……」掌櫃的態度很是恭敬，並不像其他掌櫃那般勢利，動輒動粗。

朱雀對於這一點倒是挺欣賞的。

那男子轉過身來，面向朱雀，風華無限地一笑，問道：「姑娘是哪家府上的？若是喜歡，明日一早，楚某便讓人送一份到府上去，可好？」

聽到他這般客氣地給出答案，朱雀反倒覺得自己太小氣了些，態度稍微轉好了一點。

「我是太師府二小姐身邊的丫頭，我家小姐心血來潮，想吃貴店的鳳梨酥。等到明日，小姐說不定就不想吃了，這可怎麼辦才好？」

語氣可以改變，但今日她是一定要將鳳梨酥帶回去的。

楚羽宸忍不住哂笑，這丫頭原來是司徒錦身邊的，難怪個性也是如此有趣。他忽然覺得破一次例也未嘗不可，只要她不到處宣揚，他倒是可以考慮。

「原來是司徒小姐想吃。掌櫃的，你讓廚子再做一些，送到司徒府去。」楚羽宸放下這話，便抬腿進了內堂。

朱雀驚訝之餘，忍不住打量了那楚家公子好幾眼。果然號稱京城第一公子，風度也不錯，只可惜比起她的主子，還是差了那麼一點點。

掌櫃的也是驚愕了半晌，才反應過來。

當朱雀拿著熱氣騰騰的鳳梨酥回來時，司徒錦已經午睡起來了。聞到那股清香，她的胃口忽然變得好了起來。

「不愧是醉仙樓的，味道真是不錯。妳們也嚐嚐。」她一邊吃著，還不忘讓兩個心腹丫鬟也一起分享。

朱雀不客氣地拿起一塊鳳梨酥放進嘴裡，眼睛都瞇了起來。「果然是好東西，看來以後要經常光顧才是。」

說完，她又忍不住將手伸向盤子。

綴兒將她的手一拍，怒視她。「這些都是小姐的，小姐體恤我們，妳也不能太過分了！」

朱雀委屈地噘著嘴，心裡暗忖。不如，一會兒再以小姐的名義去找那人再要一些來，這滋味真的很不錯呢！

第五十九章　世子有約

三月，正是桃花盛開的時節。

京城近郊的桃園每日都有無數遊人流連忘返，不少深居閨閣的千金小姐也忍不住被那美景所吸引，紛紛攜伴出遊。

司徒錦也聽說了那桃園引人入勝的景致，心生嚮往的同時，又擔心遊人太多，便將心裡的念頭給壓下了。

「小姐，聽說那京郊要舉辦桃花節呢！到時候，有不少名門公子、小姐前去觀禮，還會有廟會和各種比試……」緞兒一邊描述著那美好的場景，一邊偷偷地瞄著自家小姐的反應。

司徒錦自然知道她這個丫頭的心思，卻不點破，故意問道：「真的有妳說的那麼好玩？」

「千真萬確！那桃花節三年一次，機會很難得呢！」緞兒兀自神往著。

司徒錦卻搖了搖頭，打破了她的幻想。「到時候，恐怕人山人海，哪裡還看得到那美好的風景，全都是看人了。」

緞兒想了想，覺得司徒錦說得也有道理。但聽別人描述得那般美好，她不去的話又有些不甘。

正要說些什麼，朱雀興高采烈地拿著一封信進來了。她揚了揚手裡的書信，笑得一臉的曖昧。「小姐……世子來信唷！」

司徒錦果然俏臉一紅，忍不住瞪了她一眼。

這世子最近也不知道為何，不時地給她寫一封信，也不見有多少字，不過是問起最近都做了些什麼，簡單問候而已。不過經過這些時日，兩人對彼此的了解也多了一些，不再像以前那般生疏了就是。

但此事每每被朱雀一攪和，就變了味道。原本正常的話語，從她嘴裡出來，就變得曖昧不清，讓人不得不臉紅心跳起來。

「世子來信嗎？還不拿來！」緞兒如今膽子也大了起來，敢跟朱雀叫囂了。

兩個丫鬟鬧了一陣，那信最終還是落到了司徒錦手上。

「妳們都下去吧，讓我安靜一會兒。」她回信的時候，可不想讓別人看到。

緞兒和朱雀皆是捂著嘴出去了，倒也沒有多為難。她們小姐的面皮本就薄，尤其碰到有關於世子的事，就更加羞赧。她們做丫頭的，自然不會將自家小姐逼得太緊，所以偶爾取笑一下就罷了。

看著那書信上剛勁有力卻不失美感的字跡，司徒錦的心微微暖了起來。仔仔細細地將那二十餘字看完，她的一顆心還是怦怦跳個不停，似乎有脫離身體一躍而出的趨勢。

司徒錦捂著心口，深吸好幾口氣之後才讓自己平靜下來。想著如何回覆他的時候，下筆有些猶豫起來。這一次，隱世子不為別的，就是想要邀約她去古佛寺看桃花。據說那裡的桃花比起桃園更加嬌豔美麗，只是鮮少有人能夠爬上那高高的山崖。因此京城的人們都只知桃園，將古佛寺後山的桃花都給忘了。

司徒錦感到猶豫，是因為他們孤男寡女，一同出遊似乎有些不合禮儀。雖說即將成婚，但畢竟還未行禮，這般私下接觸，實在說不過去。

但他信裡描述的那番美景，確實打動了她的心，讓她躍躍欲試。如此一來，為難的倒成了她了。

苦惱地將信平放在書桌之上，司徒錦對著那封信自言自語起來。「你這不是讓我為難嗎？這一來一去少說也要兩日，孤男寡女在外待了兩天，還不被人在背後戳脊梁骨？可是，那美景若真的如你所說的那般美好，的確讓人心生嚮往。唉，就會給我出難題……」

琢磨了很久，司徒錦似乎都要將那薄薄的一張紙給瞪爛了，也沒有找出個完美的答案來。

若是此時隱世子能夠看到司徒錦這般糾結的神情，恐怕嘴角又會忍不住向上彎起了吧？朱雀偷偷地在心裡思量著。可惜啊，主子是個君子，鮮少做出私會佳人的事情。若是她朱雀真的喜歡一個人，早就把持不住，先將對方吃了！

想到這裡，她腦海裡閃過一個挺拔的身影。

「朱雀，妳思春了嗎？」司徒錦將回好的信遞到她手裡的時候，見她一副眼神迷濛的模樣，忍不住打趣道。

被人看穿了心思，朱雀難得的臉紅了。

不過還好她戴著人皮面具，不會被人發現端倪，這才放下心來。「小姐，這閨閣女子豈能說出那兩個字，小姐真真是大膽！」

「有人做得出，為何不准別人說？」司徒錦倒也沒有羞愧之色，反而理直氣壯地頂了回去。

朱雀頭一次找不到話語來反駁，懊惱地將信收入衣袖當中，垂頭喪氣地去當跑腿的了。

緞兒進來，看到自家小姐出了屋子，便一臉喜悅地迎了上去。「小姐，世子可是邀請您去參加桃花節？」

司徒錦瞪了一眼這膽子愈來愈大的丫頭，沒好氣地說道：「盡會幫著朱雀來欺負妳家小姐，趁早將妳嫁出去得了！」

一提到嫁人，緞兒就老實多了。

她年紀還小，哪裡捨得這麼早就嫁人？再說了，她可是想待在小姐身邊一輩子的。不管將來如何，她是打定主意跟著小姐了。

司徒錦教訓完緞兒，便去了二夫人處。

「娘親，距離生產的日子也不遠了。錦兒想去廟裡為娘親和弟弟祈福。」

江氏知道司徒錦很有孝心，但她一個女孩子家，她也不放心她去那麼遠的地方，不免有些擔心。「錦兒的孝心，娘親已經心領了。妳一個女兒家，跋山涉水的，娘親不放心妳去那麼遠的地方，還要留宿幾日，想想娘親就心疼……」

「外祖家不是距離那寺廟不遠嗎？娘親若真是不放心，何不修書一封？女兒還未去過外祖家，正好過去拜訪。」為了能夠說服江氏，司徒錦可是特地做好了準備工作。

江氏見她提起自己的娘家人，心裡也是暖暖的。

的確，自從她出嫁以來，就沒有回過娘家。想起那已經過世的爹娘，還有幾個疼她的兄長，她不禁有些傷懷。

「錦兒真的打算去看望妳舅父嗎？」江氏認真地問道。

女兒一向很聰穎，絕對不會做無把握的事情，如今忽然提出要去古佛寺祈福，肯定有她的道理。只是經歷了上一次到白馬寺時遇襲的噩運，她還是難免有些擔心。

「娘親如今已經是太師府的平妻，又即將臨盆，總該給舅父他們通個信兒報個喜吧？女兒此次前去古佛寺祈福，正好順便去舅父家報喜，不是很好嗎？」司徒錦一臉認真地回答道。若是能夠取得外祖家的支持，那麼將來對娘親有著極大好處。

前世的記憶告訴她，她的幾個舅父可都很能幹，只是沒有人舉薦，所以一直做些小官。若是能夠好好地提拔，將來必定前途無量。到時候，有了母族作為靠山，即使爹爹再有新寵，也不怕娘親失勢了。

周氏的背後有丞相府，那她的娘親也可以有強大的娘家做後盾。想著這些美好的願景，司徒錦就更加堅定了要出門的信念。

江氏思慮了一番，最後還是點了點頭。「不過，妳要多帶幾個丫頭出去，讓她們好好照顧妳。」

「娘親放心，人手女兒早就安排好了。」除了緞兒和朱雀，她誰都不會帶的。有隱世子在，還有誰敢欺負到她頭上？人多也未必是好事，若是讓人知道她此去是和隱世子一道，還不被人說閒話呢！

江氏見她心裡有數，也就放寬了心。叮囑了一些注意事項之後，江氏便寫了一封信，讓司徒錦帶上。多年沒有見到那幾個兄長了，心裡多少還是有些牽掛。借著孩子一事，也可讓那幾個哥哥上京城來聚聚。

司徒錦接過那信件，仔細收好，這才回到梅園。

翌日，司徒錦帶著兩個丫頭一早就出了府。駕馬車的車伕也是朱雀安排的，一切萬無一失。車子直奔南門而去，剛剛出了城便遙遙看見一輛裝飾豪華的馬車停在不遠處，那駕車的車伕，正是龍隱的貼身侍衛謝堯。

「見過二小姐！」謝堯知道司徒錦對主子的重要性，言語之間頗為客氣。

司徒錦撩開窗簾子，微微頷首道：「怎麼不見你家世子爺？」

謝堯恭敬地回道：「為了避嫌，主子已經先行去寺廟裡打點。」

司徒錦對他的體貼和用心感到很窩心，心裡頓時踏實不少。她吩咐馬車繼續前行，而沐王府的馬車，則朝著另一個相反的方向而去。

龍隱安排得還真是妥當，為了不讓人起疑，故意在這裡晃一下，然後又分開而行，這下子別人都會認為他們不過是碰巧遇上，並不會追查他們的去處。

馬車漸行漸遠，司徒錦則拿出一本醫書，繼續翻看起來。自她重生以來，她對醫術就非常有興趣，甚至到了癡迷的地步。

緞兒和朱雀早已習慣自家小姐的舉動，也不去打擾。兩個人坐在馬車的門口，小聲地說著話。

大約過了兩個時辰，路面漸漸不平整起來。隨著馬車的顛簸，司徒錦再也沒辦法看書了，只好將兩個丫頭喚了進來。「是不是快到了？」

「嗯，還有一炷香的時辰就到了山腳下了。」朱雀對京城一帶很是熟悉，因此能準確地知道方位和行程。

司徒錦點了點頭，忽然覺得睏乏起來。

一大早就起來趕路，又沒吃多少東西，加上馬車搖搖晃晃，多少會讓人昏昏欲睡。見自家小姐依靠在軟枕上睡著了，緞兒便細心地將一件披風輕輕蓋在她身上。

直到馬車在山腳下停了下來，司徒錦仍舊沈浸在睡夢當中。難得她能夠睡得安穩，因此綴兒和朱雀也沒有叫醒她，而是讓馬車停在那裡，想等她睡到自然醒。

一個時辰過去了，在大殿等候的隱世子漸漸有些心浮氣躁。算算時辰，她們早該到了，為何到現在都沒見到身影？

他「唰」地一下子從蒲團上站起來，嚇得方丈大師從經文中抬起頭來。「施主可是心煩意亂？也罷，還是出去走走，散散心吧？」

隱世子有些汗顏，俊逸的臉上出現一抹可疑的紅暈。

沒有道聲告辭，龍隱便急急地朝著山下去了。剛剛踏出寺廟大門，那九十九步臺階之下的馬車，頓時映入眼簾。

龍隱看著那馬車，心跳不禁加速。

但那馬車卻在眼前一動也不動，轉眼間一盞茶的工夫過去了，依舊沒有動靜，他有些心急了。莫不是出了什麼問題？

他運起內力，從那臺階頂端飄然而下。

感覺到強大的內力襲來，朱雀立刻掀起車簾子，鑽了出去。見到是自己的主子，她立刻單膝跪地行禮。「屬下見過主子。」

「她……可到了？」

朱雀見主子那般心切，不由得抿著嘴笑了。「小姐在馬車裡睡著了，屬下不敢吵醒她，所以……」

龍隱不自覺地皺了皺眉。

這裡是山上，不比城中，氣溫要低得多，如此在山間酣睡，恐怕會感染風寒。想到這些，他便顧不上什麼禮儀，掀開車簾，一頭鑽了進去。

緞兒看到這個突然冒出來的男子，差點兒沒叫出聲來。但看清楚來者的面貌時，她才閉了嘴，退讓到一邊，任由他將自己的主子抱下車去。

司徒錦仍舊沒有醒來，而是在他的懷裡找了個舒適的位置，繼續安睡。那微微抽動的鼻子，讓龍隱一時看得出了神。

她睡著的時候，可真是可愛，比起她醒著的時候，來得更甜美。龍隱嘴角勾出一抹不算明顯的弧度，然後認命地充當搬運工，一步一個臺階地將司徒錦抱進古佛寺。

寺廟裡，他早已打點好了一切。

司徒錦的廂房是他特地找人收拾的，坐北朝南，光線充足，屋前有座池塘，裡面養著一些五顏六色的小魚。屋後便是漫山遍野的桃花，只要窗子一開，便能欣賞到絕美的景致。這樣的用心，任何人看了都會無比感動。

睡了整整兩個時辰，司徒錦總算是被餓醒了。她不是神仙，一天不曾進食，怎麼可能不餓。

「緞兒……緞兒……」

緞兒聽到她的呼喚聲，立刻端了飯菜進來。「小姐，您醒啦？」

「現在什麼時辰了？」司徒錦揉了揉惺忪的睡眼，又仔細打量了一番周圍的環境，這才開口問道。

想必是已經到了山上，在寺廟的廂房了。屋子裡的擺設並不華麗，但整潔而乾淨，還飄著若有似無的檀香味。

緞兒將飯菜放到桌子上擺好，這才過來服侍她穿衣。「小姐，都酉時了。」

「這麼晚了？妳怎麼不早點兒叫醒我？」司徒錦大吃一驚，有些慌亂地從床上溜了下來，連鞋子都沒顧得穿上。

她跟隱世子約好在寺廟裡會面，結果自己就這麼睡過去了，那他豈不是白等了一天？想到自己的失禮，她有些焦躁起來。

「小姐，世子爺在東廂住下了。小姐還不知道吧？是世子爺抱小姐進屋的呢！」緞兒說著，就笑著離開了。

她家小姐面皮薄，她就不打擾她了，免得她害羞得連飯都吃不下。

司徒錦聽了這話，果然面色潮紅，恨不得找個地洞鑽進去。天吶，她怎麼會睡得不省人事，還煩勞他將她抱上山來？這回真是丟臉丟人了！

司徒錦呆滯地坐在床頭，懊惱地用雙手捂著腦袋，一張臉皺得像苦瓜。「真是太丟人了！這叫我以後怎麼面對他……」

司徒錦一個人嘀嘀咕咕了半晌，後來還是敵不過腸胃的叫囂，不得不先填飽肚子再說。司徒錦吃飯倒也迅速，不過儀態卻不怎麼優雅，畢竟是餓壞了，因此她也顧不上什麼千金小姐的規矩，狼吞虎嚥起來。

正準備過來探視她的隱世子，剛走到門口，便看見她認真地跟飯桌上的食物戰鬥，便忍不住笑了。

這樣的司徒錦，他倒是頭一次見到呢！

這小妮子一向喜歡裝深沈，不到十五歲，就跟個小老太太似的，用那些條條框框將自己包裹起來，謹小慎微地過著，如今到了外面，倒比較像個正常人了。看到她露出天真的模樣，他心裡也挺高興。

看來，這一次出門的決定，是對的！

司徒錦正往嘴裡扒著飯，忽然感覺到一道炙熱的目光，這才發現門口忽然多了個人。尤其見到那人的面孔時，她更是驚訝得連筷子都握不住了。

筷子落地的響聲，總算是讓兩個人回過神來。

龍隱先她一步，將地上的筷子拾起，又拿出桌上的茶壺倒了水幫她清洗乾淨，再用自己隨身攜帶的手帕將筷子擦了一遍之後，才將它重新遞回她手上。「快些吃吧，飯菜涼了就不好吃了。」

面對他的溫柔呵護，司徒錦的食慾瞬間消逝無蹤。

被一個大男人看到自己那般失禮的樣子，實在沒臉見人。司徒錦懊惱地咬著下唇，臉紅得都快爆炸了。

龍隱自然發現她的窘迫，於是轉過身去，優雅地離開了她的房間。臨走前，他只說了一句話。

「明日卯時，後山見。」

——未完，待續，請看文創風111《庶女出頭天》3

匠心獨具、妙筆生花／七星盟主

重生／宅門／言情／婚姻經營之雋永佳作！

庶女出頭天

全套五冊

人善可欺，天真與單純必須留在過去；
重生一回，計謀及陷阱都是為了自保。
這次，她要昂首闊步，走出屬於自己的另一片天！

文創風 109 **1**

若說她司徒錦真有什麼不可饒恕之處，就是身為庶女，
不僅不得父親喜愛，嫡母、姊妹更以欺負她為樂，
最後甚至落得遭砍頭處刑，連母親都因心碎而死在自己身邊！
她含冤受辱，走得不明不白，如何能甘心?!
幸而老天垂憐，給了她一次重生的機會，讓她能再返人間……

文創風 110 **2**

她司徒錦是招誰惹誰，為何重生了一回，命運依舊如此多舛?!
好在她頭腦冷靜、聰慧過人，不但逃出重重陷阱，
更將計就計、反將一軍，不但給足了教訓，
還讓那些惡人一個個啞巴吃黃連，有苦說不出，只能自認倒楣！
只不過，她的十八般武藝，在他面前全成了空氣，
他非但無視她的抗拒跟退縮，甚至得寸進尺，藉機吻了她！

文創風 111 **3**

原以為成親後能稍微喘口氣，享受片刻寧靜，
沒想到這王府裡除了有瞧不起自己的王妃婆婆，
還有備受王爺公公寵愛的勢利眼側妃、專門找碴的小姑跟大伯，
更過分的是，竟然住了個對夫君用情專一的小師妹！
天啊，難道她的考驗現在才正式開始?!

文創風 112 **4**

好不容易處理完這一團爛帳，也坐穩了當家的位置，
皇位爭奪之戰卻一觸即發，不僅王爺失蹤，世子也不知去向。
就在全府上下人心浮動之際，皇后竟下了道懿旨宣她進宮，
太子甚至親自來迎接她——這葫蘆裡賣的是什麼藥，
著實讓人丈二金剛摸不著頭腦……

文創風 113 **5** 完

當司徒錦準備迎接新生命到來時，卻傳來太師爹爹暴斃的消息，
母親也忽然病重，弟弟則是身體有恙。
看樣子，那些幕後黑手還不死心！這群傻瓜怎麼就是不懂，
跟她作對，就是跟她親愛的相公為敵，
膽敢打擾他們幸福過日子，挑戰冷情閻王隱世子的底限，
後果請自行負責！

文創風
110

庶女出頭天 2

國家圖書館出版品預行編目資料

庶女出頭天 / 七星盟主著. --
初版. -- 臺北市 : 狗屋, 民102.08-
冊 ; 公分. --（文創風）
ISBN 978-986-328-121-4（第2冊：平裝）. --

857.7　　102013493

著作者	七星盟主
編輯	連宓均
校對	黃亭蓁　黃薇霓
發行所	狗屋出版社有限公司
地址	台北市104中山區龍江路71巷15號1樓
電話	02-2776-5889～0
發行字號	局版台業字845號
法律顧問	蕭雄淋律師
總經銷	知遠文化事業有限公司
電話	02-2664-8800
初版	102年8月
國際書碼	ISBN-13　978-986-328-121-4
原著書名	《重生之千金庶女》，由瀟湘書院（www.xxsy.net）授權出版

定價250元
狗屋劃撥帳號：19001626
網址：love.doghouse.com.tw　E-mail：love@doghouse.com.tw